OETINGER TASCHEN BUCH

W0029517

Marcel van Driel ist ein niederländischer Autor, der bereits mehr als fünfzig Kinderbücher geschrieben hat. Er ist für seine temporeichen, spannenden Geschichten bekannt, die oft mit Online-Computerspielen verknüpft sind. Mit der Trilogie *Pala* landete er in den Niederlanden auf Anhieb einen Bestseller-Erfolg. Marcel van Driel lebt in Utrecht, ist verheiratet und hat zwei Söhne. Wenn er nicht gerade ein neues Buch schreibt, spielt er mit seinen Söhnen Computerspiele.

Marcel van Driel

DAS GEHEIMNIS DER INSEL

Aus dem Niederländischen von Kristina Kreuzer

Oetinger Taschenbuch

Für meine Eltern, meine allergrößten Fans
(und ich bin ihr größter Fan)

Die Übersetzung dieses Buches wurde gefördert
vom Niederländischen Literaturfonds.

Das für dieses Buch verwendete FSC®-zertifizierte
Papier Lux Cream wurde von Stora Enso, Finnland, geliefert.
Der FSC ist eine nicht staatliche, gemeinnützige Organisation,
die sich für eine ökologische und sozialverantwortliche
Nutzung unserer Wälder einsetzt.

Deutsche Erstausgabe
1. Auflage 2016
© Oetinger Taschenbuch GmbH, Hamburg
Juni 2016
Alle Rechte dieser Ausgabe vorbehalten
© Originalausgabe: Uitgeverij De Fontein, Utrecht 2012
Originaltitel: *Superhelden.nl 2*
© Marcel van Driel, 2012
Aus dem Niederländischen von Kristina Kreuzer
Mit freundlicher Unterstützung des Niederländischen Literaturfonds
Umschlaggestaltung: Carolin Liepins
Druck: CPI books GmbH, Leck, Germany
ISBN: 978-3-8415-0354-1

www.oetinger-taschenbuch.de

»Wer mit Ungeheuern kämpft, mag zusehen,
dass er nicht dabei zum Ungeheuer wird.«[1]

Friedrich Nietzsche

»The Silicon chip inside her head
Gets switched to overload«[2]

I don't like Mondays – The Boomtown Rats

SUPERHELDEN

Auf der ganzen Welt spielen Kinder das Onlinegame *Super-helden*. Nur die Besten unter ihnen erreichen die geheimen Level auf der virtuellen Insel Pala. Niemand weiß, dass es diese Insel wirklich gibt. Und niemand weiß, dass die besten Spieler gar nicht freiwillig dort sind, sondern entführt wurden, um auf Pala zu Superspionen ausgebildet zu werden.

Fertig ausgebildete Spione heißen Superhelden. Sie werden auf internationale Missionen geschickt. Nur der geheimnisumwitterte Mr Oz kennt das große Endziel.

Seit ihr Vater Selbstmord begangen hat, ist die dreizehn-jährige Iris fast nur noch am *Gamen*. Am liebsten spielt sie *Superhelden*. Nachdem sie das Spiel beendet hat, schickt Mr Oz seine Superhelden Alex und Fiber auf Mission nach Holland, um Iris zu entführen. Mr Oz hat mit Iris etwas Besonderes vor, aber keiner weiß, was.

Als Iris auf Pala ankommt, findet sie heraus, dass schon jemand anders aus ihrer Familie auf der Insel gewesen ist: ihr Bruder Justin. Auch er wurde hier zum Superhelden ausgebildet. Doch Justin ist auf spektakuläre Weise von dort geflohen.

Obwohl Iris noch keine richtige Superheldin ist, wird sie mit Alex und Fiber auf Mission nach Texas geschickt, wo man Justin ausfindig gemacht hat. Mr Oz will, dass Iris ihren Bruder zurückholt – und Iris hofft, dass Justin sie aus den Fängen Palas befreit. Justin geht auf Iris' Bitte nicht ein – seine Schwester soll nach Pala zurückkehren, um herauszufinden, was Mr Oz wirklich im Schilde führt. Er passt den Chip in Iris' Hals an, um jederzeit Kontakt zu ihr aufnehmen zu können. Jedes Kind auf Pala hat solch einen Chip im Körper, der ein Signal aussendet, wenn es versucht zu fliehen.

In der Zwischenzeit geht das Training auf Pala normal weiter – das Training und auch die Tests.

COLORADO SPRINGS, COLORADO, USA

Justin wollte den Lieferwagen lieber nicht noch näher an der *Schriever Air Force Base* abstellen. Nun hoffte er, dass die Geräte stark genug waren, um das Satellitensignal zu empfangen. Wenn nicht, müsste er den Wagen direkt neben der militärischen Flugbasis parken, und das wäre viel zu riskant.

Vor drei Tagen war er in Texas gewesen. Dort hatte er seine Schwester Iris zum ersten Mal seit über einem Jahr wiedergesehen. Und nur wenige Stunden später hatte er sie, gegen ihren Willen, zu Mr Oz nach Pala zurückgeschickt. Jetzt war sie wieder in Gefangenschaft.

War das die richtige Entscheidung gewesen?

Justin sah sich die Landschaft an. Colorado hatte ein bisschen Ähnlichkeit mit den Niederlanden, zumindest, wenn man in eine bestimmte Richtung schaute: Rechts und links der zweispurigen Straße gab es endlose Weiden, und ab und zu sah man einen Bauernhof. Wenn man jedoch einen Blick in die andere Richtung warf, erkannte man sofort, dass das hier Amerika war. Am Horizont türmten sich Berge, die wie mythische Gottheiten aus einer grauen Vorzeit aufragten. Nicht ohne Grund hieß der angrenzende Naturpark *Gardens of the Gods*: Garten der Götter.

Justin selbst fühlte sich ganz und gar nicht wie ein Gott. Er war müde und beunruhigt. Was hatte Mr Oz nur mit der Welt vor? Justin wollte, dass seine Schwester genau das herausfand, aber ob sie mitarbeiten würde, wusste er nicht.

Vertraute sie ihm überhaupt noch?

Justin stellte den Motor ab und wartete, bis kein Auto mehr auf der Straße zu sehen war. Das war der Vorteil an diesem platten Land: Man konnte bis zum Horizont gucken. Der Nachteil hingegen war, dass auch sein Wagen so schon von Weitem sichtbar war.

Er öffnete die Tür und stieg aus. Die Seiten des schwarzen Fahrzeugs waren mit bunten Blumenbildern beklebt, daneben prangte die Aufschrift *PIZZA POLICE*. Der Wagen war einer von vielen, die Mr Oz auf der ganzen Welt verteilt hatte. Sie konnten von seinen Superhelden auf Missionen genutzt werden.

Genauso gut konnten sie aber auch von einem Ex-Superhelden aufgespürt werden, der herausgefunden hatte, auf welcher Homepage die Standorte der Lieferwagen aufgeführt waren. Für einen talentierten Jungen wie Justin war es ein Kinderspiel gewesen, den Wagen zu knacken. Sollte Mr Oz irgendwann auffallen, dass der Lieferwagen fehlte, würden Olina und er längst über alle Berge sein.

Justin ging ans Ende des Wagens und klopfte an die Tür, zweimal leise, einmal laut. Zwei Sekunden später wurde ihm von innen geöffnet. Ein schlankes, dunkelhäutiges Mädchen trat einen Schritt zur Seite und ließ Justin einsteigen.

»Würde es dir etwas ausmachen, vorne im Fahrerhaus zu sitzen, Olina?«, fragte Justin. »Nur für den Fall, dass jemand kommt.«

Sie schüttelte den Kopf. »Nervös?«, fragte sie.

»Irgendetwas geht immer schief«, antwortete er. »Man weiß vorher nur noch nicht, was.«

Olina sprang aus dem Lieferwagen, Justin schaute ihr hinterher. Auf den ersten Blick sah sie noch aus wie das Mädchen, das er vor einem Jahr halb tot in Maine gefunden hatte. Aber der Schein trog. Olinas Augen hatten viel gesehen – viel zu viel für ein vierzehnjähriges Mädchen, das auf Hawaii recht unbeschwert aufgewachsen war. Die Narbe an ihrem Hals sprach Bände. Mit einem Messer hatte sie sich den Chip aus dem Hals herausgeschnitten.

Allmählich wuchs Olina zu einer wahren Schönheit heran. Der Kontrast zwischen ihren hellblauen Augen und der schokoladenbraunen Haut verlieh ihr etwas Einzigartiges, auch wenn sie ein wenig zu klein für eine Laufstegkarriere war.

Doch sie waren nicht für *America's Next Top Model* in Colorado, rief Justin sich in Erinnerung. Er schloss die Tür hinter Olina zu und setzte sich in den Sessel, der auf dem Metallboden des Lieferwagens montiert war.

Hier drinnen sah es aus wie im Kontrollraum der *NASA*. In diesem Fahrzeug stapelten sich keine Pizzakartons, dafür gab es aber zahlreiche Bildschirme und Computer. Einer von ihnen war eingeschaltet. Justin nahm die Maus, zog eine Tastatur zu sich heran und fing an zu tippen. Er loggte sich auf dem internen Netzwerk der *Air Base* mit einer Reihe von Passwörtern (die er eigentlich gar nicht kennen durfte) ein. Danach stellte er Kontakt zum KH-14 GAMBIT her.

Der GAMBIT war ein Spionagesatellit und der *KH-14* ein Prototyp, den es offiziell noch gar nicht gab. Er wurde von der *Schriever Air Force Base* aus gesteuert. Diese amerikanische Flugbasis lag ein paar Kilometer weit entfernt. Mit der Apparatur im Lieferwagen konnten Justin und Olina den Satelliten kurzzeitig kapern, ohne dass die Amerikaner etwas davon mitbekamen.

Mr Oz sei Dank.

Jetzt hofften die beiden, dass sie Iris – oder besser gesagt, ihren Chip – lokalisieren konnten.

Justin richtete den Sender-Empfänger des Satelliten auf den Teil der Erde, auf dem sich eine tropische Insel mit dem Namen Pala befand.

Pala existierte für die Außenwelt nicht, doch Justin kannte es nur zu gut. Er selbst war dort fast ein ganzes Jahr eingesperrt gewesen, bevor er auf spektakuläre Weise den Fängen von Mr Oz entfliehen konnte. Die Insel war ein Gemisch aus Gefängnis und Trainingszentrum. Hier waren Hunderte von Kindern und Jugendliche untergebracht, die alle das Computerspiel *Superhelden* bis zum Ende gespielt hatten. Jeder von ihnen war in irgendetwas besonders gut. Bis auf eine Ausnahme war keiner freiwillig nach Pala gekommen. Es gab Kinder, die bereits seit über vier Jahren dort waren, einige wollten inzwischen gar nicht mehr weg.

Justin schaltete die Kamera ein, die die Amerikaner in den Satelliten montiert hatten. Dieses hochmoderne Gerät konnte gestochen scharfe Fotoaufnahmen von der Erdoberfläche machen. Er klickte ein paarmal mit der Maus und zoomte Pala heran.

Auf den Fotos vom KH-14 GAMBIT war keines der Kinder zu sehen. Unter den Wolkenfetzen, die das Land stellenweise verdeckten, ragten Berge empor, die mit dunkelgrünen Bäumen bewachsen waren. Auf anderen Teilen der Insel sah man Wasser – Flüsse und Seen – und dichten Dschungel. Man hätte meinen können, dass die Insel unbewohnt war. Und genau das war es, was Mr Oz wollte.

Alle Kandidaten und Superhelden wohnten in einem futuristischen Gebäudekomplex unter der Erde. Hier gab es Hunderte von Zimmern verschiedenster Art. Als Justin noch auf Pala gewesen war, durfte er nur ein einziges Mal an die Erdoberfläche kommen. Das war beim letzten Test gewesen, bei dem die Kandidaten entweder Superhelden wurden oder für immer von der Bildfläche verschwanden. Diesen Test würde auch seine jüngere Schwester Iris bald machen. Er musste Iris irgendwie erreichen, um sie davon zu überzeugen, dass sie etwas für ihn herausfand – und zwar, noch bevor sie zu diesem letzten Test antrat.

Die Stunde der Wahrheit war gekommen. Ob er Iris wohl mithilfe des Satelliten finden würde?

Justin legte einen Schalter um und tippte einen Code ein. Auf dem Bildschirm erschien jetzt ein rot blinkendes Licht.

Yes!

Justin seufzte erleichtert auf und suchte nach dem Ansibel, dem kleinen Apparat, mit dem er per Satellitenverbindung mit seiner Schwester sprechen konnte. Verdammt, er hatte ihn vorne im Fahrerhaus liegen lassen. Er rief Olina mit seinem Handy an.

»Ja?«

»Ich habe den Ansibel vergessen«, sagte er auf Englisch. »Siehst du ihn da irgendwo?«

Er hörte ein Knistern in der Leitung, und dann: »Ja, soll ich ihn dir bringen?«

»*Yes, please.*«

»Ich hab's geschafft«, verkündete Justin, als Olina zu ihm in den Wagen kletterte.

Justin hielt seine Hand auf, und Olina legte einen dunklen Gegenstand hinein. Er sah aus wie eine schwarze Kugel, die man in der Mitte durchgeschnitten hatte. An der glatten Außenseite befand sich ein roter Knopf. Justin drückte den Knopf und beobachtete auf dem Bildschirm, wie der Ansibel versuchte, Kontakt zu dem Chip in Iris' Hals herzustellen. Er zählte runter: drei, zwei, eins.

»Justin, du bist ein Idiot«, schallte die Stimme seiner Schwester aus den Lautsprechern.

Justin grinste und hielt sich den Ansibel vor den Mund.

»Das finde ich jetzt aber nicht so nett von dir«, sprach er in den Apparat.

Ein paar Sekunden herrschte Stille. Dann fragte seine Schwester: »Wo bist du?«

»Ich bin noch immer in Texas«, log er. Es konnte schließlich sein, dass jemand ihr Gespräch abhörte. Seinen Standort durfte natürlich niemand erfahren. »Und du bist auf Pala, stimmt's?«

Blöde Frage. Wo sollte sie denn wohl sonst sein?

Justin war nervös. Vor ein paar Tagen hatte er seine Schwester mit einem Betäubungsmittel außer Gefecht gesetzt und sie dazu gezwungen, wieder zurück nach Pala zu fahren. Würde sie überhaupt noch mit ihm reden wollen?

»Du bist im Chip?«, fragte sie erstaunt.

»Ich habe den Chip angepasst. Keine Sorge, außer dir kann mich niemand hören. Vielleicht ist es aber trotzdem besser, wenn du flüsterst. Sonst denken sie noch, du bist schizophren.«

Olina setzte sich neben ihn und hörte zu.

»Justin, du Arschloch! Warum hast du mich im Motel zu-

15

rückgelassen?« Iris flüsterte, aber er hörte die Wut in ihrer Stimme. »Warum hast du mich zurück nach Pala geschickt? Warum durfte ich nicht mit dir kommen?!«

»Weil irgendjemand Mr Oz stoppen muss, Iris. Und du kannst das. Wir beide können das. Zusammen.« Er gab sich große Mühe, seine Stimme überzeugend klingen zu lassen, doch er war zu nervös. Warum tat sie nicht einfach, was er ihr sagte?

»Und was ist, wenn ich das nicht will?«

Justin sah Olina verzweifelt an. Er klickte den Ansibel aus und sagte: »Sie hört mir nicht zu!«

»Nein«, sagte Olina. »*Du* hörst *ihr* nicht zu. Warte.« Sie setzte sich neben ihn und flüsterte ihm ins Ohr: »Kann sie mich so hören?«

»Nein.«

»Okay. Wiederhol genau, was ich sage: Ich verstehe, dass du wütend bist. Ich verstehe das wirklich.«

Justin nickte und hielt sich den Ansibel wieder vor den Mund. »Ich verstehe, dass du wütend bist, Schwesterchen. Ehrlich, ich verstehe das. Aber ich hatte keine andere Wahl.«

Olina versetzte ihm einen Stoß. »Du sollst *genau* das sagen, was ich sage!«, flüsterte sie.

Au! Er verzog das Gesicht.

»Man hat immer eine Wahl«, murmelte seine Schwester.

Olina gab Justin eine neue Anweisung. Diesmal wiederholte er alles wortwörtlich. Menschen überzeugen war immerhin Olinas großes Talent.

»Das mag sein«, sagte er ruhig. »Doch ich muss wissen, was Mr Oz im Schilde führt. Dafür brauche ich jemanden auf der Insel.«

Olina nickte zustimmend.

Iris schwieg. »Ich höre zu«, sagte sie schließlich.

»Gut, ich möchte, dass du Folgendes tust«, begann Justin. Er gab ihr ein paar kurze Anweisungen. »Ich brauche ein paar Tage, um die Sache vorzubereiten«, sagte er. »Übermorgen um Mitternacht nehme ich Kontakt zu dir auf.«

Iris gab keine Antwort, sie räusperte sich.

Gut, sie hatte es also begriffen. Justin verabschiedete sich und schaltete den Ansibel aus. Erst als die Verbindung unterbrochen war, sah er Olina wieder an.

»We're in business«, sagte er grinsend.

»You're welcome«, antwortete sie in ihrem typischen Singsang, den er so mochte. »Und was machen wir jetzt?«

»Das wirst du gleich sehen.«

DAS AUGE VON OZ

»Schau dir das hier an«, sagte Fiber zu Alex, der im Beobachtungsraum saß. Wenn er sich auf dem Schreibtischstuhl im Kreis drehte, konnte er alle sechsunddreißig Bildschirme sehen, die rundherum an den Wänden befestigt waren.

Alex war ein großer, blonder Junge. Er war fast siebzehn und der Vertraute von Mr Oz. Dass er in Wirklichkeit Mr Oz' Sohn war, wusste so gut wie niemand auf der Insel. Im Alltagsleben von Pala war Alex der Chef. Nun saß er da und starrte auf den einzigen Schirm, auf dem das Bild auf Pause stand.

Natürlich konnte niemand die über zweihundert Kandidaten Tag und Nacht beobachten. Deshalb gab es eine spezielle Software, die dafür sorgte, dass erst dann gefilmt wurde, wenn irgendwo eine Bewegung signalisiert wurde. Alle Monitore zusammengenommen bildeten ein Kaleidoskop von Bildern, auf denen Kinder und Jugendliche sich anzogen, schliefen, aufstanden, lasen, weinten, trainierten, sich stritten oder sich unterhielten.

Fiber stand hinter Alex. Das polnische Mädchen hatte kurze, stachelige Haare, die seit Neuestem nicht mehr pechschwarz, sondern schneeweiß gefärbt waren. Fibers Nase, Ohren und Augenbrauen waren mit Metallringen und Steckern gepierct. In der rechten Hand hielt sie eine Fernbedienung, die sie auf das Standbild richtete.

»*Ready?*«, fragte Fiber.

»*Sure*«, murmelte Alex. Er wusste noch immer nicht so recht, warum er in den Beobachtungsraum kommen sollte.

Fiber drückte auf *Play* und verkündete: »Das hier habe ich aufgenommen.«

Alex starrte auf den Bildschirm. Er sah Iris in ihrem Zimmer auf der Bettkante sitzen. Sie trug ihre neue Uniform mit der Zahl 4. Gestern war sie bei Mr Oz gewesen – dem echten Mr Oz in seinem Aquarium. Normalerweise war dieser Besuch den fertig ausgebildeten Superhelden vorbehalten.

»Wo bist du?«, fragte Iris auf dem Bildschirm. Alex sah, dass außer ihr niemand im Zimmer war. Er blickte Fiber fragend an, aber sie sagte nichts.

Iris wartete einen kurzen Moment, dann fuhr sie fort: »Du bist im Chip?« Ihre Stimme war jetzt nur noch ein Flüstern. Fiber stellte die Lautstärke höher, sodass man sie trotzdem verstehen konnte: »Justin, du Arschloch! Warum hast du mich im Motel zurückgelassen?«

»Dreht sie allmählich durch, oder redet sie wirklich mit jemandem?«, fragte Alex.

»Vielleicht hat sie telepathische Fähigkeiten«, sagte Fiber. Alex war sich nicht sicher, ob das ein Witz sein sollte.

»Kannst du den Film noch einmal abspielen?«, fragte er, nachdem die Aufnahme zu Ende war.

»Wenn du den auf YouTube stellst, wäre das echt ein Knaller«, sagte Fiber trocken.

Alex sah sich das Ganze von vorne an, bis zu der Stelle, als Iris »Ich höre zu« sagte und anschließend ins Leere starrte.

»Wäre es denn theoretisch möglich, dass sie mit ihrem Bruder spricht?«, fragte Alex. »Ich meine, nicht telepathisch, sondern über den ... Chip?«

»Vielleicht«, sagte Fiber, »aber dann wäre er ein besserer Programmierer als ich.«

»Okay, beobachte die Sache weiter.« Alex stand auf. »Verleg Iris in den Level-4-Flügel, dort gibt es mehr Kameras. Sie soll sich mit Li Wen Yun das Zimmer teilen, so schlagen wir zwei Fliegen mit einer Klappe.«

»Sure, boss«, antwortete Fiber.

Auf dem Bildschirm starrte Iris abwesend vor sich hin.

Nachdem Alex den Beobachtungsraum verlassen hatte, zischte Fiber in Richtung Bildschirm: »Don't fuck with me, Iris. Du stehst unter meiner Beobachtung. Ich bin das Auge von Oz.« Sie dachte kurz nach, dann gab sie eine Reihe von Suchwörtern in das Computersystem ein. Unter anderem auch den Namen Justin. Sobald Iris eines der Worte aussprach, würde ein Alarm losgehen.

Iris lag im oberen Stockbett in ihrem neuen Zimmer. YunYun hatte das untere Bett bekommen. Die Ältere darf oben schlafen, hatte Iris verkündet. Inzwischen bereute Iris es ein wenig, dass sie darauf bestanden hatte, denn heute Nacht würde sie sich heimlich an ihrer Freundin vorbeischleichen müssen.

Gestern hatten die beiden ihr neues Zuhause bezogen. Sie hatten jetzt doppelt so viel Platz wie vorher und sogar ein eigenes Bücherregal. Iris nannte es scherzhaft »ihr Apartment«. Es befand sich auf einem Gang, auf dem auch alle anderen Level-4-Kandidatinnen in Zweibettzimmern untergebracht waren. Sämtliche Räume hatten eine eigene Toilette, nur die Duschräume mussten sie sich teilen.

Iris konnte nicht schlafen. Das war an sich nichts Neues, denn in den letzten Tagen hatte sie heftig geträumt und war oft mitten in der Nacht aufgewacht. Zum einen lag das mit

Sicherheit an Justin, auf den sie noch immer böse war. Zum anderen an dem Gefühl von Freiheit, das sie für einen kurzen Moment in Texas genießen durfte – bis sie brutal wieder zurück nach Pala geschickt worden war.

Ein leichtes Prickeln in ihrem Hals kündigte Justin an. Iris sah auf die Wanduhr, es war fünf nach halb eins. Ihr Bruder war also wie immer zu spät. Manche Dinge änderten sich eben nie.

»Hallo, Schwesterchen. Es ist so weit. Bitte antworte nicht, huste nur zweimal, wenn du mich hören kannst.«

Iris hustete zweimal hintereinander.

»Okay, es ist so: Überall auf Pala hängen Kameras. Weil man aber nicht jeden Ort auf der Insel vierundzwanzig Stunden am Tag filmen kann, sind alle Kameras an eine *Motion detector*-Software gekoppelt. Sobald jemand auch nur die kleinste Bewegung ausführt, fängt die Kamera an zu filmen. Huste, wenn du mich verstehst.«

Iris hustete.

»Erkältet?«, erklang YunYuns schlaftrunkene Stimme aus dem Bett unter ihr. »Oder hast du wieder schlecht geträumt?«

Mist.

»Ja, ich gehe mal eben raus«, antwortete Iris, schläfriger, als sie es in Wirklichkeit war. Sie strampelte sich die Decke von den Beinen und kletterte langsam nach unten. Um ihre Müdigkeit zu unterstreichen, strauchelte sie auf der Leiter.

»Soll ich kurz warten?«, fragte Justin.

Iris hustete.

»Iris?«, fragte YunYun.

»Hmm?« Iris nahm ihre Uniform vom Stuhl. Wieder einmal überlegte sie, ob Mr Oz vielleicht nicht nur ein Liebhaber von klassischer Kinderliteratur, sondern auch ein Comic-Fan war. Schließlich wurden sie alle »Superhelden« genannt, und dann mussten sie auch noch diese Kostüme anziehen. Die Uniform war schwarz und hatte große Ähnlichkeit mit einem Taucheranzug – ein Einteiler mit einem Reißverschluss vorne und natürlich einer Zahl oder einem S auf dem Brustkorb. So konnte jeder direkt sehen, in welchem Level man war oder ob man sich schon fertig ausgebildeter Superheld nennen durfte. Es fehlte nur noch ein X, und sie hätten bei *The X-Men* mitspielen können.

YunYun setzte sich im Bett auf. »Ist wirklich alles in Ordnung mit dir, Iris?«

»Ja, klar. Ich habe nur geträumt. Ich gehe ein paar Schritte, schlaf einfach weiter.«

Iris griff nach ihrem Pass, der auf dem Tisch lag. Sie warf einen schnellen Blick durchs Flurfenster, um zu sehen, ob die Luft rein war. Dann öffnete sie die Tür. Justin hatte jetzt wieder angefangen zu reden. Es war noch immer ein merkwürdiges Gefühl, die Stimme eines anderen im eigenen Kopf zu hören. Eigentlich reichte es Iris schon, ständig ihrer eigenen inneren Stimme zu lauschen

(die immer etwas auszusetzen hatte, wie auch jetzt gerade),

zwei Stimmen waren wirklich etwas zu viel des Guten. Iris hoffte, dass Justin tatsächlich da war und sie nicht doch allmählich wahnsinnig wurde.

Da Iris inzwischen in Level 4 war, durfte sie sich auf Pala eigentlich frei bewegen, aber einige Teile der Insel waren weiterhin tabu für sie.

»Bist du allein?«, fragte Justin. Natürlich konnte er sie nicht sehen.

Iris hustete.

»Okay, hör zu. Was ich dir jetzt sage, ist wirklich entscheidend. Ich habe einen Trick angewendet, sodass der Chip ein falsches Signal aussendet«, erklärte Justin. »Du wirst weiterhin gefilmt – es geht also kein Alarm los, wie wenn dein Chip kaputt wäre –, aber die Bilder werden an einem unbekannten Ort gespeichert. Auf diese Weise sind sie für Oz und seine Leute nicht zugänglich. Du bist also in jeder Hinsicht unsichtbar, sowohl für das System als auch für Mr Oz.«

Iris blieb abrupt stehen. »Bist du so von hier abgehauen?«

»Ja, unter anderem.«

Wow, ein persönlicher Unsichtbarkeitsumhang. *Harry Potter eat your heart out.* »Wie hast du das gemacht?«

»Mit einem selbst gebauten Gerät. Und dieses kleine Gerät befindet sich ...«

»Noch immer hier auf Pala. Cool, Justin«, flüsterte Iris.

Cool, Justin. Die beiden Worte wurden von den versteckten Mikrofonen in der Wand aufgenommen und digitalisiert. Ein Computer analysierte den Text. »Justin« war ein Codewort, woraufhin eine automatische Nachricht an Fiber gesandt wurde. Ihr Smartphone – Standardausstattung eines jeden Superhelden – gab ein Signal ab, und auf dem Display leuchtete ein Wort auf: SHADE. Fiber sprang sofort aus dem Bett, schlüpfte in ihre Uniform und stürmte in den Beobachtungsraum.

»Wohin, Just...«

»Sag bitte nicht ständig meinen Namen!«, rief Justin. »Du wirst immer noch normal aufgenommen. Bevor du mein Gerät nicht gefunden hast, bist du nicht sicher. Ich führe dich jetzt an den Ort, an dem es versteckt ist.«

Iris hustete. Auch wenn sie wusste, dass er recht hatte, nervte es sie doch, von ihm herumkommandiert zu werden.

Das hatte man dann von seinen lieben Verwandten.

SOMNAMBULISMUS

»Weißt du noch, wo das Kino ist?«

Natürlich wusste Iris, wo das Kino war. Hier hatte sie den Einführungsfilm über Pala gesehen, in dem ein junger Alex dem Zuschauer alles vorgestellt hatte. Es war auch der Ort, an den man ging, wenn man in Level 3 oder noch weiter war. Dann durfte – oder besser gesagt, musste – man auf der großen Leinwand mit ansehen, wie die Level-2-Kandidaten im See mit den Tentakeln kämpften, wie sie durchs Labyrinth irrten und wie sie versuchten, ins Schloss zu gelangen.

Iris hustete zur Bestätigung.

»Gut, huste dreimal, wenn du im Kino angekommen bist.«

Iris musste sich zusammenreißen, um nicht albern zu werden. Wie oft sollte sie denn noch husten? Bald würde sie nur noch hustend durch die Gänge laufen. Nicht dass sie am Ende auf der Krankenstation landete.

»*Yes, Sir*«, sagte sie.

»Nicht reden.«

»*No, Sir*«, murmelte sie kaum hörbar.

Fiber wusste nicht so recht, ob sie Alex anrufen sollte. Auf dem einen Monitor verließ Iris das Bild, auf dem nächsten tauchte sie wieder auf. Es war mitten in der Nacht, die meisten Kandidaten lagen in ihren Betten und schliefen. Wenn man in Level 4 war, war es eigentlich nicht verboten, nachts das Zimmer zu verlassen.

Doch das hier war zufälligerweise Iris. Und *ihrem* Bruder war es gelungen, von Pala abzuhauen.

Iris verschwand wieder aus dem Bild, ein anderer Schirm sprang an. War sie auf dem Weg in den Kinosaal? Was wollte sie denn da?

Fiber entschied kurzerhand, ihr zu folgen.

»Und nun?« Erst als Iris im Saal angekommen war, wagte sie es, diese Frage zu stellen. Sie lief an den Sitzreihen entlang zur anderen Seite des Saals.

»Jetzt gehst du in den Projektionsraum. Mach dir keine Sorgen wegen der Kameras.«

»Warum nicht?«

»Die gehen n...«

Da schallte eine Stimme vom Saaleingang herüber: »Iris?«

Nein! Was machte Fiber denn hier?! Einen Kampf gegen das polnische Mädchen konnte sie nur verlieren! Iris zögerte keine Sekunde. Sie klappte einen Kinostuhl herunter und setzte sich hin. Aus dem Augenwinkel sah sie, wie Fiber sich seitlich an den Sitzreihen entlang bewegte. Sie kam auf Iris zu.

»Schläfst du, Iris?«, hörte sie Fibers Stimme mit dem wohlbekannten Akzent.

Das brachte Iris auf eine Idee. Justin hatte als Kind geschlafwandelt, was in ihrer Familie eine Zeit lang für ganz schön viel Wirbel gesorgt hatte. Iris hatte oft gedacht, dass Justin ihnen nur etwas vorspielte, aber der Arzt hatte damals beteuert, dass es echt war.

Fiber stand neben Iris und wedelte ihr mit den Händen vor den Augen herum. Iris starrte weiter auf die weiße Leinwand. Sie musste sich sehr konzentrieren, um nicht zu blinzeln.

»Schläfst du?«, fragte Fiber noch einmal.

»Ja«, sagte Iris so träge wie möglich. »Erdbeeren, bitte.«

Fiber fluchte. Sie zog ihr Smartphone aus der Tasche und drückte ein paarmal auf das Display.

»Alex?« Er knurrte etwas, das Iris nicht verstehen konnte. »Ist mir völlig egal, ich bin auch wach! Iris ist zum Kino geschlafwandelt.« Dann folgte eine kurze Pause, wahrscheinlich, weil Alex etwas erwiderte. Egal, was es war, jedenfalls ging Fiber daraufhin direkt an die Decke und schimpfte: »Woher soll ich das wissen?! Ist es denn nicht gefährlich, Schlafwandler aufzuwecken?«

Iris wusste, dass das ein Ammenmärchen war. Ihr Hausarzt hatte ihnen damals erklärt, Schlafwandeln wäre bei Kindern kein seltenes Phänomen und es ginge meistens vor dem achtzehnten Lebensjahr von selbst wieder vorbei. Aufwecken durfte man die Kinder sehr wohl, aber in den meisten Fällen gelang das nicht, auch wenn der Schlafwandler mehr oder weniger zusammenhängende Antworten gab.

»Hörst du das?«, fragte Iris.

»Redest du mit mir?«, ertönte Justins Stimme in ihrem Kopf.

»Ob ich was höre?«, fragte Fiber argwöhnisch.

»Ja«, sagte Iris. Sie musste sich zusammenreißen, um nicht loszukichern. »Mit dir.«

»Ich höre dich und Fiber«, sagte Justin. »Frag sie nach Wasser.«

»Ich habe Durst«, sagte Iris.

Fiber unterbrach das Telefongespräch und sah Iris mit zusammengekniffenen Augen an.

»Falls du versuchen solltest, mich zu verarschen, dann breche ich dir dein verdammtes Genick.« Als Fiber sah, dass darauf keine Reaktion kam, murmelte sie: »Und ich soll dir dein verfluchtes Wasser dann wahrscheinlich auch noch bringen, oder? Was bin ich, verdammt noch mal? Vielleicht dein Dienstmädchen?« Danach lief sie wieder die Sitzreihe entlang und verschwand durch den Saalausgang.

»Ist sie weg?«, fragte Iris' Bruder.

»Die Toilette ist nicht weit von hier, Justin. Wir haben höchstens zwei Minuten«, schätzte Iris. »Wo ist der Projektionsraum?«

»Hinten im Saal!«

Iris kletterte auf den Sitz und sprang über die Lehnen. Einmal verlor sie das Gleichgewicht und stieß sich den Kopf. Sie ignorierte den Schmerz und die Tränen, die ihr in die Augen stiegen, und rappelte sich wieder auf.

Die letzte Sitzreihe befand sich direkt an der Wand. Dahinter konnte Iris das Fenster zum Projektionsraum sehen. Sie nahm Anlauf und sprang nach oben. Die Öffnung, durch die der Film auf die Leinwand geworfen wurde, war ein quadratisches Fenster, nicht mehr als einen halben Meter lang. Die Größe kümmerte Iris allerdings nicht, entscheidender war, dass sich davor eine Glasscheibe befand.

»Davor ist aber eine Glasscheibe!«, zischte sie.

»Du musst ja auch durch die Tür gehen, du Schnepfe.«

»Iris?«, hörte sie Fibers Stimme. »Wo bist du?«

Iris zögerte keinen Augenblick. Sie ließ sich direkt auf den Boden fallen. Mist, Fiber hatte gar kein Wasser geholt! Sie hatte draußen gewartet und war dann gleich zurückgekommen.

Iris hörte, wie Fiber sofort wieder zum Smartphone griff, um Alex anzurufen.

»Sie ist weg! Nein, ich weiß nicht, wohin. Hier ist sie jedenfalls nicht mehr. Ich gehe sie suchen, guck du dir die Videoaufzeichnungen an!«

Iris konnte unter den Sitzen durchschauen. Sie sah, wie Fiber davonstürmte. Im Kinosaal war es totenstill.

»Fiber war hier, aber nun ist sie wieder weg«, flüsterte Iris so leise wie möglich. »Ich bin noch immer im Saal, wo ist die Tür?«

»Ganz hinten, links um die Ecke.«

Wortlos stand Iris auf und rannte zur Tür.

Sie war verschlossen.

»Benutz deinen Pass. Level-4-Kandidaten arbeiten manchmal als Filmoperateur.«

Und tatsächlich, die Tür öffnete sich. Iris schlüpfte in den Raum und schloss die Tür so leise wie möglich hinter sich.

»Ich bin da«, keuchte sie. »Und jetzt?«

»Vorne, unter der Linse, da ist ein Gitter.«

Iris ging in die Hocke.

»Zwei«, sagte Iris.

»Okay, dann ist es das ... unterste, denke ich.«

»Denkst du?«

»Du hast doch das fotografische Gedächtnis. Ich bin nur genial.«

»Ja, ja, schon gut. Sag mir, was ich tun soll.«

»Du kannst das Gitter bewegen.«

Iris hielt das Gitter mit beiden Händen fest und zog daran. Nichts passierte. Auch als sie stärker zog, tat sich nichts. »Es klemmt.«

»Soll ich kurz vorbeikommen und dir helfen?«, fragte ihr Bruder. »Ich könnte in circa einer Stunde und zwanzig Minuten da sein, es hängt ein bisschen vom Verkehr ab.«

Iris ignorierte den Sarkasmus in seiner Stimme und machte sich auf die Suche nach einem Gegenstand, den sie als Schraubenzieher benutzen konnte.

»Gibt es keine Sicherung?«, fragte Justin.

Tatsächlich befand sich an der Rückseite eine kleine Schraube, mit der sie das Gitter problemlos öffnen konnte.

»*Done.*« Iris ärgerte sich, dass sie nicht selbst auf die Idee gekommen war.

»Gut so. Dann taste jetzt mit der Hand im Projektor nach einer Halbkugel.«

Iris schloss die Augen und hoffte, dass in dem Gerät keine Mäuse oder andere Viecher saßen. Sie steckte den Arm bis zum Ellenbogen ins Innere des Projektors. Sie hatte erwartet, dass sie lange suchen müsste, aber sie wurde direkt fündig.

»Ich hab's.«

»Okay. Hör zu. Du benutzt diesen Apparat, indem du ihn an die Stelle an deinem Hals hältst, wo dein Chip sitzt. Dann drückst du den roten Knopf. Das ist alles. Ein weiteres Mal drücken, und der Chip gibt wieder das richtige Signal ab. Benutz ihn aber nicht jetzt, sonst bist du auf einmal aus ihrem System verschwunden, während sie noch nach dir suchen. Da werden sie nur misstrauisch.«

»Okay. Und was ist, wenn sie gesehen haben, wie ich in den Projektionsraum gegangen bin?«

»Wenn alles nach Plan läuft, funktionieren die Kameras hier nicht«, sagte Justin.

»Was genau meinst du damit, wenn alles nach Plan läuft?«

»Na ja, ich habe sie ein winziges bisschen angepasst und hoffe, dass niemals jemand davon erfährt.«

»Das sagst du mir erst jetzt!«, schnaubte Iris. »Na super.«

Sie machte den Projektor wieder zu und warf einen Blick durch das Fenster in den Saal. Keine Menschenseele war da. Gut so. Sie steckte sich den kleinen Apparat in die Uniform und verließ den Projektionsraum.

Kurz darauf saß Iris wieder auf demselben Sitz, auf dem Fiber sie zurückgelassen hatte, und starrte auf die Leinwand. Sie wandte ihre Atemübungen an, um zur Ruhe zu kommen und ihren Herzschlag zu normalisieren. Was würde geschehen, wenn sie doch entdeckt hatten, dass an den Kameras im Kinosaal herummanipuliert worden war? Dann hätten sie einen Film von ihr, wie sie über die Sitze sprang und wie sie den Projektionsraum durchsuchte. Wie lange würde es dauern, bis sie den kleinen Apparat finden würden?

Vielleicht sollte sie ihn doch lieber wieder verstecken, aber wo? Und wann konnte sie ihn dann dort abholen? Sie brauchte das Gerät, um sich unbemerkt auf der Insel bewegen zu können. Also musste sie es jetzt in die Tasche stecken – jetzt oder nie.

»Iris?«

Es war Alex, ein Glück. Iris starrte weiter unverwandt auf die Leinwand und konzentrierte sich darauf, nicht doch aus Versehen zu blinzeln.

»Fiber! Sie ist hier!«

Fiber stürmte auf Iris zu, die sich zusammenreißen musste, um nicht aus Reflex vor der Polin zurückzuweichen. Fiber packte sie an den Schultern und schüttelte sie.

»Wo warst du?! Antworte mir, verdammt noch mal!«

Ein guter Moment, um aufzuwachen, dachte Iris. »Hey, Fiber.«

Sie ließ sich ein paar Sekunden Zeit, um ihr Umfeld in sich aufzunehmen, dann fragte sie erstaunt: »Warum bin ich denn im Kino?«

Die Ärztin untersuchte Iris' Augen mit einer kleinen Taschenlampe und fragte, ob sie Schlafprobleme hatte.

»Ich träume in der letzten Zeit ziemlich heftig«, antwortete Iris wahrheitsgemäß.

»Und wovon?«

Etwas zögerlich antwortete sie: »Vor allem von meinem Vater ...«

Die Ärztin fragte nicht weiter. Sie war über seinen Selbstmord unterrichtet. Mr Oz hatte dieses Wissen gegen Iris verwendet, als sie eine Bombe auf Gleis 7 des Utrechter Hauptbahnhofs entschärfen musste. Die Bombe hatte ausgerechnet auf dem Gleis gelegen, auf dem sich ihr Vater ein paar Jahre zuvor das Leben genommen hatte. Seit Iris wusste, dass die Ärztin mit Mr Oz verheiratet war

(das war noch immer eine sehr seltsame Vorstellung),

sah sie sich sehr vor, was sie erzählte. Dabei war die Ärztin Iris eigentlich nicht unsympathisch.

»Schlafwandeln ist an sich nichts Gefährliches«, erklärte die Ärztin und bestätigte damit, was Iris ohnehin schon wusste. »Vielleicht solltest du aber lieber nicht im oberen Bett schlafen.«

Iris bedankte sich bei ihr und wartete draußen vor der Krankenstation auf Alex, der noch kurz mit der Ärztin allein sprechen wollte. Sie musste sich selbst für diese gute Idee loben. Dass sie jetzt als Schlafwandlerin galt, konnte für sie noch durchaus nützlich werden.

INS KINO

Ein paar Wochen später war für Iris der Moment gekommen. Viele Nächte lang hatte sie mit ihrem Apparat geübt. Immer, wenn sie eine schlechte Nacht hatte (was leider öfter vorkam), hielt sie sich die Halbkugel an den Hals und drückte auf den roten Knopf. Danach kletterte sie vom Stockbett, in dem sie allen Warnungen zum Trotz weiterhin schlief. Beim Herunterklettern murmelte Iris etwas von einem Albtraum – für den Fall, dass YunYun aufgewacht war – und verschwand auf den Flur.

Manchmal begleitete Justin sie bei diesen nächtlichen Ausflügen.

Wenn die beiden Geschwister unter sich waren, konnten sie sich normal unterhalten. Über Mr Oz wollte Justin lieber nicht reden, aber er erzählte viel von seiner Zeit auf Pala, von den Tests und den Trainings.

Nach ein paar gemeinsamen Stunden wagte Iris es endlich, Justin nach ihrer Mutter zu fragen: »Rufst du sie manchmal an?«

»Ja, ab und zu. Sie denkt, dass ich in der Welt herumreise, um gegen alles Mögliche zu protestieren«, erzählte Justin. »Das ist eigentlich ganz gut so.«

»Redet ihr auch über mich?«

»Manchmal. Aber diese Gespräche sind nicht gerade angenehm.« Kurz war es still auf der anderen Seite der Leitung. »Für sie ist es schmerzlich, weil sie denkt, dass du tot bist. Für mich wiederum ist es schmerzlich, weil ich ihr nicht sagen kann, dass du noch lebst. Deshalb ist es einfacher, das

Thema zu vermeiden. Wir plaudern dann über mehr oder weniger Alltägliches.«

»Ich träume von ihr.«

»Von Mama?«

»Ja.« Und von Papa, von Gleis 7, vom Ertrinken, von …

»Schöne Träume oder …?«

»Okay, ich bin da«, fiel Iris ihm ins Wort. Sie wollte nicht über ihre Albträume reden. Das Thema sollte lieber gar nicht angeschnitten werden. Zum Glück war sie ja jetzt nachts öfter unterwegs, so brauchte sie wenigstens nicht zu schlafen. Das hieß jedoch auch, dass sie tagsüber immer öfter während der Unterrichtsstunden und beim Training einnickte.

Iris stellte sich auf die Zehenspitzen und spähte durch das Fenster zum Beobachtungsraum. Schnell duckte sie sich. Ganz offensichtlich war sie nicht die Einzige, die nicht schlafen konnte.

»Da drinnen sitzt Fiber«, flüsterte sie. »Schon wieder.«

»Okay, so läuft das nicht«, sagte ihr Bruder. »Das ist jetzt schon das dritte Mal, dass der Raum besetzt ist. Wir müssen uns etwas anderes überlegen.«

Schließlich half ausgerechnet Mr Oz ihnen dabei – natürlich unbeabsichtigt. Eines Morgens saß Iris mit allen anderen Level-4-Kandidaten an ihrem Tisch und frühstückte. Sie hatten kurz nach Iris das nächste Level erreicht, nachdem sie ihre Prüfungen bestanden hatten. Keiner von ihnen war allerdings schon auf eine Mission geschickt worden. Iris war die Einzige von ihnen, die in Texas gewesen war.

Vor ihr stand ein Teller frisches Obst, daneben ein Becher mit schwarzem Kaffee. YunYun plauderte fröhlich mit Lara und Maxime, während Iris in ihr Buch vertieft war. Seit sie so schlecht schlief, fiel es ihr immer schwerer, ein normales Gespräch mit ihren Mitkandidaten zu führen. Ein Buch hielt wenigstens die meisten Leute davon ab, sie anzusprechen.

»Was liest du denn da?«, fragte Quinty.

Iris drehte ihren E-Reader um, sodass Quinty mitlesen konnte.

»*Die Tribute von Panem?*«, las Quinty. »Kenn ich gar nicht. Ist das gut?«

»Sehr gut, kann ich nur empfehlen«, antwortete Iris mit vollem Mund. Sie hatte sich gerade ein Stück Birne genommen.

»Ich lese keine Bücher. Gibt's das nicht als Film?«

Iris zog die Augenbrauen hoch. »Du liest keine Bücher?«

Quinty schüttelte den Kopf. »*Nope*, ich habe mal versucht, eins zu lesen, aber das war nicht so mein Ding. Ich *game* lieber. Oder ich gucke Filme.«

»Dann kannst du dich hier ja so richtig austoben«, sagte Iris lachend. »Keine *Games* und selten mal ein Film.«

»*Yeah, that sucks*«, stimmte Quinty ihr zu.

Auf Pala waren Computerspiele verboten. Mr Oz fand, das sei Zeitverschwendung. Iris war klar, dass das natürlich eigentlich absurd war, schließlich war es ein Computerspiel gewesen, das sie alle nach Pala gelockt hatte. Auch Filme sahen sie nur selten, aber es gab Bücher in Hülle und Fülle – in Papierform und elektronisch.

»Wo ist Tessa?«, fragte YunYun auf einmal.

»Vielleicht hat sie verschlafen?«, schlug Quinty vor.

YunYun wies auf den leeren Tisch mit der Zahl 2. »Dann müssten aber alle Level-2-Kinder verschlafen haben.«

Erst jetzt fiel Iris auf, dass viele der Kandidaten im Raum

miteinander tuschelten und auf die leeren Stühle zeigten. Sie war so in ihr Buch vertieft gewesen, dass ihr gar nicht aufgefallen war, dass Level 2 heute geschlossen fehlte.

»Sie müssen einen Test bestehen, YunYun. Sie sind nach unten gegangen!« Iris legte ihren Reader auf den Tisch. Das war das Zeichen! Sie hoffte nur, dass Justin gerade zuhörte. Wenn es wirklich ein Test war, mussten gleich alle in den Kinosaal gehen, und der Beobachtungsraum wäre frei!

»Du klingst, als würdest du dich freuen«, sagte YunYun. »Hast du vergessen, wie schlimm es war? Ich weiß nicht, ob Tessa es schaffen wird.«

Mist, ertappt. Tatsächlich hatte Iris nur an die günstige Gelegenheit gedacht, sich unauffällig von den anderen zu entfernen. Dabei sah sie die Kinder von Level 2 natürlich nicht gerne

(sterben)

durchfallen.

»Tut mir leid, YunYun, so meinte ich es nicht. Ich dachte nur ...«

Da ertönte das Signal, und Alex und Fiber bauten sich rechts und links vom Kantinenausgang auf. Iris räumte ihr Tablett weg und stellte sich zu den anderen Kindern in die Reihe. Sie hörte Alex sagen: »Zum Kino, bitte.«

Beim Test zuzugucken war fast so schlimm, wie selbst daran teilzunehmen. Mr Oz hatte noch tiefer unter der Erde einen Komplex gebaut, der aus Grotten, Gängen und Labyrinthen bestand, die dem Setting im Computerspiel sehr ähnlich waren. Um Level 3 zu erreichen, wurde man ohne Ankündigung aus dem Bett geholt und buchstäblich den wilden Tieren vorgeworfen. Hatte man den Test bestanden, musste man später immer wieder zum Kino kommen, um mit anzusehen, wie die neuen Kandidaten um ihr Leben kämpften.

Iris musste sich nun schon zum dritten Mal dieses Schauspiel ansehen. Noch nie zuvor waren so viele neue Kandidaten auf der Insel angekommen, und die Ausbildungszeit schien zunehmend kürzer zu werden. Es kursierte sogar das Gerücht, dass jemand ein Jugendbuch über die *Superhelden*-Website geschrieben hatte, wodurch das Spiel noch bekannter geworden war.

Iris glaubte davon kein Wort.

Einige Kinder freuten sich darauf – für sie war der Tag im Kinosaal eine willkommene Unterbrechung ihres Alltags.

Jedes Mal, wenn Iris bei dem Test zusah, hatte sie das Gefühl, sie würde selbst wieder um ihr Leben kämpfen. Und immer kam irgendwann der Moment, in dem sie Terry schrecklich vermisste. Das Technikgenie, das sie Bob der Baumeister genannt hatten, weil er einfach alles bauen konnte, war gleich zu Beginn des Tests ertrunken.

Iris und YunYun suchten sich zwei Plätze am Gang, in der Nähe des Ausgangs. YunYun sah blass aus, Iris drückte ihr fest die Hand.

Kurz darauf ging im Saal das Licht aus, und die Kandidaten wurden den Zuschauern einzeln vorgestellt. Wie gewöhnlich wurde die Leinwand auch dieses Mal in verschiedene Felder aufgeteilt, und in jedem stand einer der Kandidaten. Sie befanden sich jeweils in einem leeren Zimmer, in dem außer einem Stuhl und einem Tisch nichts zu sehen war. Verstört blickten sie sich um. Unter ihnen war auch Tessa, YunYuns neue Freundin.

Iris reichte schon diese erste Szene. Sie fing an zu röcheln, schloss die Augen und ließ sich vom Kinosessel fallen.

Niemand zeigte irgendeine Reaktion, nicht einmal YunYun. Alle starrten nur gebannt auf den Bildschirm. Was sollte sie jetzt machen? Einfach aufstehen und sich wieder hinsetzen? Warum beachtete sie bloß niemand?!

»Iris?«, hörte sie schließlich YunYuns Stimme. »Was ist denn los?«

Na endlich, dachte Iris.

Sie spürte, wie YunYun sich über sie beugte, dann aber direkt brutal zur Seite geschoben wurde.

»Na, spielst du wieder Theater?«, hörte sie Fibers Stimme. »*Get up*, für solche Spielchen haben wir keine Zeit.«

Iris schlug die Augen auf.

»Ich fühle mich nicht so supertoll, Marthe.«

»Ich heiße Fiber, nicht Marthe. Und wie du dich fühlst, ist mir im Übrigen vollkommen egal. Wenn's sein muss, leg dich hin – aber hier. Niemand verlässt den Saal, bis der Film zu Ende ist.«

Sie half Iris unsanft auf und drückte sie wieder zurück in ihren Kinosessel.

YunYun sah sie von der Seite besorgt an und fragte: »Geht es?«

Iris nickte, was blieb ihr auch anderes übrig.

YunYun konzentrierte sich wieder auf das, was auf der Leinwand geschah. Fiber ging zurück zu ihrem Platz am Saaleingang.

Nun gut, jetzt musste wohl Plan B herhalten.

Sie sahen, wie zehn Kandidaten nacheinander durch die Tür ihres Raumes traten. Ihren Gesichtern war abzulesen, dass sie eine Todesangst hatten. Im nächsten Moment hörte man ein Kreischen, und schon waren sie verschwunden. Die Kinder rasten auf der Rutsche in die Tiefe, auf den unterirdischen See zu. Iris spürte, wie ihr übel wurde. Sie hatte das Gefühl, als säße sie selbst wieder auf der Rutsche. Der Nachteil eines fotografischen Gedächtnisses ist, dass man sich immer an alles bis ins kleinste Detail erinnert. Man erinnert genau die eigene Abfahrt, die Geschwindigkeit, die Todesangst …

Iris schloss die Augen. Sie versuchte noch kurz, ihren Magen zu beruhigen.

Aber nur kurz.

Dann öffnete sie die Augen wieder, um zu gucken, wer vor ihr saß. Dilek. Wenn das kein Geschenk des Himmels war.

Seit ihrem eigenen Test waren Dilek und sie sich so gut wie möglich aus dem Weg gegangen. Dilek hatte Iris beim Test misstraut und sie sogar als Verräterin beschimpft. Iris hingegen hatte das Gefühl, dass Dilek immer die anderen vorschickte, wenn es um die wirklich gefährlichen Aufgaben ging.

Iris starrte auf die Leinwand, auf der Tessa gerade als Letzte mit einem entsetzten Aufschrei in die Tiefe glitt. Das Mädchen nahm sofort enorm an Fahrt auf. Es schrie sich die Seele aus dem Leib, als es auf der gewundenen Rutsche hin und her geworfen wurde.

Jetzt versuchte Iris nicht länger, die Übelkeit zu unterdrücken. Im Gegenteil, sie verschlimmerte sie bewusst, indem sie mit Tessas Bewegungen mitging. Sie spürte ihre eigenen Füße weggleiten und erinnerte sich an den eiskalten Untergrund. Sie wusste wieder, wie es war, als sie vergeblich versucht hatte zu bremsen. Anstatt langsamer zu werden, war sie immer schneller geworden – genauso erging es Tessa auf der Leinwand auch. Sie wurde schneller und schneller, dann wurde sie um die letzte Kurve katapultiert. Jetzt ging es steil nach unten. Das war schlimmer als jede Achterbahn. Sie hörte Tessa schreien, dabei spürte sie, wie sich ihr selbst der Magen umdrehte. Tessa rutschte so schnell, so unglaublich schnell.

Iris spürte, wie ihr das Obst und der Kaffee hochkamen. Sie beugte sich vor und erbrach ihren gesamten Mageninhalt auf Dilek.

Geschieht ihr ganz recht, dachte Iris, bevor sie so tat, als würde sie erneut zusammenbrechen. Sie ließ sich zur Seite fallen und taumelte mit geschlossenen Augen auf den Gang.

Diesmal blieb die Reaktion nicht aus. Dilek brüllte lauthals los: »Was fällt dir ein, elendes Miststück!« Die Kandidaten um sie herum schrien wild durcheinander und sprangen von ihren Sesseln auf. Iris hielt die Augen fest geschlossen.

»Iris!«, rief YunYun. »Hilfe, kann ihr denn nicht irgendjemand helfen?«

PERSON NOT FOUND

»Du kannst hier auf der Krankenstation auch gerne einziehen«, sagte die Ärztin, ohne dabei zu lächeln.

»Vielleicht habe ich etwas Falsches gegessen«, murmelte Iris.

»Das kann schon sein, aber meiner Meinung nach schläfst du einfach viel zu wenig.«

Iris zuckte mit den Schultern. Die Ärztin wandte sich wieder an Fiber: »Ruhe, das ist das Einzige, was ich ihr verordnen kann.«

»Sie darf also nicht zurück ins Kino?«

»Nein, sie muss ins Bett.«

Yes!, dachte Iris. Sie hoffte, dass Justin gerade mithörte.

»Geh schlafen. Das ist ein Befehl«, sagte die Ärztin.

»Aber ich weiß nicht, wie«, antwortete Iris, und diesmal log sie nicht. »Die Albträume ...«

»Dagegen müsste ich etwas haben.«

Die Ärztin gab Iris ein Döschen mit Pillen, die ihr beim Einschlafen helfen sollten, und Fiber brachte sie wortlos in ihr Zimmer. Nachdem sie Iris ins Bett verfrachtet hatte, ging sie wieder zurück in den Kinosaal. Sie hatte nicht mal gemerkt, dass Iris ihren Pass geklaut hatte.

Als Fiber weg war, schloss Iris die Augen und blieb eine halbe Stunde lang so liegen. Beim Weggehen hatte Fiber ihr angedroht, was sie alles mit ihr anstellen würde, wenn sie jetzt nicht schliefe.

Die Regel war einfach: Man durfte den Kinosaal nur ver-

lassen, um etwas zu essen oder um auf die Toilette zu gehen – und später natürlich, wenn der letzte Kandidat den
Test bestanden hatte (beziehungsweise wenn er oder sie ein
glückloses Ende gefunden hatte). Der Test dauerte mindestens zwanzig Stunden. Iris blieb also genügend Zeit, um Justins Auftrag zu erledigen.

Sie kletterte aus dem Stockbett. Für den Fall, dass jemand
über die Kamera zuschaute, schwankte sie demonstrativ
hin und her, als sie ins Badezimmer ging. Sie zog den voll-
gespuckten Anzug aus dem Wäschekorb, in den Fiber ihn
hineingeworfen hatte. Es hätte nicht viel gefehlt, und Iris
hätte sich erneut übergeben, als ihr der säuerliche Geruch in
die Nase stieg. Schnell nahm sie das kleine Gerät heraus und
stopfte die Uniform zurück in den Korb.

Ein Druck auf den roten Knopf – und schon war sie für die
Kameras nicht mehr sichtbar. Sie musste jedoch aufpassen,
dass sie nicht von irgendwelchen Superhelden oder Kandidaten gesehen wurde, die gerade auf dem Weg zur Toilette
waren.

Der Flur war komplett ausgestorben, alle saßen nach wie vor
im Saal. Nachdem Iris sich noch einmal vergewissert hatte,
dass Fiber nicht irgendwo auf der Lauer lag, verließ sie ihr
Zimmer in einer sauberen Uniform.

Iris und Fiber verband eine Hassliebe. Eigentlich moch-
ten sich die beiden. Damals auf dem Kreuzfahrtschiff hatte
Iris intensive Gespräche mit dem polnischen Mädchen ge-
führt und gedacht, dass sie echte Freundinnen waren. Das
war noch vor Iris' Entführung gewesen. Nachdem Fiber sie
dann jedoch betäubt und über Bord geworfen hatte, war al-

42

les anders geworden. Erstaunlicherweise schienen solche Aktionen nicht besonders förderlich für die Freundschaft der beiden zu sein.

Der Beobachtungsraum war nicht besetzt.

Fibers Pass hatte Iris problemlos die Tür geöffnet.

»Justin?«, sagte sie. »Ich bin drinnen!«

Iris wusste nicht, ob er sie hören konnte. Vielleicht schlief er auch. Sie hatte keine Ahnung, wie spät es bei ihm gerade war. Eigentlich wusste Iris nicht einmal, *wo* ihr Bruder sich überhaupt befand. Darüber verlor er kein Wort. Vielleicht hatte er Angst, sie könnte ihn verraten, falls sie erwischt wurde.

Der Beobachtungsraum war beeindruckender, als Iris gedacht hatte. Drei Wände waren über und über mit Bildschirmen bedeckt, nur die Tür war ausgespart. In der Mitte des Raumes stand ein Bürostuhl, auf dessen Armlehne eine Tastatur montiert war. Iris schob die Tastatur zur Seite und setzte sich auf den Stuhl. Ein paarmal drehte sie sich auf dem Stuhl um die eigene Achse, was allerdings keine besonders gute Idee war, da ihr noch immer etwas übel war.

Iris zog die Tastatur zu sich heran, sodass sie auf ihrem Schoß lag. Dann fing sie an zu tippen. Sie gab die Kommandos ein, die ihr Bruder ihr beigebracht hatte. Wie oft verfluchte Iris ihr fotografisches Gedächtnis, aber jetzt gerade war es äußerst nützlich. Sie drückte mit allen zehn Fingern gleichzeitig auf die Tasten, als wollte sie die Zeichen einzeln heraushacken. Auf dem mittleren Bildschirm, der direkt vor ihr hing, flackerten verschiedene Codes über den Bildschirm.

»Alles gut?«, hörte sie Justin fragen.

43

»Hab mich nie besser gefühlt, und du?«

»Ich brauche noch einen Moment, bin noch nicht ganz wach. Wo bist du?«

»Im Herzen von Pala, mit Mr Oz' Geheimnissen direkt vor der Nase. Was willst du wissen? Sein Alter? Seine Lieblingszeitschriften? Ob er auf Männer oder Frauen steht? Sag's mir nur.«

»Du bist mir gerade ein bisschen zu wach. Ich muss erst mal Kaffee aufsetzen.« Iris hörte ihn gähnen.

»Wie spät ist es bei dir?«, fragte Iris.

(Wo auch immer er war.)

»Nach Mitternacht. Wie bist du reingekommen?«

»Mit Fibers Pass. Geklaut. Es läuft gerade der Test für die Level-2-Kandidaten«, fügte sie hinzu.

»Das wird Fiber gefallen.«

In dem Moment fing der Bildschirm an zu flackern.

»Ich bin drin, Justin! Und was mache ich jetzt?«

»Wir werden ein klitzekleines Programm hinzufügen. Tu genau das, was ich dir sage. Ein falsches Zeichen, und hier ist die virtuelle Hölle los.«

Es dauerte fast eine halbe Stunde, die Software neu zu programmieren. Justin las den Code von seinem eigenen Bildschirm ab und ließ Iris jedes einzelne Zeichen beim Eintippen wiederholen. Sie protestierte und sagte, dass sie noch nie im Leben etwas vergessen hatte, doch Justin meinte nur knapp: »Aber ich weiß, wie du tippst.« Also las sie ihrem Bruder brav jedes Komma, jeden Backslash und jedes Zeichen vor, bis er mit ihrer Arbeit zufrieden war.

»Und jetzt RUN!«

»Rennen?«

»Nein. *RUN*, das Kommando *RUN*!«

»Oh.« Iris tippte R U N ein und drückte dann auf Enter. »Und weiter?«, fragte sie, als sich nichts tat.

»Schwesterchen, ich liebe dich, es funktioniert! Alles, was auf Pala aufgezeichnet wird, Bild und Ton, wird ab sofort hierhergeschickt. Von nun an können Olina und ich alles über den Monitor überwachen. Und mit ein wenig Glück kann ich mich sogar selbst in Palas Computersystem einloggen.«

»Olina? Ist die immer noch bei dir?«, fragte Iris erstaunt.

»Ja, sie wollte nicht zurück nach Hawaii, sondern sich bei Mr Oz rächen. Dafür musste ich sie übrigens nicht einmal betäuben.«

Du Fiesling, dachte Iris. »Kann ich jetzt gehen?«, fragte sie schroff. »Ich möchte gerne zurück in mein Bett, ich fühle mich nicht so gut.«

»Ja, wir sind fertig. Danke, Iris.«

»Ich habe das nicht für dich getan, Justin«, zischte sie. »*Over and out.*«

Iris machte den Bildschirm aus und schob die Tastatur zur Seite. Danach schloss sie kurz die Augen, um sich vorzustellen, wie das Zimmer ausgesehen hatte, als sie reingekommen war. Sie rückte den Stuhl und die Tastatur wieder in genau dieselbe Position und wollte schnell das Zimmer verlassen. Genau in dem Moment sprang einer der Bildschirme an. Iris konnte gerade noch sehen, wie Alex und Fiber den Kinosaal verließen.

»Ich verliere nie etwas, Alex«, erklang Fibers Stimme aus den Lautsprechern. »Ich hatte meinen Pass an meinem verdammten Gürtel hängen.«

»Vielleicht hast du ihn einfach irgendwo liegen lassen«, bemerkte Alex.

Fiber schüttelte den Kopf. »*Never.*«

»Was dann? Du meinst ... Iris?«

Fiber nickte.

Dann verschwanden sie aus dem Bild. Der Monitor verdunkelte sich, und der nächste sprang direkt an. Iris zog Fibers Pass aus der Tasche. Und nun?

Auf dem Computerbild trat Fiber in Aktion. »Sieh nach, ob sie noch im Bett liegt.«

»Und was machst du?«

»Ich habe eine Vermutung, wo sie sein könnte. Halt mich auf dem Laufenden.«

Alex nickte und verschwand in die andere Richtung. Ein dritter Monitor ging an, man sah Alex in Richtung Iris' Zimmer gehen.

Fiber näherte sich dem Beobachtungsraum.

Iris schätzte, dass ihr nicht mehr als ein paar Sekunden blieben. Sie ließ den Pass vorne an der Tür fallen, bevor sie sie lautlos öffnete. Dann warf sie einen Blick auf den Flur. Obwohl sie keinen besonders guten Orientierungssinn besaß, kannte sie den unterirdischen Grundriss von Pala in- und auswendig. Iris wusste, dass Fiber in ein paar Sekunden aus dem Gang gegenüber kommen würde. Deshalb bog sie selbst nach links ab, nachdem sie die Tür so leise wie möglich hinter sich zugezogen hatte.

Das unterirdische Pala bestand aus neun ringförmigen Gängen, die durch Zwischengänge miteinander verbunden waren. Ob man links- oder rechtsherum ging, war daher eigentlich egal, weil man irgendwann ohnehin wieder an derselben Stelle herauskam – vorausgesetzt, man wechselte nicht in einen anderen Ring. Der Kinosaal befand sich im ersten und damit kleinsten Ring. Der Beobachtungsraum befand sich im sechsten.

Iris rannte, so schnell das auf Zehenspitzen möglich war, durch den sechsten Ring. Die anderen saßen noch immer alle im Kinosaal (wäre der Test vorbei gewesen, hätte Iris das auf den Bildschirmen gesehen). Sie brauchte also nicht zu fürchten, dass man sie entdecken würde.

Innerhalb weniger Minuten war sie eine ganze Runde gelaufen und kam von der anderen Seite wieder beim Beobachtungsraum an. Iris sah Fiber gerade noch durch die Tür schlüpfen. Ihre Berechnung war also aufgegangen.

Der Zwischengang zum fünften Kreis lag direkt gegenüber vom Eingang zum Beobachtungsraum. Da Fiber sie im Augenblick nicht mehr sehen konnte, wagte Iris es, den Weg zum Kinosaal einzuschlagen.

»Ist alles in Ordnung?«, hallte Justins Stimme in ihrem Kopf.

»Nicht jetzt«, murmelte Iris, als sie durch das Foyer rannte und vorsichtig die Doppelflügeltüren zum Kino öffnete.

Ihr Platz war immer noch leer, und das Erbrochene war weggewischt worden. Dennoch stieg ihr direkt ein säuerlicher Geruch in die Nase. Sie setzte sich neben YunYun und sah auf die Leinwand. Sie versuchte, ihren Atem unter Kontrolle zu kriegen und nicht zu keuchen.

»Geht's dir wieder besser?«, fragte YunYun.

Iris nickte. »Ja, danke. Wie schlagen sie sich da unten?«, fragte sie.

Dilek sah sich um und zischte, dass sie still sein sollten.

47

YunYun rollte mit den Augen. Sie beugte sich zu Iris hinüber. »Gonçalo hat sich das Bein gebrochen, er ist auf die Krankenstation gebracht worden. Die anderen sind gerade mit dem *Indiana Jones*-Raum fertig. Tessa ist als Einzige noch drinnen.«

Der *Indiana Jones*-Raum war eine Grotte, bei der der Boden einstürzte, sobald man eine goldene Figur stahl – genau wie in der Folge *Jäger des verlorenen Schatzes*. Danach kam das Labyrinth mit der mechanischen Spinne. Iris erinnerte sich an jedes Detail. Sie schob alle anderen Gedanken beiseite und versuchte, sich auf das Geschehen auf der Leinwand zu konzentrieren. Ab und zu warf sie einen verstohlenen Blick zum Saaleingang.

»Vergiss nicht, dich wieder sichtbar zu machen«, erinnerte sie Justins Stimme in ihrem Kopf.

Verdammt, vergessen.

Fiber stand in dem Zimmer, das sie selbst »Das Auge von Mr Oz« nannte, und hob ihren Pass vom Boden auf. Sie war sich hundertprozentig sicher, dass sie ihn heute Morgen nicht verloren hatte, *no fucking way*. Die Frage war nur: Wie kam der Pass hierher? Die einzige Antwort, die ihr darauf einfiel, war: Iris.

Ihr Handy klingelte.

»Alex?«

»Sie ist nicht im Bett. Keine Ahnung, wo sie steckt.«

»Hier ist sie auch nicht, aber wenigstens habe ich meinen Pass wieder. Nein, ich habe ihn nicht selbst hier liegen lassen. Kein Kommentar – oder ich schlag dir deinen verdammten Schädel ein.«

»Ich wollte nicht, ich …«

Fiber tippte ein paar Kommandos ein, danach gab sie den Befehl: Iris suchen.

PERSON NOT FOUND, war die Meldung.

Merkwürdig, überlegte Fiber, wieso nicht gefunden? Hatte es einen Computercrash gegeben? Sie wiederholte den Vorgang noch einmal, aber sie erhielt dieselbe Meldung: Person nicht gefunden.

Auf einmal dämmerte es ihr.

»Alex? Sie ist nicht auffindbar. Der Computer weiß nicht, wo sie ist.«

»Das ist unmöglich«, hörte sie ihn sagen.

»Unmöglich ist das nicht. Jemand anders hat das auch schon einmal fertiggebracht, erinnerst du dich?«

Es dauerte, bis bei Alex der Groschen fiel. »Shade«, sagte er schließlich.

»Shade«, bestätigte Fiber. »Ihr *Bruder*«, fügte sie noch hinzu.

»Also sind sie vielleicht wirklich telepathisch miteinander verbunden?«, fragte Alex ungläubig.

»Auf jeden Fall stehen sie in Kontakt, vielleicht auch über den Chip, dann wäre er allerdings echt ein verdammtes Genie.«

»Aber wo kann sie jetzt sein?«

Es war, als hätte der Computer ihr Gespräch belauscht, denn genau in diesem Moment sprang der Bildschirm an.

PERSON FOUND. NO IMAGE war die Meldung.

»Alex, sie ist im Kino. Aber die Kameras im Saal funktionieren nicht. Ich kriege hier kein Bild!«

»Wieso nicht?«

»Laut Computer sind die Kameras ausgeschaltet.«

»Also war das Ganze vielleicht doch nicht geplant?«, fragte Alex.

Darauf konnte Fiber ihm keine Antwort geben.

Iris hatte Alex und Fiber inzwischen fast vergessen. Voller Schrecken sah sie den Kandidaten auf der Kinoleinwand zu. Die Kamera zoomte die elfjährige Tessa heran. Sie stand mit dem Rücken zum Abgrund und mit dem Gesicht zur Wand. Ihr blondes Haar war strähnig und verfilzt. Unter ihr war der Boden eingestürzt, sodass nur noch ein winziges Sims übrig war, das an der Mauer entlang bis zu einer Tür führte. Iris erinnerte sich daran, wie schmal die Kante gewesen war. Tessa war nur vier Meter von der Tür entfernt. Vom Kinosaal aus betrachtet, schien das keine große Entfernung zu sein, aber Iris wusste, wie gefährlich es war und wie weit es darunter in die Tiefe ging.

Tessa schob sich langsam an der Wand entlang in Richtung Tür, den Rücken weiter zum Abgrund gewandt. Schritt für Schritt bewegte sie sich seitwärts voran.

»Nein!«, schrie YunYun.

Iris schoss in ihrem Sessel in die Höhe.

Unter Tessas Füßen war ein Stück Stein abgebröckelt, sodass sie fast das Gleichgewicht verlor.

»Sie ist zu jung!«, schnauzte Iris. »Ihr Platz wäre auf der Schulbank, aber doch nicht hier!«

»Sie ist älter als ich«, sagte YunYun unerwartet heftig. »Komm schon, Tessa, du schaffst das!«

Aber sie schaffte es nicht.

Iris sah, wie Tessa ihren Fuß auf ein loses Zementstück

setzte. Einen Augenblick später stand sie nicht mehr auf dem schmalen Rand, der Boden unter ihren Füßen brach weg, und sie stürzte in die Tiefe. Im Fallen schlug sie wild mit den Armen um sich. YunYun schrie. Die Kandidaten im Saal mussten mit ansehen, wie sich das Mädchen in einem verzweifelten Überlebensversuch am Rand festkrallte.

Tessa kreischte vor Angst, aber keiner war da, der ihr helfen konnte.

»Komm schon, Schuschu!«, rief YunYun. »Zieh dich hoch!«

Es war, als würde das Mädchen ihre Freundin rufen hören. Mit verbissenem Gesicht zog Tessa sich hoch und versuchte, das rechte Bein über den Rand zu hieven. Der erste Versuch ging daneben. Beim zweiten Versuch bröckelte wieder Stein ab, wodurch Tessa beinahe erneut das Gleichgewicht verlor. Beim dritten Versuch schaffte sie es schließlich. Sie stemmte sich zurück auf den Rand.

»Schuschu?«, fragte Iris, als sie sah, dass Tessa in Sicherheit war.

»Den Namen hat sie sich selbst gegeben«, murmelte YunYun.

Tessa richtete sich unter großer Anstrengung ein Stück weit auf und stolperte dann mit letzter Kraft in Richtung Tür. Fast geschafft, danach wartete das Labyrinth.

Und die Spinne ...

Als Nächstes sah Iris, wie Tessa bei der ihr bekannten Stahltür ankam. Am Eingang zum Labyrinth befand sich eine Tastatur. Es war anders als damals, als Iris mit YunYun dort gestanden hatte. Sie (oder besser gesagt YunYun) musste eine mathematische Formel lösen.

»Was für ein Talent hat sie?«

51

»Sie ist schnell.«

Noch bevor Iris fragen konnte, in was Tessa denn so schnell war, wurde der Buchstabe T auf der Tür abgelichtet, kurz darauf folgte ein I und zweimal das P. Dann entstand eine kurze Pause, bevor in sehr viel schnellerem Abstand die Buchstaben M, I und T folgten.

»Tipp mit«, hörte Iris verschiedene Kinder im Saal flüstern. Auch Tessa hatte die Botschaft verstanden und tippte den Satz mit zehn Fingern.

Enter.

Es erschienen neue Buchstaben, diesmal in kürzeren Abständen. Tessa – die ganz offensichtlich einen 10-Finger-Schnellschreib-Kurs belegt hatte – fing an zu tippen. Dabei hielt sie immer alle zehn Finger im Anschlag. Aus dem Saal erklang empörtes Raunen. Dilek (natürlich wieder Dilek) war der Meinung, dass Tessa es viel zu leicht hatte. Doch dann wurden die Buchstaben schneller und schneller.

»Mann, das ist doch nicht zu schaffen«, murmelte Iris in sich hinein.

Tessa tippte jedoch einfach weiter, die Augen starr auf die Tür gerichtet. Ein Buchstabe nach dem anderen, Wort für Wort und Satz für Satz flog in die Tastatur. Iris versuchte, mitzulesen:

»*Hab acht vorm Zipferlak, mein Kind!*
Sein Maul ist beiß, sein Griff ist bohr!
Vorm Fliegelflagel sieh dich vor,
Dem mampfen Schnatterrind!«[3],

murmelte sie. Danach ging es so schnell, dass sie nicht mehr folgen konnte.

»Was ist ein Zipferlak?«, fragte YunYun.

»Ein Zipferlak, oder auch Jabberwocky genannt, ist ein Begriff von Lewis Carroll. Das Gedicht stammt aus *Alice im Wunderland*. Du weißt doch, dass Mr Oz auf diese alten Bücher steht.«

Bewundernd sahen sie zu, wie Tessa auch die höchst seltsamen, selbst erfundenen Worte aus dem Gedicht fehlerlos abtippte.

»Meine Güte, die ist aber wirklich schnell«, murmelte Iris. »Wie kann jemand nur so schnell sein?«

»Sie muss noch schneller werden, Iris ...«

Iris wusste, was ihre Freundin meinte. Jeden Moment konnte nämlich die mechanische Spinne auftauchen. Wenn Tessa schnell genug war, würde sie es vorher noch bis ins Labyrinth schaffen. Wenn nicht, dann ...

Neben ihr saß YunYun und litt mit Tessa mit. Die beiden waren anscheinend wirklich gute Freundinnen. Warum war Iris das bloß nicht vorher aufgefallen? War sie so sehr mit sich selbst

(und Justin)

beschäftigt gewesen?

Im Saal war es totenstill. Alle warteten auf das vertraute Stampfen, mit dem sich die Spinne ankündigte.

»ROAAAAAHH«, klang es da auf einmal aus den Lautsprechern. Tessa erstarrte und hörte auf zu tippen.

»Was war das denn?«, fragte YunYun ängstlich. »Das klingt aber nicht wie eine Spinne, Iris!«

Das Gebrüll war ohrenbetäubend. Im Saal dröhnte es gleichzeitig von vorne und von hinten aus den Lautsprechern. Das Ganze erinnerte an einen Actionfilm, nur mit dem kleinen Unterschied, dass alles, was die Kinder auf der Leinwand

sahen, auch in Wirklichkeit geschah. Und dass dieser unterirdische Schauplatz sich nur wenige Meter unter ihnen befand.

Iris wollte aufspringen. Sie wollte Tessa im Untergrund
zu Hilfe eilen. Sie fühlte sich so machtlos, weil sie nicht in
der Lage war, dem Mädchen zu helfen.

Sie hoffte, dass Tessa nicht nur schnell tippen, sondern
auch schnell rennen konnte.

Die Türen des Kinosaals öffneten sich, und Alex und Fiber
traten ein. Fiber wollte direkt zu Iris laufen, aber Alex hielt
sie am Arm fest. Er deutete zur Leinwand.

Durch den Saal ging ein Raunen der Empörung, als in der
Grotte ein schwarzer Schatten auftauchte. Das hier war nicht
die Spinne, dafür war der Schatten viel zu groß. Diese Kreatur hatte vier Pfoten anstelle von acht und einen Kopf mit
spitzen Ohren.

Das Tier, das in die Grotte kam, war ein Amerikanischer
Schwarzbär.

Als Kind hatte Iris sich sehr für Tiere interessiert. Sie hatte
gerne Tierlexika gelesen. Dieses Wissen war nun in ihrem
Kopf gespeichert und kam auf Anfrage (oder ungefragt) heraus. Der Amerikanische Schwarzbär (*Ursus americanus*, auch
Baribal genannt) zählte zu der kleinsten von drei in Nordamerika ansässigen Bärenarten. Das Monster hier auf der
Leinwand wog mindestens zweihundert Kilo und überragte
Tessa, selbst wenn es auf vier Pfoten stand. Tessa drückte
sich ängstlich gegen die Mauer. Neben ihr raste der Text aus
dem Gedicht in einem unmenschlich schnellen Tempo über
die Wand.

»Nein!«, schrie YunYun. »Lass sie gehen! Schuschu!«

Iris warf Alex einen flehenden Blick zu, aber der schüttelte nur kaum merklich den Kopf. Er konnte nichts tun oder wollte nichts tun, was aufs Gleiche hinauskam.

Jetzt richtete sich der Bär auf. Er stellte sich auf seine Hinterpfoten und ließ ein schauriges Gebrüll los. Auch nach all dem Training hatte das elfjährige Mädchen gegen dieses Ungetüm keine Chance. Sie selbst war schließlich noch nicht einmal einen Meter fünfzig groß.

Iris wusste, wie scheu Schwarzbären normalerweise waren, neunzig Prozent der Angriffe auf Menschen wurden von Grizzlybären verübt. Schwarzbären fielen Menschen selten an, sie hatten sogar Angst vor ihnen. Das waren jedoch alles Informationen, mit denen Tessa in diesem Moment herzlich wenig anfangen konnte – zumal der Bär, der auf sie losgelassen wurde, ja mechanisch gesteuert wurde. So war es auch schon bei der Spinne gewesen. Darum brauchte sich das Tier *(oder besser gesagt Mr Oz)* an keine Regeln zu halten und konnte mit Tessa machen, was es wollte.

Der Bär richtete sich noch ein Stück weiter zu seiner vollen Größe auf. Dann setzte er ein paar wankende Schritte nach vorne. Sein Brüllen erfüllte den gesamten Saal. Der Kopf war jetzt überlebensgroß auf der Leinwand zu sehen. Tessa machte sich ganz klein und schien den ersten Schlag der Pranken gelassen abzuwarten.

Plötzlich griff der Bär Tessa an. Er versuchte, sie mit seinen Krallen zu packen und dann in den Nacken zu beißen. Tessa war allerdings schon längst nicht mehr dort, wo er sie erwartet hatte.

Jubelrufe erfüllten den Saal, als die Zuschauer begriffen, was hier gerade passiert war. Iris jubelte am lautesten.

Tessa hatte den Bären mit einem Täuschungsmanöver ausgetrickst. Anstatt nach links zu springen, hatte sie sich in die andere Richtung weggeduckt, sodass der Bär ins Leere gesprungen war. Noch bevor der Bär reagieren konnte, war Tessa schon zurück auf den Gang geflitzt. Als der Bär sich umdrehte, war Tessa bereits verschwunden.

»Ja!«, schrie YunYun. »Ja!«

»Sie ist wirklich irre schnell, Yun!«, bemerkte Iris mit ehrlichem Erstaunen.

»Ich habe es doch gesagt!«, rief YunYun.

Die Kameras filmten Tessa auf ihrer Flucht. Leider folgte der Bär dem Mädchen in einem Tempo, das Iris überraschte.

»Nie im Leben kann ein Bär so schnell rennen«, fluchte Dilek, die eine Tierexpertin war und von sich selbst behauptete, dass sie mit Tieren sprechen konnte.

»Das ist ein mechanisches Monster, anders geht das gar nicht«, rief Nassim, die neben ihr saß.

»Eine Meisterleistung, dieses Tier«, murmelte Iris. »Viel ausgefeilter als die Spinne. Wer baut denn eigentlich diese Viecher?«, fragte sie, ohne darauf wirklich eine Antwort zu erwarten.

»Oh, verdammt, Iris!« YunYun griff ihre Freundin am Arm. »Jetzt sitzt sie fest!«

Genau so war es. Tessa stand mit dem Rücken vor der Öffnung zum *Indiana Jones*-Raum, in dem sich anstelle eines Fußbodens nur noch ein fünfzig Zentimeter breiter Rand entlang der Wand befand. Darunter war gähnende Leere. Da der Gang hier endete, konnte Tessa zwischen dem Abgrund und dem Bären wählen.

Tessa stand in der Türöffnung und litt Todesängste. Sie

war so weit zurückgewichen, wie das eben möglich war, ohne direkt in die Tiefe zu stürzen.

Von vorne galoppierte der Bär wie ein geisteskrankes Pferd auf sie zu. Er schäumte vor Wut und knurrte und schnaubte. Dabei hatte er das Maul so weit aufgerissen, dass man sah, wie ihm der Sabber zwischen den Zähnen herauslief. Ohne sein Tempo zu drosseln, sprang er mit seinem ganzen Gewicht auf Tessa zu.

Tessa trat einen letzten Schritt zurück und ließ sich kurzerhand in die Tiefe fallen.

»Neeeiiin!«, rief YunYun und sprang auf. Ihr Schreien ging jedoch im Gekreische der anderen Kandidaten im Saal unter.

Auch der Bär schoss nun pfeilschnell abwärts in die Grotte. Für den Bruchteil einer Sekunde schien er in der Luft zu schweben, dann fiel er wie ein Betonbrocken nach unten. Kurz darauf hörte man ein enormes Donnern, und eine riesige Staubwolke stieg auf.

»Das wird Mr Oz nicht gefallen«, hörte Iris Fiber sagen. »Das Ding hat locker eine Million Dollar gekostet ... und jetzt einfach *kapotski*.«

»Ist ein Roboter mehr wert als ein Menschenleben?«, fragte Alex.

»Hier ja, Alex.«

Die Kamera war weiterhin auf den leeren Raum gerichtet. Iris wartete auf die Meldung, die in wenigen Sekunden oben am Bildrand erscheinen würde: KANDIDAT DURCH-GEFALLEN. Obwohl sie das hier schon öfter erlebt hatte, würde sie sich nie daran gewöhnen können.

Doch statt der Meldung erschienen fünf Finger und dann

noch einmal fünf Finger an der Felskante. Kurz darauf tauchte Tessas blutverschmiertes Gesicht, nun schon zum zweiten Mal am heutigen Tag, wieder auf. Mit einem Urschrei, der dem Gebrüll des Bären in nichts nachstand, stemmte Tessa sich zurück auf das schmale Sims. Sie richtete sich auf.

Tessa blickte direkt in die Kamera. Das elfjährige Mädchen mit dem blutigen, dabei aber auf eine Weise engelsgleichen Gesicht sah ihr Publikum an. Sie starrte Mr Oz an, der natürlich von seinem Aquarium aus zuschaute. Tessa hob die rechte Hand und zeigte den Zuschauern den Mittelfinger.

Jetzt hielt die Menge sich nicht mehr zurück. Alle jubelten und schrien.

»*Yeah*!!! Tessa!!! Tessa!!!«

Fiber hatte sich neben Iris gestellt. Das polnische Mädchen beugte sich herab und flüsterte ihr ins Ohr: »Hat die Ärztin dir nicht gesagt, dass du dich ausruhen sollst?«

»Ich konnte aber nicht schlafen. Ich habe es in meinem Zimmer nicht mehr ausgehalten«, antwortete Iris. »Du hattest recht, ich gehöre hierher und nicht ins Bett.« Sie versuchte, überzeugend zu klingen.

»Pass echt auf, Iris. Du siehst aus wie ein Schatten deiner selbst«, sagte Fiber auf Englisch. Dabei legte sie besondere Betonung auf das Wort für Schatten: *Shade*.

Ob sie etwas ahnte?

»Ich ... ich passe auf«, stammelte Iris.

»Das solltest du auch. Du könntest sonst womöglich von der Bildfläche verschwinden, wie ein Schatten im Licht«, sagte Fiber und drehte sich auf dem Absatz um.

Bis der Test zu Ende war, blieb Iris einfach im Saal sitzen.

Sie sah, wie Tessa sich durchs Labyrinth kämpfte und wie sie später, genau wie alle anderen Kandidaten, den Berg zum Schloss hinauf erklomm – völlig ermattet, blutig und aufs Übelste zugerichtet.

Doch dieses Mal starb niemand.

Iris versuchte, sich in den darauffolgenden Tagen unauffällig zu verhalten. Sie merkte, wie sie von Fiber und Alex beobachtet wurde. Egal, was sie tat, ständig spürte sie ihre Augen auf sich ruhen. Deshalb tat sie genau das, was von ihr erwartet wurde, nicht mehr und nicht weniger.

Die Pillen der Ärztin halfen Iris abends beim Einschlafen, aber sie verhinderten nicht, dass sie weiterhin schlecht träumte. Oft waren es Situationen, die sie selbst erlebt hatte. Sie wirkten sehr echt, auch wenn sie immer etwas verfremdet waren.

Eine Nacht war besonders schlimm. Im Traum war sie wieder im Beobachtungsraum, diesmal jedoch mit dem echten Justin. Fiber hatte die beiden erwischt und verwandelte sich in einen Schwarzbären. Bevor Iris etwas sagen oder tun konnte, verschlang der Bär ihren Bruder mit Haut und Haar.

Schweißgebadet wachte sie auf. Iris hatte eigentlich gedacht, dass sie nicht geschrien hatte, aber kurz darauf tauchte YunYuns besorgtes Gesicht oben an ihrer Bettkante auf.

Die frischgebackenen Level-3-Kandidaten wurden jubelnd empfangen. Es wird voll auf Pala, stellte Iris fest. Noch ein paar entführte Kinder mehr, und der Speisesaal würde nicht mehr ausreichen.

In diesem Raum gab es neun farbige Felder. Als Iris zum

ersten Mal hier angekommen war, dachte sie, dass man neun Level schaffen musste, bis man ein Superheld wurde. Sie hatte einige Kandidaten aus den höheren Leveln gesehen. Seit Neuestem wurden aber auch aus Kandidaten Superhelden, die erst Level 5 erreicht hatten. Verkürzte Mr Oz die Ausbildung? Hatte er es eilig?

YunYun wich Tessa nicht von der Seite, und Iris merkte, dass sie ein bisschen eifersüchtig war. YunYun und sie waren doch beste Freundinnen, oder etwa nicht?

GUTE NACHRICHTEN

Olina und Justin wechselten sich alle zwei Stunden ab. Anders als auf Pala standen ihnen hier keine sechsunddreißig Monitore zur Verfügung, sondern nur zwei. Sie waren mit dem schnellsten Computer verbunden, den sie hatten auftreiben konnten.

Die beiden befanden sich immer noch in Colorado. Manchmal versuchten sie zu schlafen, doch die meiste Zeit starrten sie auf ihre Bildschirme, stets auf der Suche nach Hinweisen. Justin hatte versucht, Olina zum Kaffeetrinken zu bringen, aber sie schwor weiterhin auf ihr *Red Bull* – mit dem Resultat, dass ständig ein widerlicher, süßer Geruch im Raum hing.

Sie überprüften die Bilder. Dabei sahen sie Iris, die sich schläfrig durch ihr Training kämpfte, und Superhelden, die Kandidaten unterrichteten. Sie hörten Gespräche ab, von denen eines nichtssagender war als das andere.

»Und so sollen sich echte Spione fühlen?«, seufzte Olina.

»Hat wenig mit *James Bond* zu tun, oder?«, bemerkte Justin. »Neunundneunzig Prozent der Dinge, die du hörst und siehst, sind nicht wichtig. Deshalb haben die Amerikaner auch eine spezielle Software entwickelt, die alles Gesagte auf gefährliche Wörter hin untersucht. Sobald jemand das Wort ›Bombe‹ oder ›Drogen‹ ausspricht, geht ein Signal los.«

»Und warum haben wir so was nicht?«

»Weil ich keine Ahnung habe, wonach ich suchen soll.«

»Wenigstens bist du ehrlich«, bemerkte Olina. »Zumindest mir gegenüber.«

»Was meinst du damit?«

»Nichts.«

»Hm ...«, machte Justin. »Übrigens habe ich sehr wohl ein paar Worte eingegeben, wie zum Beispiel ...«

Genau in dem Moment fing der Computer an zu piepen, und der Suchbegriff MR OZ erschien auf dem Bildschirm.

»Mr Oz«, beendete Justin seinen Satz.

»*That's really creepy*«, sagte Olina.

»*Yeah* ...« Schnell schaltete Justin zu der Kamera, die das Signal abgegeben hatte. Von seinem Standort aus hatte er Zugriff auf Palas Software. Auf dem Bildschirm tauchten Alex und Fiber auf. Ganz offensichtlich waren sie in eine hitzige Diskussion verwickelt. Eigentlich sah es sogar eher nach einem Streit aus.

»Für wen hältst du mich denn? Ich bin doch nicht Mr Oz' Diener?« Alex rang die Hände.

»Doch, genau das bist du«, antwortete Fiber.

Justin grinste. Exakt so hatte er das polnische Mädchen kennengelernt – Fiber war einfach ein sehr charmantes Wesen.

»Bin ich nicht!«

»Natürlich bist du das. Mr Oz ruft, und schon bist du da. Du tust doch alles, was er will.«

»Ich bin nicht dafür zuständig, seinen Dreck aufzuräumen, Fiber. Soll ich dir außerdem mal was sagen? Das Mädchen hätte tot sein können.«

»Ich weiß, Alex.«

»Es sterben zu viele, Marthe. Wie können wir die Welt retten, wenn unsere eigenen Soldaten sterben?«

»Vielleicht waren es dann keine guten Soldaten?«

Sie standen vor Mr Oz' Zimmer.

»Also, was tust du jetzt, Alex?« Fiber hatte die Hände in die Seiten gestemmt und sah zu Alex auf, der etwa zehn Zentimeter größer war als sie. »Sagst du ihm, dass du nicht mehr mitmachst? Wenn keine Tests mehr bestanden werden müssen, gibt es auch keine neuen Superhelden mehr. Was ist Mr Oz wohl wichtiger – die Beschwerden seines Dieners oder seine eigenen verdammten Pläne?«

Olina hatte ihren Stuhl neben den von Justin gerollt.

»Hast du eine Ahnung, wovon sie reden?« Sie flüsterte, als könnten die zwei auf Pala sie hören.

»*Not a fucking clue*«, antwortete Justin.

Auf dem Bildschirm sah Alex Fiber wütend an. »*Whatever*«, sagte er dann etwas ruhiger. »Ich räume jetzt diesen blöden Bären weg. Oder besser gesagt: Ich lasse ihn wegräumen.«

»Wo muss er denn eigentlich hin?«

»Das darf ich dir nicht sagen.«

»Du bist schon genauso schlimm wie er.«

»Iris?«

Diesmal hatte Iris das Vibrieren des Chips nicht bemerkt. Das war auch nicht verwunderlich, da die Boxen in Palas einziger Diskothek um einiges stärker vibrierten.

»Meine Güte, was ist denn das für ein Lärm?«, hörte sie die Stimme ihres Bruders. Trotz der lauten Musik konnte sie jedes Wort verstehen, was wohl daran lag, dass seine Stimme direkt in ihrem Kopf war.

»Ich gehe mal kurz raus auf den Gang, ein bisschen frische Luft schnappen«, schrie Iris YunYun ins Ohr. Die Freundin nickte.

Während Iris sich ihren Weg durch die tanzende Menge bahnte, überlegte sie, wie lange es her war, dass sie wirklich frische Luft geschnappt hatte. Es war draußen am Strand gewesen.

Als sie auf dem Gang war, hielt sie schnell den halbrunden Apparat an ihren Chip am Hals, damit ihr Gespräch nicht aufgenommen werden konnte.

»Hier ist eine Party für alle aus Level 2. Level 2 wird zu Level 3, du kennst das ja.«

»Es gibt eine gute und eine schlechte Nachricht«, berichtete Justin.

»Ich will erst die gute Nachricht hören«, sagte Iris.

»Alex wird immer aufsässiger. Er hat schon angefangen zu zweifeln, als ich noch auf Pala war. Aber jetzt ist er mit dem Superboss wirklich nicht mehr einverstanden.«

»Und warum ist das eine gute Nachricht?«

»Vielleicht kannst du ihn für unsere Sache gewinnen? Er mag dich doch, oder?«

Noch vor ein paar Monaten hätte Iris ihm zugestimmt, aber jetzt sprach sie kaum noch mit Alex, und er ging ihr aus dem Weg. Lag das an den Kameras oder an ihr?

»*Yeah, I guess.* Und was ist die andere Nachricht?«

Justin erzählte ihr von dem Bären.

»Das heißt, Alex weiß, wo die mechanischen Tiere herkommen?«

»*Yep.*«

»Dann will ich das auch wissen.«

Die Tür zur Diskothek ging auf, und Asare kam heraus. Sie grinste Iris an. Iris schenkte ihr ein mattes Lächeln. Als sie außer Sichtweite war, fragte Iris: »Und was soll ich machen?«

»In deinem Unsichtbarkeits-*Gadget* steckt ein Sender. Du kannst ihn einfach herausnehmen.«

»Lass mich raten. Ich soll Alex folgen und dem Bären heimlich das Ding einsetzen. Ohne dass die Kameras mich dabei sehen. Das Problem ist nur, dass ich anschließend leider selbst nicht mehr für die Kameras unsichtbar bin, weil ich den Apparat ja gerade woanders eingesetzt habe.«

»Ja, vielleicht ist das dann doch eher eine schlechte Nachricht.«

»Na super, danke.«

KLEINE STALKERINNEN

»Sonst sieht sie eigentlich ganz normal aus. Ein bisschen müde vielleicht«, bemerkte Tessa, die Iris aus sicherer Entfernung beobachtete.

»Kann sein«, flüsterte YunYun, »aber sie führt die ganze Zeit Selbstgespräche, und nachts ist sie fast nur noch unterwegs. Sie schlafwandelt! Ich mache mir echt Sorgen!«

»Klingt für mich eher so, als hätte sie einen Freund.«

»Meinst du wirklich?« YunYun sah sie nachdenklich an.

»Ich habe eine ältere Schwester«, erklärte Tessa. »Sie ist in Iris' Alter und benimmt sich genauso. Den ganzen Tag ist sie nur am Simsen und Chatten.«

»Ich weiß, dass sie Alex mag«, sagte YunYun nachdenklich.

»Siehst du, da hast du es doch schon!«, sagte Tessa triumphierend. »Offiziell darf sie gar nicht mit ihm reden, weil sie selbst noch kein Superheld ist, deshalb müssen sie es heimlich tun! Wetten, dass sie was miteinander haben?«

Die beiden saßen nebeneinander auf einer Bank im siebten Ring. Hier befand sich der Raum für Kampfsport.

»Ja, vielleicht hast du recht«, antwortete YunYun.

Die Tür auf der anderen Seite des Gangs öffnete sich, und Fiber trat heraus.

»*Ladies?*«, sagte sie. »*Ready to get your asses kicked?*«

»Heute Abend?«, fragte Iris lässig, als würde sie mit sich selbst und nicht mit ihrem Bruder am anderen Ende der Welt sprechen.

»Oder heute Nacht«, sagte Justin. »Alex schläft gerade.

Normalerweise würde er sich tagsüber niemals hinlegen. Anscheinend weiß er, dass er heute Abend aufbleiben muss.«

Iris hatte keine Ahnung, ob das stimmte. Sie selbst würde auch gerne ein kleines Nickerchen halten, aber daran war nicht zu denken. Kandidaten mussten stets ihrem genauen Zeitplan folgen. Nur wenn man krank war, durfte man fehlen.

»Na toll«, gähnte Iris. »*Another night, another fight.*«

»Du brauchst nicht gegen ihn zu kämpfen«, erklärte ihr Bruder, »du musst ihn einfach nur verfolgen.«

»Ja, danke, hab ich mir fast gedacht«, sagte Iris kratzbürstig. Aber die Dinge liefen ja meistens nicht nach Plan.

»Es gibt da nur ein klitzekleines Problem«, erklang Justins Stimme in ihrem Kopf.

»Das war ja klar«, sagte Iris. Nassim, ein Junge, der an ihr vorbeiging, warf ihr einen irritierten Blick zu. Sie ignorierte ihn. Sie wusste, dass die meisten Kandidaten sie für seltsam hielten. »Und das wäre, wenn ich fragen darf?«

»Der mechanische Bär befindet sich unter dem *Indiana Jones*-Raum. Olina und ich gehen davon aus, dass Alex mit dem Lift fährt.«

Ja, dachte Iris. Ihr kam es auch eher unwahrscheinlich vor, dass Alex die Rutsche nahm. Sie sah sofort, wo das Problem lag.

»Er braucht seinen Pass, um den Lift zu bedienen«, sagte sie.

»*Yep.* Du kannst ihn nicht klauen, denn dann …«

»Dann kommt er selbst nicht mehr nach unten«, unterbrach Iris ihn. »Versteh' schon. Und Fibers Pass?«

»Der funktioniert wahrscheinlich nicht. Ich glaube, sie hat keinen Zugang.«

Ein Glück, dachte Iris. Nie im Leben würde es ihr gelingen, Fibers Pass ein zweites Mal zu klauen.

»Und nun?«

»Wir hatten gehofft, dass du eine brillante Idee hast«, antwortete Justin.

»Ich kann beim Herunterfahren zu ihm in den Lift steigen«, schlug Iris vor. »Aber dann hoffe ich doch sehr, dass er auch wirklich auf unserer Seite ist, Brüderchen. Sonst würde ich ziemlich alt aussehen.«

»Das Risiko ist zu groß«, sagte Justin. »Was ist, wenn er dich direkt zu Mr Oz schleppt?«

»Also gut, überleg dir mal besser einen Masterplan, Brüderchen. *I have to go.*«

Iris stand auf. Sie ging zurück in die Disco und tat so, als würde sie Spaß haben.

Justin schaltete den Ansibel aus. Olina sah ihn an.

»Du musst dich rasieren«, sagte sie.

»Keine Zeit. In weniger als zwölf Stunden muss ich eine Lösung parat haben. Ich habe keine Ahnung, was ich tun soll.«

Olina setzte sich auf seinen Schoß. Sie nahm seinen Kopf in die Hände und legte ihre Stirn an seine. Ihre Lippen waren nur ein paar Zentimeter von seinem Mund entfernt.

»Du bist ein Genie, oder?«, sagte sie leise.

»Ja, so heißt es zumindest«, gab er zögerlich zu.

»*Well*, dann zeig, dass du ein Genie bist. *Think outside the box.*«

»Es gibt keine Box«, erwiderte Justin.

»Genau das meine ich.« Sie beugte sich noch ein Stückchen weiter nach vorne, doch ihre Lippen berührten seine nach wie vor nicht. »Und wer weiß, vielleicht wartet am Ende ja eine Belohnung auf dich?«, flüsterte sie ihm ins Ohr.

»W...was für eine Belohnung?«, stotterte Justin.

»Das wirst du dann schon sehen«, sagte sie.

Wurde sie jetzt wirklich gerade rot? Justin hatte nicht gewusst, dass Menschen mit dunkler Hautfarbe erröten konnten. Sie stand auf und ließ ihn alleine sitzen.

Justin atmete tief durch. Er vertrieb alle Gedanken aus seinem Kopf und wandte sich wieder seinem Computer zu. Gerade hatte er einen Gedankenblitz gehabt. Als er jedoch die Hände auf die Tastatur legen wollte, fiel ihm etwas auf.

»Olina?«, fragte er. »Hast du zufälligerweise gerade deine Superkraft benutzt, um mich von meiner Superkraft zu überzeugen?«

Sie gab keine Antwort, sondern lächelte nur.

»*Wakey, wakey*«, sagte Justin. »*Alex is on the go!*«

»Du bist ja gut drauf«, nuschelte Iris, um YunYun nicht aufzuwecken. Sie hatte Justins *Gadget* schon angewandt, sodass ihr die Kameras nicht gefährlich werden konnten.

Iris lag angezogen im Bett. Es war kurz nach Mitternacht, und sie war hundemüde. Sie seufzte tief. Voller Selbstmitleid richtete sie sich auf und kletterte leise die Leiter hinab.

»Triffst du dich jetzt mit Alex?«, erklang YunYuns Stimme unter der Bettdecke.

Iris setzte sich auf ihre Bettkante und fragte misstrauisch: »Woher weißt du das?«

»Tessa hat es erraten. Sie denkt, dass ihr was miteinander habt.«

Schön wär's, dachte Iris. Glaubte sie zumindest. »Es ist …
kompliziert«, antwortete sie. Diesmal brauchte sie gar nicht
zu lügen.

»Dann wirst du also nicht gerade wahnsinnig?«

Iris fing an zu lachen. »Nein, soweit ich weiß nicht.«

»Du verheimlichst mir etwas, Iris. Du führst Selbstgespräche.«

»Geduld, kleine Heuschrecke«, sagte Iris. »Irgendwann
kommt alles ans Licht.«

»Ja, Kung Fu Panda«, scherzte YunYun.

Iris gab YunYun einen Kuss auf die Stirn. »Schlaf weiter,
ja?«

»Ist gut. Pass auf dich auf.«

Iris schlich zur Tür. Als sie sich noch einmal umsah,
schien YunYun schon wieder eingeschlafen zu sein.

YunYun wartete, bis Iris das Zimmer verlassen hatte. Dann
kletterte auch sie aus dem Bett und zog sich schnell ihre Uniform an. Wenn sie Iris noch einholen wollte, durfte sie keine
Zeit verlieren. YunYun rannte aus der Tür und bog rechts in
den Gang ein, sie folgte Iris mit etwas Sicherheitsabstand.
Sie musste wissen, was ihre Freundin im Schilde führte.

Fiber saß im Beobachtungsraum und sah zu Alex auf dem
Bildschirm. Seine Stimme erklang aus den Lautsprechern,
während Fiber selbst in ihr Headset sprach.

»Und?«, fragte er.

»Von Iris keine Spur«, murmelte Fiber. »Obwohl … warte
mal!«

»Was ist los?«

»Unerwartete Wendung. Nicht Iris, sondern ihre verdammte kleine Freundin läuft hier rum!«

»YunYun? Im Ernst? Das ist aber merkwürdig. Meinst du,
Iris hat sie eingeweiht?«

»Kann sein. Laut Computer liegt Iris ganz normal im Bett.«
Fiber sah auf ihrem Bildschirm Alex zum Aufzug gehen.

»Kommt sie in meine Richtung?«, fragte Alex.

Fiber bejahte.

»Okay, dafür habe ich jetzt keine Zeit. *Deal with it*, Fiber.
Ich fahre nach unten.«

Iris bewegte sich so schnell, wie sie konnte, von Ring zu
Ring. Dabei berichtete ihr Justin über den Chip, wo Alex sich
gerade befand.

»Hast du unser kleines Problem schon gelöst, Justin?«,
keuchte Iris.

»Was glaubst du wohl, warum ich so fröhlich bin?«, erwiderte ihr Bruder.

»Was weiß ich, vielleicht hat Olina dich ge…«

»Iris!«, dröhnte Justins Stimme in ihrem Kopf.

»Okay, sei doch nicht so empfindlich, Brüderchen«, grinste
sie. »Man könnte ja fast auf die Idee kommen.«

»Still! Du bist fast bei ihm. Nur für den Fall, dass du das
vergessen haben solltest: Du bist nicht wirklich unsichtbar,
sondern nur für die Kameras. Alex kann dich ganz normal
reden hören.«

Iris verstummte auf der Stelle.

»Siehst du das?«, fragte Justin Olina. Er zeigte auf das kleine
Mädchen, das durch die Gänge rannte.

»YunYun? Verfolgt sie Iris?«

»*Yep*. Wenn sie nicht aufpasst, verrät sie ihre Freundin noch. Iris?«

Seine Schwester murmelte ein leises »Ja«.

»Hör zu, deine kleine Freundin verfolgt dich. Sie ist in Ring drei.«

»YunYun?«

»Ja. Du musst sie aufhalten, und zwar schnell, Alex betritt jetzt den Aufzug.«

»Mist. Okay!«

YunYun hatte eine Vermutung, wohin Iris unterwegs war. Iris hatte einmal etwas von ihrem Besuch mit Alex am Strand erwähnt, aber viel mehr hatte sie nicht gesagt. Ständig hatte sie Angst, dass man sie abhören könnte.

YunYun versetzte es einen Stich, sie war eifersüchtig. Wie gerne würde sie mal wieder den Mond sehen. Warum nahm Iris sie nicht einfach mit?

Weil sie verliebt ist, ist doch sonnenklar, beantwortete YunYun sich selbst die Frage. Sie braucht dich nicht.

Als YunYun gerade in den Gang zum zweiten Ring einbog, wurde sie plötzlich am Nacken gepackt. Bevor sie protestieren konnte, drückte Iris sie gegen die Wand und hielt ihr den Mund zu.

»Schön leise sein«, flüsterte Iris ihrer Freundin ins Ohr.

YunYun blinzelte erschrocken mit den Augen. Iris nahm ihre Hand weg und zog eine kleine schwarze Halbkugel aus der Tasche.

»Ist das …«

»Schh!«

Iris drückte das Gerät mit der flachen Seite gegen Yun-Yuns Hals. Das Metall fühlte sich kalt an. YunYun hörte ein leises Surren und spürte ein Vibrieren, dann nahm Iris das Gerät wieder weg.

»Jetzt kannst du reden.«

»Was ist das?«

»Damit die Kameras uns nicht sehen oder hören können. Was treibst du denn hier?!«

»Ich mache mir Sorgen.«

»Nein, du ärgerst dich darüber, dass ich dir nichts erzähle, hab ich recht?«

Justin mischte sich in das Gespräch ein. »Iris, für so was haben wir jetzt wirklich keine Zeit, Alex ist schon auf dem Weg nach unten! Du musst sie sofort loswerden!«

In dem Moment hörten die beiden Schritte.

»Fiber.«

»Yun. Hör zu. Ich verspreche dir, dass ich dir alles erzähle, wenn ich zurück bin. Aber jetzt musst du mich gehen lassen, sonst ist alles umsonst gewesen. *Trust me, okay?*«

»Okay.«

»Kannst du mir einen Gefallen tun?«

YunYun blieb nichts anderes übrig, als zu nicken.

Fiber blickte auf ihr Smartphone und fluchte. Eben noch hatte sie ein blinkendes Licht gesehen, sodass sie wusste, wo YunYun sich befand, aber jetzt war es auf einmal verschwunden.

»Alex?«

»Ja?«

Fiber sprach noch immer in ihr Headset, damit sie die

Hände frei hatte, um YunYun mit ihrem Mobiltelefon zu lokalisieren.

»YunYuns Signal ist verschwunden.«

»Ich habe dafür jetzt keine Zeit, Fiber. Das musst du allein lösen. *Over and out.*«

»Das musst du allein lösen!«, äffte Fiber ihn mit einer kindischen Stimme nach. »Idiot.«

In dem Moment fing ihr Smartphone an zu piepen, und das grüne Licht blinkte wieder auf dem Bildschirm auf.

»*What the fuck?*« Fiber schüttelte das Mobiltelefon ein paarmal hin und her, um zu sehen, ob es an ihrem eigenen Gerät lag, aber es zeigte keine Reaktion.

Das kleine Licht entfernte sich nun von ihr in Richtung des dritten Rings, in dem sich der Speisesaal befand. Fiber nahm direkt die Verfolgung auf.

Iris hatte sich in einem Gang versteckt, der in einen größeren Raum führte. Sie sah, wie Fiber den Raum erreichte, auf ihr Smartphone guckte und fluchte.

(*Das war ja mal was Neues.*)

Dann drehte sie sich um und verschwand in die andere Richtung.

Iris seufzte tief und murmelte: »*Thank you*, YunYun.«

Jetzt konnte sie nur hoffen, dass Fiber ihre Freundin nicht zusammenschlagen würde.

IRON MAN

»Ist Alex schon unten?«, fragte Iris.

»*Yes, ma'am*«, antwortete ihr Bruder.

Iris stand vor dem Lift, der Alex und sie beim letzten Mal zum Strand hinaufgebracht hatte. Damals hatte er die Tür mit seinem Pass geöffnet. Nun war Iris allerdings auf sich allein gestellt.

»Und wie geht's jetzt weiter, Justin?«

»Nimm deinen Pass.«

»Der funktioniert doch aber nicht?«

»Tu, was ich dir sage.«

»Ja, Chef.«

Iris hakte ihren Pass vom Gürtel.

»Und nun?«

»Ich zähle von drei runter. Bei ›Go!‹ benutzt du deinen Pass. Nicht früher und nicht später.«

Iris fragte lieber nicht weiter nach und hielt ihren Pass bereit.

Justin tippte die letzten Kommandos ein. Durch einen Spalt zwischen den Gardinen fielen die ersten Sonnenstrahlen in den Transporter. Wegen des hellen Lichtes musste er die Augen zusammenkneifen. Dabei fiel ihm auf, dass er tatsächlich immer mehr zu einem Schatten wurde. Er bat Olina, die Gardinen zu schließen.

Auf einem der Bildschirme beugte Alex sich über den Bären, der regungslos auf dem Boden lag. Auf dem anderen Monitor waren Computercodes zu sehen.

»Drei, zwei, eins, *go*!«

Beim letzten Wort gab Justin in den Computer den Befehl ein, für Iris die Aufzugtür zu öffnen.

Iris hielt ihren Pass vor den kleinen weißen Kasten. Sie hörte das altbekannte Surren.

»*You did it!*«, sagte sie und huschte in den Lift. »Welcher Stock?«

»Lass das mal meine Sorge sein.«

Tatsächlich sauste der Lift in einem irren Tempo abwärts. Wie tief unten lagen die Grotten eigentlich?

»Warum hast du mich nicht auf diese Weise in den Beobachtungsraum gelassen?«

»Weil ich da noch keinen Zugang zu Mr Oz' Computersystem hatte, du Schlauberger.«

Das stimmte natürlich. »Und wo ist Alex?«

»Er ist schon beim Bären. Ich bringe dich hin.«

Das Erste, was Iris auffiel, als sie unten angekommen war, war die Kälte. In den unterirdischen Ringen von Pala war es immer recht kühl, da Fiber der Meinung war, dass man von Wärme träge und müde wurde. Aber hier unten war es schlichtweg eiskalt. Iris' Uniform hielt die schlimmste Kälte ab, doch sie spürte, wie ihr Gesicht und ihre Hände erstarrten.

Es war fast so kalt wie damals beim Test.

»Wo bin ich?«, fragte Iris, als sich hinter ihr die Aufzugtür schloss.

»Unter der Treppe mit den zweihundert Stufen.«

Okay, so konnte Iris sich wenigstens etwas orientieren.

Die Treppe verband den unterirdischen See mit dem *Indiana Jones*-Raum. Wenn es stimmte, dass sie sich unter dieser Halle befand, dann musste das hier eine Art Zwischengeschoss sein, über dem See und unter dem ihr bekannten Raum.

»Ist der Bär hier aufgeschlagen?«

»Ja. Alex ist schon da. Ich zeige dir den Weg.«

Im Vergleich zu dem Bären wirkte Alex wie ein Zwerg. Er kniete neben der Kreatur, die ausgestreckt auf dem Steinboden lag. Der Kopf des Tieres war zum Teil herausgerissen, Iris konnte von ihrem Versteck aus die losen Drähte erkennen.

»Worauf wartet er?«, zischte Iris. Sie saß hinter einem Stalagmiten in einer Grotte, die aussah, als wäre sie auf natürliche Weise entstanden. Die Fackeln oben an den Wänden warfen ihre Schatten durch das Loch im Boden in die darunterliegende Grotte.

»Auf Verstärkung wahrscheinlich«, sagte Justin. »Du glaubst doch wohl nicht, dass er das Monster alleine hochheben kann.«

Kaum hatte Justin den Satz ausgesprochen, ertönte in der Ferne ein Stampfen. Zunächst dachte Iris, dass es die Spinne aus dem Labyrinth wäre, aber es klang anders, eher, als würde jemand Pfähle in die Erde schlagen.

»Was ist das?«, flüsterte sie.

Justin antwortete nicht.

Alex richtete sich auf. Seine Körperhaltung verriet eine gewisse Anspannung, aber keine Angst. Ganz offensichtlich wusste er, was dort kam.

Das Geräusch wurde immer lauter, es hallte durch die gesamte Grotte. Iris spürte, wie der Boden vibrierte. Was, im

Namen des großen Oz, machte solch einen Lärm und war so schwer, dass es den Boden der jahrhundertealten Grotte erbeben ließ? War es vielleicht Hulk persönlich?

Das unbekannte Ding betrat den Raum. Es war weit über zwei Meter groß und breit wie ein Rugbyspieler. Iris dachte eine Sekunde lang, es wäre ein mechanisches Wesen, aber es hatte ein menschliches Gesicht. Ein Gesicht, das ihr irgendwie bekannt vorkam.

»Siehst du, was ich sehe, Justin?«

»Ein Roboter?«, überlegte ihr Bruder.

Das Wesen trat einen Schritt nach vorne und hob seinen Arm zum Gruß.

»Es ist ein Exoskelett«, erklärte Justin. Seine Stimme klang ehrfürchtig. »It's amazing.«

»Was ist das?«

»Ein *Exosceleton*, also eine Art Roboteranzug.«

»Wie im Film *Iron Man*?«, flüsterte Iris.

»Vielleicht etwas weniger fortschrittlich, aber stimmt, so in etwa …«

Iris sah sich den Anzug genau an und verstand nun, was ihr Bruder meinte. Der Junge schien tatsächlich in einem Roboter zu stecken. Arme, Beine und Rumpf waren mit Rohren, Drähten und Metallplatten umhüllt. Das Wesen sah aus, als käme es direkt aus *Terminator*.

»Alex«, sagte der Junge. Er hatte eine normale, menschliche Stimme. Dann setzte er den Helm ab. Iris konnte die Motoren des Anzugs bis in ihr Versteck surren hören.

»Terry«, antwortete Alex lässig.

Iris blieb vor Schreck fast das Herz stehen. Was? Terry? Sie beugte sich gerade so weit vor, dass sie nicht Gefahr lief, entdeckt zu werden. Aber die beiden Jungen zeigten ohnehin nicht das geringste Interesse dafür, was um sie herum geschah.

»Er ist es wirklich, es ist Terry!«, murmelte Iris.

»Du kennst ihn?«, fragte ihr Bruder.

»Ja, er ist bei unserem Test ertrunken.«

»Meinst du, das weiß er selbst auch?«

Iris wich ein Stück zurück, sodass sie im Schatten des Stalagmiten verschwand.

Terry lebte. Der Einzige, der Pala nicht verlassen wollte. Der Junge, der starb, bevor Iris ihn wirklich hatte kennenlernen können. Und er war nicht tot?

Warum war sie nicht glücklich darüber?

Weil sie sich betrogen fühlte, vor allem von Alex.

Und weil sie um Terry getrauert hatte.

»Iris?«

»*Shut up*, Justin. Ich muss das gerade erst mal verdauen.«

»Iris, sie schaffen den Bären weg, du musst *jetzt* handeln!«

»Warum?«

»Ich möchte wissen, woher der Bär kommt!«, zischte Justin. »Das Ding wird nicht hier hergestellt, sondern irgendwo anders.«

Iris versuchte, die Kontrolle über ihre Gefühle zurückzugewinnen, und spähte am Stalagmiten vorbei. Terry

(der nicht tot war)

schob seine mechanischen Arme unter den Koloss und hob das Tier wie ein Gabelstapler auf. Der Bärenkopf hing an ein paar Drähten herab und sah Iris mit traurigen Augen an.

»Beeindruckendes Viech«, hörte Iris Alex' Stimme. »Warte mal kurz.« Er blieb gegenüber von Terry stehen und versuchte, das Tier wieder ins Gleichgewicht zu bringen, das gerade fast von Terrys Roboterarmen heruntergerutscht wäre.

»Warte mal ab, bis du erst den Jabberwocky siehst«, antwortete Terry. In seiner Stimme lag diese für ihn so typische Begeisterung. »Ganz im Ernst, das hier ist nichts dagegen, der Jabberwocky ist wirklich *awesome!*«

»Ich komme bald mal bei dir in der Werkstatt vorbei, Terry«, sagte Alex.

Werkstatt? Sollte das der Ort sein, wohin der Bär geschafft wurde? Und was redeten sie von einem Jabberwocky? Meinten sie das Ungetüm aus *Alice hinter den Spiegeln*, der Fortsetzung von *Alice im Wunderland*?

»Iris?«, klang die Stimme ihres Bruders in ihrem Kopf. »Ich sorge mal für ein bisschen Ablenkung. Mach dich bereit.«

Iris holte tief Luft und griff zu dem kleinen Gerät, das sie unsichtbar machte.

»Ready when you are.«

Iris musste nicht lange warten, doch Justins Ablenkungsmanöver war subtiler, als sie erwartet hatte. Es gab keine Explosion und keinen plötzlichen Einsturz, stattdessen ertönte von oben plötzlich die Filmmusik von *Indiana Jones*.

Terry und Alex hielten inne.

Ganz offensichtlich kannte Justin Palas Computersystem mittlerweile wie seine eigene Westentasche.

Alex nickte Terry zu, der daraufhin den Bären zurück auf den Boden gleiten ließ. Erst jetzt sah Iris, dass hinter ihm ein kleiner Karren für den Bären bereitstand.

Alex sprach in sein Headset. »Fiber?«

»Ja?«, schallte ihre Stimme durch die Grotte.

80

»Hier geht gerade die Musik an. Hast du was damit zu tun?«

»Nein. Ich bin auf der Suche nach Iris. Ich habe YunYun gefunden, heulend wie ein Schlosshund. Sie sagt, dass sie Iris beim Schlafwandeln gesehen hat. Im System ist sie allerdings nirgends zu finden.«

Danke, YunYun, dachte Iris noch einmal.

»Kann es sein, dass sie hier unten ist?«

»Wer, Iris? Nein, es sei denn, sie hat deinen Pass geklaut.«

»Nee, mein Pass ist hier.« Alex sah nach oben und schrie: »Nein!«

Er sprang zur Seite, aber er wurde von einem Stück Stein getroffen. Terry duckte sich instinktiv und hielt die Metallarme schützend über den Kopf. Anscheinend hatte Justin den Mechanismus gefunden, mit dem man den Boden des *Indiana Jones*-Raumes einstürzen ließ.

»Was?«, schrie Fiber. »Was ist da los?«

Aber nicht Alex, sondern Justin beantwortete ihr diese Frage. Diesmal sprach seine Stimme aus den versteckten Lautsprechern in den Wänden und nicht in Iris' Kopf.

»Alex! Erinnerst du dich noch an mich?« Ihr Bruder ließ seine Stimme hallen, wie man das von der Stimme des *Bad Guy* in Filmen kannte.

»Shade?«, brüllte Alex. »Bist du das?«

»*Wer weiß, welches Böse in den Herzen der Menschen lauert? Der Schatten weiß es‹!«,*[4] hallte es durch den Raum. »Uahahaha!«

»Was?«, flüsterte Iris.

»Google das mal«, sagte ihr Bruder feixend, diesmal allerdings wieder in ihrem Kopf. »Bist du bereit?«

Iris hörte und spürte, wie die ellenlange Treppe hin und her geschaukelt wurde. Immer mehr Steine und Felsbrocken stürzten herab, einer verfehlte Iris nur um Haaresbreite.

»Hey, pass doch auf!«

»Sorry.«

Jetzt begann auch der Boden zu beben, und Alex schrie: »Er schaltet alles auf einmal an! Dieser Idiot, der bringt noch die gesamte Insel zum Einsturz! Fiber? Geh in den Beobachtungsraum und versuch, den Mist hier auszuschalten!«

Iris konnte Fibers Antwort nicht hören.

»Terry? Kriegst du den Bären allein auf den Karren?«, rief Alex ihm zu.

Terry hatte sich in der Zwischenzeit wieder aufgerichtet und seinen Helm aufgesetzt. Na klar, er würde das schaffen.

»Okay, dann los. Ich versuche, Justin zu finden.«

Nein!, dachte Iris. Ihr müsst hier doch beide weg!

»Wer mich zuerst findet, kriegt was Süßes!«, schrie Justin.

»Ich helfe dir lieber suchen, Alex«, brummte Terry. »Den möchte ich sehen, der es mit mir in diesem Anzug auf sich nimmt.«

»Ja, alles klar. Ruf, wenn du ihn gefunden hast!«

Gut gemacht, Terry, dachte Iris. *Now go!*

Die beiden liefen in verschiedene Richtungen davon, auf der Suche nach Justin, der sich in Wirklichkeit am anderen Ende der Welt aufhielt. Iris blieb keine Zeit zum Verschnaufen. Sie verließ ihr sicheres Versteck und rannte zu dem Bären, der noch immer leblos am Boden lag. Obwohl ihm die Drähte aus dem Körper hingen und der Kopf lose neben dem Körper ruhte, hatte sie das Gefühl, er könnte jeden Moment wieder zum Leben erwachen.

Iris schraubte die Halbkugel auf und zog ein kleines Plättchen heraus. Sie musste kurz schlucken, doch dann griff sie
beherzt mit Daumen und Zeigefinger nach dem Plättchen
und drückte es so weit wie möglich in den Hals des Bären,
zwischen die Drähte und Computerchips.

»*Done*«, sagte sie.

»Okay, renn zum Lift«, antwortete ihr Bruder. »Ich unter-
halte die beiden noch etwas.«

Iris folgte seinem Befehl und lief los.

Am Anfang dachte Alex, er wäre im Computerspiel *Tomb
Raider* gelandet. Steinbrocken fielen zielgerichtet auf ihn herab, sodass es fast unmöglich war, ihnen auszuweichen. Er
duckte sich, rollte über den Boden, verletzte sich den Arm an
einem Felsstück und fiel platt aufs Gesicht. Ein Stein sauste
haarscharf an seinem Kopf vorbei. Alle Fallen und Hinter-
halte, die Mr Oz sich ausgedacht hatte, um seine Kandidaten
zu testen, waren gleichzeitig eingeschaltet worden.

»Shade!«, brüllte Alex. »Hör auf! *You're gonna kill me!*«
Vielleicht will er mich wirklich töten, überlegte Alex. Grund
genug hätte er ja.

Genau in dem Moment flog, wie zum Beweis, ein ganzes
Mauerstück herab. Alex wurde unter staubigem Schutt be-
graben. Er schrie vor Schmerzen.

So plötzlich, wie der ganze Tumult begonnen hatte, so
plötzlich war er auch wieder vorbei. Jetzt fielen keine Steine
mehr herab. Alex fragte sich, ob oben überhaupt noch etwas
vom Boden übrig geblieben war. Die Filmmusik verebbte,
und es herrschte eine Grabesstille. Alex hörte nur noch sein
eigenes Keuchen.

»Bist du okay?«, vernahm er eine Stimme hinter sich.

»Terry?«

»Ja, ich bin hier.«

Alex lag mit dem Gesicht auf dem Boden, die Augen hatte er zusammengekniffen, um sie vor Staub und Dreck zu schützen. »Ja, ich denke schon«, ächzte er. »Und du?«

»Dieser Anzug ist nicht kaputt zu kriegen. Bleib still liegen.«

Alex hörte die winzig kleinen Servomotoren in dem Roboteranzug surren. Wenig später spürte er, wie das Gewicht auf seinem Körper leichter wurde.

»Versuch mal, dich umzudrehen«, sagte Terry.

Alex schaufelte die letzten Trümmerstücke von sich. Terry hatte schon einiges mit seinen Roboterarmen weggeräumt. Wenigstens schien er sich nichts gebrochen zu haben, er hatte lediglich ein paar Zerrungen. Er drehte sich auf den Rücken und sah zu Terry auf, der in seinem Roboteranzug über ihm stand.

»*Thanks, man.*«

»*No problemo.* Ich bringe dann mal den Bären weg, ja?«

»*Yeah, sure.* Ich komme gleich nach, ich glaube, ich brauch noch einen Moment.«

Als der mechanische Bär endlich mit Terry auf dem Weg zur geheimen Werkstatt war, waren anderthalb Stunden vergangen. Von Justin hörte man keinen Mucks mehr, und auch von Iris keine Spur.

Am nächsten Morgen fanden Fiber und Alex Iris schlafend im Speisesaal. Die beiden brachten sie zusammen auf die Krankenstation.

»Bist du dir sicher, dass du dir nichts gebrochen hast?«, fragte Fiber Alex, nachdem sie der Ärztin eine verstörte Iris überlassen hatten.

Alex schüttelte den Kopf.

»Blaue Flecken, Schürfwunden und eine kleine Sehnenzerrung. Was hast du denn herausgekriegt?«

»Justin hat das System gehackt, anscheinend hat er das von außerhalb Palas geschafft. Kann sein, dass Iris ihm dabei geholfen hat, aber es kann auch genauso gut sein, dass er allein dahintersteckt.«

»Und ihr Chip?«

»Kaputt.«

»Hat sie das selbst fertiggebracht?«

»Keine Ahnung. Vielleicht ist es auch ein normaler Defekt, bei uns gehen ja schließlich auch mal Dinge kaputt.«

»Du klingst nicht wirklich überzeugt«, bemerkte Alex.

»Das wären schon etwas sehr viele Zufälle auf einmal«, sagte Fiber. »Außerdem glaube ich prinzipiell nicht an Zufälle.«

»Ich auch nicht. Und nun?«

»System reparieren. Iris einen neuen Chip verpassen. Und du?«

»Ich muss Mr Oz erzählen, warum unsere unterirdische Arena eingestürzt ist.«

»Na ja, besser du als ich.«

SHADE

»DU WEISST, WAS DAS BEDEUTET, ALEX?«

»Yes, Sir.«

»SHADE WAR SCHON IMMER EINE NERVENSÄGE, ABER JETZT IST ER ZU EINER WAHREN BEDROHUNG GEWORDEN.«

»Yes, Sir.«

»ER MUSS GEFUNDEN WERDEN, ER MUSS GETÖTET WERDEN!«

»Yes, Sir.«

»UND IRIS? HAT SIE ETWAS DAMIT ZU TUN?«

»Fiber ist sich nicht sicher, Sir. Die Ärztin sagt, dass Iris wirklich schlecht schläft, ihre Albträume sind nicht erfunden. Ihr Chip war kaputt, er wird nun ausgewechselt.«

»ES GIBT EINE MÖGLICHKEIT, WIE WIR HERAUSFINDEN KÖNNEN, WAS SIE WEISS, ALEX.«

»Sind Sie sich sicher? Die meisten Kandidaten sind noch nicht so weit. Iris ist …«

»DAS IST MIR DOCH EGAL! DAS ENDE IST IN SICHT, ALEX. ICH BRAUCHE HELDEN UND KEINE KANDIDATEN. BEREITE ALLES VOR, NÄCHSTE WOCHE FINDET DER LETZTE TEST STATT.«

»Yes, Sir.«

»UND, ALEX? BRING DAS COMPUTERSYSTEM IN ORDNUNG.«

»*Yes, Sir*«, hörten sie Alex noch einmal sagen. Dann verließ er den Raum. Olina sah Justin an. Jeder der beiden saß vor einem Bildschirm. Auf einem war Alex zu sehen, der Mr Oz' Zimmer verließ, auf dem anderen Iris, die festgebunden in einem Krankenhausbett lag.

»Wie lange geht es wohl noch gut, bis wir die Verbindung verlieren?«, fragte Olina.

»Nicht mehr lange«, antwortete Justin. Er seufzte und griff zum Ansibel.»Iris, *don't talk*. Wir müssen uns verabschieden.«

Husten.

»Iris ... du hattest recht, ich hätte dich nicht zurückschicken dürfen, es war zu gefährlich.«

Keine Reaktion.

»Sie werden den Chip in deinem Hals auswechseln. Mr Oz lässt auch die Firewall in seinem Computersystem updaten. Das hier wird fürs Erste unser letztes Gespräch sein.«

Nichts.

»Iris, es tut mir leid, ja?«

»Der Test, erzähl ihr von dem Test!«, zischte Olina.

»Schwesterchen, wir haben ein Gespräch abgehört. Der letzte Test steht an. Kennst du das Sprichwort von Nietzsche: ›Was mich nicht umbringt, macht mich stärker?‹ Sieh zu, dass du nicht stirbst, dann gehst du stärker daraus hervor.«

Iris schwieg weiterhin.

»Sie werden dich verhören. Es wird dabei wahrscheinlich um mich gehen. Das Verhör ist der schlimmste Teil des Tests. Wenn du den schaffst, ist der Rest ein Kinderspiel.«

»Justin?«, flüsterte Iris endlich.

»Halt die Ohren steif. *Over and out.*«

Iris starrte an die Zimmerdecke der Krankenstation und lauschte Justins Worten. Was meinte er wohl mit dem Verhör? Konnte das denn wirklich so schlimm sein?

Neben ihr stand die Ärztin mit einer Spritze in der Hand.

»Es ist nur eine kleine Operation, Iris. Aber es ist doch besser, wenn wir dich dafür betäuben. Mach dir keine Sorgen.«

»Justin?«

»Justin ist nicht hier, meine Liebe.«

Zum ersten Mal schien die Ärztin ihre professionelle Maske abzulegen. Sie strich Iris übers Haar.

»Entspanne dich. Ich weiß, dass das schwierig ist, aber wir wollen dir nur helfen.«

»Was werden Sie denn genau machen?«

»Ich werde den kaputten Chip gegen einen neuen austauschen. Keine Sorge, ich habe das schon öfter gemacht.«

»Nein!« Iris versuchte, sich aufzurichten, aber sie war noch immer an Armen und Beinen am Krankenhausbett festgebunden. »Ich will das nicht!«

»Schh, alles wird gut.« Die Ärztin näherte sich ihr mit der Spritze in der Hand. »Jetzt schlaf schön.«

Ein kleiner Piks, und alles verschwamm vor Iris' Augen. Sie versuchte noch, sich zu wehren, aber vergeblich. Stattdessen dämmerte sie weg und versank in einen tiefen Schlaf. Als Letztes hörte sie noch Justin rufen, dass er versuchen würde, auf andere Weise Kontakt mit ihr aufzunehmen.

DIES IST EIN TEST

»Aufwachen. Wach auf, Iris!« Jemand rüttelte Iris energisch an der Schulter.

»Hau ab, Finger weg!«, schrie Iris. Aus dem Affekt heraus schlug sie ihrem Angreifer mit aller Kraft gegen den Brustkorb. »Geh weg mit der Spritze, ich will nicht.«

Iris öffnete die Augen und sah, dass sie gar nicht auf der Krankenstation lag, sondern ganz normal oben in ihrem Stockbett.

»Aua!«

»YunYun?« Erschrocken sprang Iris vom Bett herunter und landete geschmeidig wie eine Katze neben dem Mädchen, das stöhnend am Boden lag. Erst jetzt bemerkte sie die Lichter, die abwechselnd rot und gelb blinkten.

»Geht es? Was ist los? Wo tut es dir weh?«

YunYun rieb sich das Handgelenk.

»Es tut mir leid. Ich dachte, dass mich jemand angreift.«

»Ist schon gut. Alles gut«, antwortete YunYun mit Tränen in den Augen. »Mit mir ist alles okay.«

»Lass mich mal gucken.«

YunYun schüttelte den Kopf. »Nein, wir müssen los, wir sind sowieso schon zu spät.«

Da schallte Fibers Stimme aus der Lautsprecheranlage: »Aufstehen, meine Damen. Erhebt euer hübsches Hinterteil. In zwanzig Minuten sitzt ihr im verdammten Frühstücksraum, oder ich stell euch persönlich unter die verdammte Dusche. Und zwar unter die kalte Dusche, damit das klar ist. Los, bewegt euch!«

Iris warf einen Blick auf die Uhr an der Wand. Halb vier in der Nacht?

»Komm schon, Iris«, sagte YunYun mit flehendem Blick. »Ich will nicht die Letzte sein. Es geht schon wieder.«

Iris sah, dass das nicht stimmte. YunYun konnte den Schmerz kaum aushalten, und das war allein ihre Schuld.

»Okay, los, dann steh auf.« Sie half YunYun hoch.

Durch das Fenster zum Gang sahen sie Dilek und Quinty vorbeirennen. Sie waren auf dem Weg zur Dusche. Das Zimmer der beiden lag auf demselben Gang. YunYun hatte recht, sie mussten sich wirklich beeilen, wenn sie nicht wollten, dass Fiber sie abholte.

Mit nassen Haaren kamen Iris und YunYun beim Speisesaal an. Iris hatte im Umkleideraum einen Blick auf YunYuns Handgelenk geworfen. In der kurzen Zeit war es ziemlich angeschwollen. Sie hatte lieber gar nicht erst vorgeschlagen, zur Ärztin zu gehen, denn die hätte YunYun garantiert zur Beobachtung dabehalten wollen. Das hätte jedoch bedeutet, dass sie den Test nicht hätte mitmachen dürfen.

Kam jetzt wirklich der Test? Mit dem Verhör? Was stand ihr nur bevor?

Im Speisesaal war es viel ruhiger als sonst. Nur die Tische mit der Nummer 4 waren besetzt, der Rest des Raumes war komplett leer. Die Kandidaten von Level 1, 2 und 3 schliefen natürlich noch, aber wo waren die Superhelden?

Iris lud sich Brot, Joghurt mit Obst und Müsli, Rührei und gebackenen Tofu aufs Tablett. Normalerweise frühstückte sie nicht so ausgiebig, aber wer wusste schon, wann sie wieder etwas zu essen bekamen. Hinter ihnen stellten sich immer mehr Kandidaten in die Reihe. Fast alle waren zwischen zwölf und sechzehn Jahre alt und mehr oder weniger angespannt. Einige flüsterten miteinander, die meisten füllten ihre Teller aber stillschweigend.

Per, ein dänischer Junge mit der Statur eines Bodybuilders, war der Erste, der das Schweigen brach. Er baute sich vor Iris auf und prahlte: »Ich hoffe, dass sie es für uns extra schwierig machen. Es ist an der Zeit, dass man uns mal einen Tritt in den faulen Hintern gibt.« Er biss in sein Brot, während er Rösti und vegetarische Würstchen auf seinem Teller anhäufte.

»Faulen Hintern?«, fragte Quinty. »Mitten in der Nacht aufstehen, mehrere Sprachen gleichzeitig lernen und den ganzen Tag wie besessen trainieren – *das* verstehst du also unter faul?«

Iris hatte das Gefühl, dass sie die Anführungszeichen in Quintys Worten regelrecht hören konnte. Quinty war blond und blauäugig – und sie war genauso klein wie YunYun. Die Größe war aber auch schon alles, was die zwei gemeinsam hatten. YunYun war dunkelhaarig und kultiviert, wie es für viele asiatische Mädchen typisch war. Quinty dagegen war eher etwas grober veranlagt. Ihre Haut war hell wie Toastbrot, und sie war in ihrem ganzen Verhalten sehr britisch. Iris mochte Quinty. Sie beschwerte sich selten und kümmerte sich immer um die Kleineren – was auf Pala nicht unbedingt gang und gäbe war. Die meisten Kinder lebten hier nach dem Motto: Jeder kämpft für sich allein

(und Mr Oz für uns alle).

Iris fand Pers angeberische Bemerkung ebenfalls ziemlich fehl am Platz. Jetzt schwang er mit vollem Mund große

Töne: »Ich kann mir vorstellen, dass es für Mädchen besonders hart ist.« Er legte eine bedeutungsvolle Pause ein.

»Du denkst wohl, du bist besser als ich!«, höhnte Quinty.

»Ich denke, dass Jungs sich besser dafür eignen, Superhelden zu werden. Hast du damit ein Problem?« Per hatte sich endlich genug auf den Teller geschaufelt und ging zum Tisch.

»Und was ist mit ihr?« Quinty zeigte mit dem Daumen auf Iris, die schräg hinter ihr in der Reihe stand.

Lass mich doch bitte aus der Sache raus!, dachte Iris, aber sie sagte nichts.

»Sie? Die ist ein Freak«, antwortete Per knapp.

Iris goss sich einen Becher Kaffee ein und setzte sich bewusst ans andere Ende des Tisches. Sie aß still vor sich hin, zwischendurch trank sie immer wieder einen Schluck Kaffee. War sie wirklich ein Freak? Manchmal fragte sie sich, ob sie vielleicht eine blitzförmige Narbe auf der Stirn hatte und Harry hieß.

»Okay, Jungs sind also besser als Mädchen, aber wenn Mädchen zufälligerweise doch mal besser sind als Jungs, dann stimmt mit ihnen etwas nicht, habe ich das richtig verstanden?« Es hätte nicht viel gefehlt, und Quinty hätte Per vor die Füße gespuckt, so viel Verachtung lag in ihrer Stimme. Sie blickte zwischen Iris und Per hin und her. »Du findest dich so lässig, Per«, sagte sie. »Aber warte mal ab. Warte einfach mal ab.«

»Das werden wir ja sehen«, antwortete der Däne.

Iris merkte, dass er sie anschaute. Sie guckte schnell zu YunYun hinüber, die ihr Frühstück mit der linken Hand aß. Ihr Handgelenk sah gar nicht gut aus.

Um halb fünf ertönte das Signal, dass die Frühstückszeit

vorbei war. Halb fünf! Normalerweise mussten sie erst um halb sechs aufstehen, dachte Iris.

(*Erst um halb sechs. Zu Hause in Holland hatte sie sich beschwert, wenn sie um halb sieben aufstehen musste.*)

Die Kandidaten hatten kaum Zeit zum Frühstücken gehabt. Sie räumten ihre Tabletts weg und versammelten sich am Ausgang.

Dilek stellte sich zu Iris und YunYun. »Heute trennt sich die Spreu vom Weizen«, verkündete sie.

Iris hatte das Gefühl, dass eine Spur zu viel Triumph in ihrer Stimme lag. »Sürüden ayrılan koyunu kurt kapar«, antwortete sie auf Türkisch. Der Satz bedeutete sinngemäß: »Das Schaf, das sich von der Herde entfernt, wird vom Wolf gefressen.«

Dilek strafte sie dafür mit einem vernichtenden Blick. Ein Hoch auf Inderpals Sprachunterricht!

»Pass du mal lieber auf, dass du nicht wieder spucken musst«, murmelte Dilek laut genug, sodass es alle hören konnten. Sie drängelte sich an den anderen vorbei und stellte sich neben Dermot.

Dermot war Schotte. Er hatte einen typischen Militärhaarschnitt, sein Kopf war fast ganz kahl geschoren. Alle Kandidaten auf Pala mussten die gleiche Schuluniform tragen, mit den Zahlen von 1 bis 4 oder dem großen S auf der Brust, aber was die Frisur anging, gab es keine Vorschriften. Iris hatte sich ihre roten Haare letzte Woche von Quinty abschneiden lassen. Jetzt hatte sie einen Haarschnitt, den ihre Mutter als forsch (oder auch einfach: als zu kurz) bezeichnet hätte. Iris mochte die Frisur, selbst wenn die frische Narbe vom neuen Chip in ihrem Hals auf diese Weise deutlich sichtbar war.

Dermot zog seinen Pass aus der Tasche und scannte ihn lässig an dem kleinen Kasten an der Wand. Auf dem Boden erschien ein roter Strich. Dermot verließ den Speisesaal und folgte dem Strich. Hinter ihm scannte ein Mädchen mit dem Namen Esmée-Calijn ihren Pass. Nacheinander bekamen nun alle Kandidaten einen roten Strich angezeigt. Dennoch benutzte jeder einzelne Kandidat den Scanner, denn Mr Oz war für seine Scherze bekannt. Es konnte immer sein, dass jemand plötzlich in eine andere Richtung geschickt wurde.

Als Iris an der Reihe war, hielt sie kurz inne. Mr Oz hatte etwas Besonderes mit ihr vor, das war ihr inzwischen klar. Ob sie vielleicht woanders hinmusste, zum Beispiel zu dem Verhör, von dem Justin gesprochen hatte?

Doch auch bei ihr leuchtete ein roter Strich auf, genau wie bei YunYun und den anderen.

Alle versammelten sich in der Halle. Iris sah Alex an der Aufzugtür stehen. Es war der Lift, von dem Iris nun wusste, dass er sowohl nach oben als auch nach unten fuhr.

Alex starrte ins Leere. Sein Gesicht war noch immer leicht geschunden von den Steinen, die Iris' Bruder auf ihn hatte niederregnen lassen.

Justin. Sie vermisste ihn, sie vermisste seine Stimme in ihrem Kopf. Da der Chip ausgewechselt worden war, hatte sie ihn nun zum zweiten Mal verloren.

»Was war denn heute Morgen los?«, fragte YunYun.

Iris zuckte mit den Achseln. »Ich habe geträumt, dass ich wieder operiert werde.«

»Ach, das ist doch jetzt schon Wochen her«, bemerkte YunYun.

»*Yeah, I know.*« Mehr sagte Iris dazu nicht. Die Albträume

wurden immer schlimmer, aber das brauchte YunYun nicht zu wissen. Als alle in der Halle angekommen waren, nickte Alex kaum merklich mit dem Kopf.

Die Lampen wurden gedimmt, bis der Raum nur noch schwach erleuchtet war. Dann sprangen die Bildschirme an, die ringsherum von der Decke hingen.

Auf den Monitoren erschien Mr Oz. Er zeigte sich allerdings nicht als der gebrochene Mann, sondern als der flammende, fliegende Kopf über dem steinernen Thron. Der Spezialeffekt machte auf Iris von Mal zu Mal weniger Eindruck. Nicht dass sie Mr Oz unterschätzte, aber sie wusste inzwischen, dass der echte Mann um einiges gefährlicher

(und um einiges gruseliger)

war als seine virtuelle Version. Wie üblich sprach der Kopf von sich in der dritten Person.

»WILLKOMMEN, KANDIDATEN. IHR SEID NICHT HIER, WEIL MR OZ EUCH AUSERWÄHLT HAT. IHR SEID NICHT HIER, WEIL IHR DIE BESTEN SEID. IHR SEID HIER, WEIL IHR EUCH FÜR EIN NEUES LEBEN ENTSCHIEDEN HABT.«

Yeah, right, dachte Iris. Deshalb leben auf dieser Insel ja auch nur Freiwillige.

Der Kopf drehte sich zur Seite und sah Iris an. Hatte er ihre Gedanken gelesen? Konnte er das?

»ALLES, WAS VERBORGEN IST, MUSS AUFGEDECKT WERDEN. ALLES, WAS IM GEHEIMEN PASSIERT IST, MUSS ANS LICHT KOMMEN. DAS IST DER MOMENT, IN DEM JUNGS ZU MÄNNERN WERDEN UND MÄDCHEN ZU FRAUEN. WER DIESEN LETZTEN TEST ÜBERLEBT, DARF SICH ZU RECHT SUPERHELD NENNEN.«

Er machte eine kurze Pause, dann fügte er hinzu: »DENKT DARAN: SCHEITERN IST KEIN ZUFALL, IHR HABT ES SELBST IN DER HAND.«

Nach diesen Worten verschwand er wieder. Die Bildschirme erloschen, und die Lichter in der Halle gingen an.

Jetzt übernahm Alex das Kommando. »Steigt immer zu fünft in den Lift. Wer sich nicht bereit fühlt, kann direkt zurück in sein Zimmer gehen.«

Erstaunt sah Iris, wie Celia und Edlyn, Geschwister aus Neufundland, und Myrthe sich umdrehten und tatsächlich fortgingen. Die drei verschwanden in einem der Gänge.

Iris sah zu YunYun, die daraufhin sofort anfing zu zählen. »Vierundzwanzig«, murmelte sie.

Iris nickte. Sie hatten jetzt noch zweiundzwanzig Teampartner – oder eben auch potenzielle Gegner, das hing von der Aufgabe ab. YunYun war ihre Verbündete, sie würden zusammenhalten, keine Frage.

Iris beobachtete, wie die ersten fünf Kandidaten in den Lift stürmten. Anscheinend konnten sie es gar nicht erwarten. Natürlich befand sich Per unter ihnen, aber auch Dermot und Quinty waren mit von der Partie. Ob der Lift sie wohl nach oben oder nach unten fuhr?

Wahrscheinlich ging die Fahrt eher nach unten. Alex hatte Iris erklärt, dass Satelliten jede Bewegung auf der Oberfläche der Insel aufnehmen konnten. Mr Oz wäre das Risiko mit Sicherheit zu groß, dass eines der verschwundenen Kinder entdeckt werden könnte. Auf der anderen Seite wusste Iris nicht, ob die unterirdische Arena überhaupt noch zu gebrauchen war, nachdem ihr Bruder dort solchen Schaden angerichtet hatte.

Wie lange war es wohl her, dass sie frische Luft geschnuppert und die Sonne gesehen hatte? Wahrscheinlich Monate.

Dann schlossen sich die Türen, und der Lift surrte. Iris konnte allerdings nicht sehen, wohin er fuhr. Vielleicht bewegte er sich auch seitwärts, wer wusste das schon.

Iris und YunYun gehörten zu den letzten vier Kandidaten, die einsteigen durften. Iris hatte extra lange gewartet, damit sie die anderen beobachten

(und sich Alex nähern)

konnte. Zusammen mit Dilek und der Italienerin Lara drängten Iris, YunYun und Alex sich nun in den Lift. Alex sah Iris für den Bruchteil einer Sekunde länger an als die anderen, aber er sagte nichts. Doch das machte nichts. Iris hatte sich mittlerweile daran gewöhnt, dass er sie ignorierte. Selbst als sie auf der Krankenstation gelegen hatte, hatte jegliche Kommunikation nur über Fiber stattgefunden. Im Geheimen hatte Iris erwartet, dass er wenigstens ein Mal vorbeikommen würde, um zu sehen, wie es ihr ging.

Der Lift war eigentlich zu klein für fünf Leute, sodass Alex sich zwischen Iris und Dilek quetschen musste. Iris nahm seinen typischen Geruch wahr. Sie war ihm so nah, dass sie seine Bartstoppeln hätte zählen können. Dilek strahlte Alex an. Iris senkte die Augen und versuchte, normal weiterzuatmen. Ihr Herz schlug wie wild. Warum reagierte ihr Körper nur immer so heftig auf diesen Kerl? Warum hatte sie bei ihm so wenig Kontrolle über sich selbst? Sie hasste dieses Gefühl, sie hasste ihren Körper dafür.

Der Lift setzte sich in Bewegung und beendete damit die unbehagliche Situation. Sie fuhren nach oben!

TAG 1
MORGENS

Das Sonnenlicht breitete sich über dem Himmel aus wie zäher goldener Sirup auf einem Pfannkuchen. Die Kandidaten hatten sich in Sechserreihen aufgestellt. Es war genau der Strand, an dem Iris und Alex sich zum ersten Mal geküsst hatten. Alex stand mit dem Rücken zum tobenden Meer. Sein Blick ruhte auf den vierundzwanzig Kandidaten.

Hier oben war es kalt, aber Iris fror nicht. Es war früh am Morgen, doch das störte sie nicht. Iris hatte keine Angst vor dem Test, und sie war Alex nicht böse, dass er sie wie Luft behandelte. Sie genoss einfach den Moment. Sie genoss die frische Luft, den Himmel und den Mond, von dem noch ein blasser Schein zu sehen war. Sie genoss den Anblick der Bäume, die den Strand vom Rest der Insel trennten. Sie genoss es im Stillen.

Der einsame Liftschacht am Strand erinnerte Iris an Tardis, die Polizei-Notrufsäule aus der Serie *Doctor Who*. Die Aufzugtüren öffneten sich, und Fiber trat aus dem Lift heraus, als käme sie aus einer anderen Welt. Sie schenkte den Kandidaten keinerlei Beachtung und stellte sich neben Alex. In ihren Piercings spiegelte sich das Sonnenlicht, sodass diese genauso weiß schimmerten wie ihre Haare.

Alex eröffnete seine Rede mit den Worten: »Heute findet der letzte Test statt.« Er musste seine Stimme erheben, um das Rauschen der Wellen zu übertönen. »Nicht jeder hier wird den Test zu einem erfolgreichen Ende bringen. Oder anders gesagt: Viele von euch werden durchfallen.«

Alex legte eine dramatische Pause ein. Iris hörte einen Vogel im Dschungel kreischen, ein anderer schien darauf zu antworten.

»Ihr seid fit und gut trainiert. Ihr seid stärker, schlauer und einfallsreicher als die meisten Erwachsenen. Um diesen Test zu überleben, müsst ihr jedoch härter ran als je zuvor.«

Er trat ein paar Schritte vor. Dann schrie er wie ein Militäroffizier in einem schlechten Film: »Ihr werdet Schmerzen haben!«

Er schritt die Reihe der Kandidaten ab. Alle sahen starr vor sich hin.

»Ihr werdet todmüde sein! Ihr werdet eure Mutter um Hilfe anflehen!«

Der letzte Kommentar ließ Iris erschaudern. Anscheinend ging es den anderen genauso. Alle Kinder hier waren unfreiwillig von zu Hause weggeholt worden, jeder vermisste einen Vater und eine Mutter, einen Bruder oder eine Schwester.

»Macht euch nichts vor, die nächsten Tage werden die Hölle sein. Diejenigen unter euch, die meinen, sie würden das mit links machen, denen sage ich: *think again!*«

Er hielt vor Per an, der in der ersten Reihe stand. Wieder einmal staunte Iris über Alex. In einer kleinen Runde konnte er still und unnahbar sein, aber in einer großen Gruppe zeigte er wirkliche Führungsqualitäten. Manchmal kam es ihr vor, als würden zwei verschiedene Menschen in ihm stecken.

»Wollt ihr Superhelden sein?«, fragte Alex.

Iris sah Dermot nicken, und ein paar weitere Kandidaten sagten leise »Ja« oder »*Yeah*«.

»Ich! Kann! Euch! Nicht! Hören! Wollt ihr Superhelden sein?«

Jetzt schallte die Antwort aus allen Mündern: »Yes, Sir!
Yes!« Selbst Iris schrie lauthals mit, obwohl sie das eigentlich gar nicht wollte.

Die Kandidaten wurden von Alex und Fiber der Reihe
nach aufgerufen. Sie mussten sich dann alle einen Rucksack
von einem großen Stapel nehmen. Obwohl dieser eigentlich
schon schwer genug war, musste sie ihn noch mit Felsbrocken auffüllen. Die Mädchen bekamen jeweils vier und die
Jungen sechs Steine. Jeder Stein wog mindestens drei Kilo.

In den Rucksäcken befanden sich Kekse, eine Feldflasche,
ein Schlafsack, Plastikgeschirr, ein Seil, Verbandszeug, eine
Taschenlampe und ein Einmannzelt.

Die Kandidaten mussten in der Reihenfolge, in der sie
oben angekommen waren, losmarschieren. Iris' Gruppe war
die letzte. Fiber überreichte jedem von ihnen eine Karte von
der Insel, auf der sich ein einzelnes Kreuz befand. »Die Aufgabe ist ganz einfach: Ihr müsst so schnell wie möglich zu
diesem Punkt auf der Insel gelangen«, sagte sie. »Viel Erfolg.«

Kartenlesen war nicht gerade Iris' Stärke, aber zum Glück
war sie ja nicht allein. Solange YunYun in ihrer Nähe blieb,
konnte nichts passieren. Sie warf noch einen letzten Blick
zum Strand zurück

(und zu Alex),

dann machte sie sich auf den Weg in den Dschungel.

Bisher hatte Iris Pala nur bei Nacht gesehen. Erst jetzt fiel ihr
auf, wie groß die Insel war. In der Ferne erspähte sie sogar
einen Berg, der bestimmt einige Hundert Meter hoch war.

Von Zeit zu Zeit konnte Iris ein Stückchen Himmel ausmachen, doch meistens versperrte ihr das dichte Laub die

Sicht. Aber all das störte sie nicht. Hauptsache, sie war draußen. Sie atmete die frische Luft ein und spürte die warmen Sonnenstrahlen, die durch das dichte Blätterdach schienen. Sie hörte die Vögel singen und entdeckte exotische Früchte an den Bäumen. Nach Monaten unter der Erde tat es einfach gut, draußen zu sein.

Der Boden war ziemlich uneben, sodass sie aufpassen musste, wo sie hintrat. Es gab keinen richtigen Pfad durchs dichte Gestrüpp, wahrscheinlich hatte es nie wirklich einen gegeben. Dilek war schnell außer Sichtweite. Ganz offensichtlich wollte sie den anderen nicht den Weg weisen. Lara hatte nach kurzer Zeit durchschaut, dass YunYun eine perfekte Kartenleserin war, und blieb daher bei ihnen. YunYun ging voran, Iris hielt sich in der Mitte, und Lara war das Schlusslicht. Die drei Mädchen redeten nicht viel. Sie konzentrierten sich auf den Weg, um nicht zu stolpern. Bei jedem Schritt spürten sie das Gewicht des Rucksacks auf ihren Schultern.

»Wir müssen den Berg hinauf, oder?«, fragte Lara, nachdem sie eine Weile gewandert waren. Ihre Stimme hatte einen auffallend melodiösen Klang, als wäre sie in ihrem früheren Leben Sängerin gewesen.

YunYun warf einen Blick über die Schulter und keuchte »*Yep*«.

»Wenn wir danach wieder bergab laufen, wäre es ja okay«, bemerkte Iris.

Allmählich lichtete sich der Dschungel. Je weiter sie nach oben stiegen, desto freier wurde die Sicht. Als sie auf einem grünen Hügel herauskamen, raubte der Ausblick ihnen schier den Atem. Die Sonne war gerade am Horizont aufgegangen und tauchte die Wolken in leuchtend oranges Licht. Der Berg erinnerte Iris an den Hügel, den sie erst im Computerspiel und später beim Test in echt erklommen hatte. Dieser Berg hier war steiler und höher, aber die großartige Aussicht machte einiges, wenn auch nicht alles, wieder gut.

»Fünf Minuten Pause«, verkündete YunYun und ließ sich auf den Boden fallen. Die anderen beiden protestierten nicht und sanken neben ihr ins Gras. Iris und YunYun holten ihre Feldflaschen heraus und tranken ein paar Schlucke Wasser.

»Was machst du da?«, fragte YunYun auf einmal.

Lara gab keine Antwort. Sie hievte einen Felsbrocken nach dem anderen aus dem Rucksack und legte sie fein säuberlich neben sich auf die Erde. Erst dann trank sie einen großen Schluck Wasser.

»Die schleppe ich nicht weiter mit mir herum«, sagte sie, nachdem sie die halbe Flasche ausgetrunken hatte.

Iris wechselte einen Blick mit YunYun. Die Verlockung war groß, es Lara nachzumachen. Schließlich war der Rucksack auch so schon schwer genug. Mit den Steinen hatte man das Gefühl, als würde einem zusätzlich noch jemand auf dem Rücken sitzen.

»Was denkst du?«, fragte sie YunYun.

»Ich will es mir mit Fiber nicht verscherzen«, antwortete die Freundin. »Sie ist um einiges größer als ich. Und stärker.«

»Da hast du recht«, sagte Iris und ließ die Felsbrocken in ihrem Rucksack. Vielleicht wurde von ihnen erwartet, dass sie selbst die Initiative ergriffen, aber das Risiko war ihr einfach zu groß.

YunYun besaß eine untrügliche innere Uhr. Als sie verkündete, dass die Pause vorbei wäre, standen die anderen beiden sofort auf. Ohne wertvolle Minuten mit Warten zu verschwenden, machte YunYun sich direkt wieder auf den Weg. Iris grinste, YunYun entwickelte sich immer mehr zu einer Führungsperson: nicht jammern, sondern einfach weiterlaufen!

Iris fiel das Klettern schwer. Obwohl die Sonne gerade erst aufgegangen war, waren sie bereits seit über vier Stunden auf den Beinen. Sie hatte keine Ahnung, wie lange sie heute noch laufen mussten und wie anstrengend es werden würde, daher war es bestimmt ratsam, das Tempo zu halten.

Zwischendurch schaute YunYun auf die Karte, aber eigentlich war der Weg klar, sie mussten hoch zum Gipfel. In der Ferne sahen sie die Kandidaten wie Ziegen den Berg erklimmen. Die Steigung war noch nicht so extrem, dass es sich gelohnt hätte, die Seile herauszuholen, doch bei jedem einzelnen Schritt hatte Iris das Gefühl, sie würde eine Leiter hochklettern. Trotz des täglichen Trainings fingen ihre Muskeln an zu brennen. Iris war eine Sprinterin, auf hundert Metern hängte sie alle ab – sogar die meisten Jungs. YunYun hingegen war die geborene Langstreckensportlerin, hier am Berg war sie voll in ihrem Element. Sie hatte ihre Atmung unter Kontrolle und konzentrierte sich ganz auf ihren Schritt. Sie ging voran, machte ihre Mitstreiter auf Unebenheiten auf dem Weg aufmerksam und wies sie darauf hin, wenn Steine locker saßen.

Lara hatte nun die Mittelposition eingenommen, und Iris zog abermals in Erwägung, die Felsbrocken wegzuschmeißen. Der Rucksack war irrsinnig schwer, und sie hatte das Gefühl, vom Gewicht nach unten gezogen zu werden. Aber sie musste durchhalten. War das hier nicht der Moment, in dem sich die Spreu vom Weizen trennte?

Als Erstes holten sie Hoai ein. Mit der Vietnamesin machte Iris regelmäßig Scharfschützenwettkämpfe. Hoai hatte Iris beigebracht, dass man nicht darauf warten durfte, bis die Waffe absolut still in der Hand lag, denn das konnte ewig dauern. Man musste die Waffe aufs Ziel richten und abdrücken, wieder richten und erneut abdrücken. Nach dieser Trainingsstunde hatte Iris ihr Ziel kaum noch verfehlt.

Hoai saß mit einem verkniffenen Gesichtsausdruck auf der Erde. Neben ihr lag ihr linker Stiefel, den sie ausgezogen hatte.

»Ich bin raus.«

»Was ist denn los?«, fragte Iris. »Dein Knöchel?«

Hoai nickte.

»Darf ich mal sehen?«

Ohne ihre Antwort abzuwarten, hockte Iris sich neben sie und betrachtete den geschwollenen Fuß. Sie holte den Verbandskasten aus dem Rucksack (genauer gesagt aus Hoais Rucksack; ihre eigenen Vorräte wollte sie lieber nicht verschwenden) und bandagierte den Fuß der Vietnamesin so stramm es ging. Danach war der Fuß zu dick für den Stiefel. Iris hängte den Schuh einfach an Hoais Rucksack und half ihr hoch.

YunYun und Lara warteten auf die beiden. Sah Iris Ungeduld in YunYuns Gesicht, oder kam ihr das nur so vor? Hätte sie Hoai vielleicht hier sitzen lassen sollen?

Hoai stützte sich auf Iris. Gemeinsam erklommen sie weiter den Berg. Lara und YunYun gingen im selben Tempo wie vorher weiter, sodass die beiden schnell außer Sichtweite waren.

Iris fluchte innerlich. Ein feines Team waren sie. Hieß das

105

jetzt, dass sie selbst YunYun nicht mehr vertrauen konnte? Aber wer blieb denn dann überhaupt noch übrig auf dieser verfluchten Insel?

Scheinbar hatte Hoai ihre Gedanken erraten. »Warum gehst du nicht mit ihnen?«, fragte sie. »Ich halte dich doch nur auf.«

»Weißt du noch, am Schießstand?«, fragte Iris.

Hoai nickte.

»Deshalb.«

Iris war wieder etwas milder gestimmt, als sie unterwegs YunYuns Wegmarkierungen sah. Es waren Zweige, Steine oder eine Spur im Sand – kleine, feine Hinweise, die sie ihr hinterlassen hatte. Typisch Yun.

Iris fühlte sich schlecht, dass sie an ihrer Freundin gezweifelt hatte.

Je höher Hoai und sie kamen, desto feuchter wurde es. Der Boden war nun matschig und die Luft neblig. Man wusste nie genau, wo man die Füße aufsetzen sollte. Für Hoai mit ihrem schmerzenden Fuß war es noch schwieriger.

»Es tut so weh, Iris. Meinst du, er ist gebrochen?«

Iris schüttelte den Kopf. »Es heißt, dass es mehr wehtut, wenn etwas verstaucht ist, als wenn es wirklich gebrochen ist. Halte durch, bis wir oben sind, dann kannst du dich ausruhen.«

Das hoffte Iris zumindest.

Vielleicht war dies hier gar kein Nebel, und sie liefen durch die Wolken, überlegte Iris. Waren sie tatsächlich schon so hoch oben?

Um die Mittagszeit erreichten sie endlich den Gipfel. In

einem Armeezelt saß Fiber auf einem Militärhocker. Es war einer dieser Hocker, die man in einer einzigen Bewegung auf- und zuklappen konnte. Als Fiber die beiden das Grasfeld hochhumpeln sah, stand sie auf. Ein Stück weiter weg waren YunYun und Lara bereits dabei, etwas für sie zu kochen. Anscheinend waren die beiden schon eine ganze Weile da. Zum Glück durften sie eine kurze Pause machen.

Fiber nickte ihnen zu und hockte sich neben Hoai. Sie betastete ihren Fuß und schüttelte den Kopf.

»Tut mir leid, Mädel, *you're out!*«

»Du musst mich weitermachen lassen!«, flehte Hoai. Sie versuchte, die Tränen zurückzuhalten. »Ich muss mich nur kurz ausruhen, dann geht ...«

»*My fucking decision, not yours.*« Fiber sagte das gar nicht mal sonderlich unfreundlich. »Du kannst in mein Zelt gehen, nachher wirst du abgeholt.«

»Aber ...«

»Ende der Diskussion.«

Hoai ließ den Rucksack auf den Boden gleiten und hinkte zum Zelt. Auf halbem Weg drehte sie sich noch mal zu Iris um und sagte: »Danke für deine Hilfe. Viel Glück weiterhin.«

Iris wagte es nicht, sie anzugucken. Es war einfach furchtbar, nach so kurzer Zeit schon auszuscheiden. »Wir sehen uns später«, murmelte sie.

Fiber sagte, dass sie jetzt etwas essen durfte.

Hoai legte hinkend das letzte Stück bis zum Zelt zurück und sank dort zu Boden.

YunYun hatte für vier Personen gekocht und damit ihre gesamten Vorräte aufgebraucht. Iris fiel auf, dass sie noch immer alles mit links machte. Iris setzte sich YunYun gegenüber, damit Fiber nicht auffiel, dass ihre Freundin, genau wie Hoai, verletzt war.

Die Bohnensuppe war heiß und nahrhaft. Iris spürte direkt, wie ihre Energie zurückkam.

»Danke. Für das Essen und für die Hinweise auf dem Weg.«

Als Iris das Grinsen auf YunYuns Gesicht sah, hatte sie ein noch schlechteres Gewissen. Wie hatte sie nur an YunYun zweifeln können?

Plötzlich fuhr Lara wie von der Tarantel gestochen hoch. »Aua!«

Hinter ihr stand Fiber.

»Warum hast du mich getreten?«

Fibers Augen verengten sich zu Schlitzen. »Mach deinen verdammten Rucksack auf!«

Ein weiterer Tritt beförderte Lara zu Boden. Er war härter gewesen als der erste. Das Ganze erinnerte Iris an die schmerzhafte Lektion, die Fiber ihr im Gymnastiksaal erteilt hatte. Sie musste die Wut unterdrücken, die bei dieser Erinnerung unweigerlich in ihr aufstieg.

Lara rappelte sich hoch. Mit zitternden Händen öffnete sie ihren Rucksack. Sie sah Fiber fragend an.

»Zeig mir deine Felsbrocken«, sagte Fiber.

»Ich ... ich habe keine Felsbrocken.«

»Hast du keine bekommen?«

»Nein ... ich ... ja«, stotterte Lara. »Ja, ich habe Felsbrocken bekommen.«

Lügen war auf Pala das schlimmste Vergehen.

»Wo sind sie?«

»Unten. Auf halber Strecke, am Berg.«

»Geh los und hol sie.«

»Was? Nein, ich ...«

Diesmal konnte sie der Stiefelspitze gerade noch ausweichen.

»Geh sie holen, oder du bist raus.«

Lara verbiss sich ihren Kommentar und stand auf. Brav trottete sie zurück in die Richtung, aus der sie gerade erst gekommen waren.

»Du hast etwas vergessen«, schnauzte Fiber.

Laras Augen folgten Fibers Blick. »Meinen Rucksack? Aber ich komme doch wieder hierher?«

»Und wie willst du die verdammten Steine ohne deinen verdammten Rucksack nach oben kriegen?«

Lara presste die Lippen zusammen. Sie ging zurück und schulterte ihren Rucksack. Mühsam richtete sie sich auf und startete wutschnaubend den Abstieg. Den Hüftgurt machte sie sich im Gehen zu. Iris und YunYun sagten kein Wort und warfen sich nur bedeutungsvolle Blicke zu.

Fiber hob YunYuns Karte vom Boden auf und zeichnete ein neues Kreuz ein. »Das hier ist euer nächstes Ziel.«

Iris schlürfte schnell den Rest ihrer Suppe herunter und spülte ihre Schale mit dem Wasser aus ihrer Flasche aus. *Damn*, sie hatte sich nicht einmal kurz hinlegen können!

Aber ohne Steine wäre alles noch schlimmer, dann müsste sie jetzt, genau wie Lara, zurücklaufen, versuchte sie sich zu trösten.

Iris hievte ihren bleischweren Rucksack vom Boden hoch und stemmte ihn sich auf die Schultern. Nachdem YunYun und sie gegenseitig kontrolliert hatten, ob auch alles gut befestigt war, zogen sie wieder los. Diesmal geht es zum Glück bergab, dachte Iris. Sie fragte sich, ob sie Hoai nicht lieber hätte sitzen lassen sollen. Sie hatten dadurch so viel Zeit verloren, und jetzt war Hoai ohnehin ausgeschieden.

»Woher wusste Fiber eigentlich von den Felsbrocken?«, unterbrach YunYun ihre Gedanken.

»Ich glaube, Fiber sieht einfach alles. Sie ist wie meine Mutter«, flüsterte Iris.

YunYun erwiderte nichts. Sie schnappte sich die Karte und zeigte, wo sie hinmussten. Fiber hatte sich noch nicht einmal die Mühe gemacht, das neue Ziel auf Iris' Karte einzuzeichnen. Als Kartenleserin hatte sie ganz offensichtlich schon versagt.

TAG 1
MITTAGS

Kartenlesen war Dermots große Stärke. Das war auch einer der Gründe, weshalb er als Erster den Gipfel erreichte. Nachdem er bei Fiber im Zelt etwas gegessen und sich ausgeruht hatte, durfte er nun auch als Erster auf der anderen Seite des Berges den Abstieg beginnen.

Alex erwartete ihn in einem Militärzelt, das ähnlich aussah wie das von Fiber. Dermot trabte auf ihn zu. Hier, am Fuße des Berges, wurde die Landschaft flacher, sodass er sich wieder freier bewegen konnte. Hinter dem Zelt tat sich der dichte Dschungel auf.

»*Sir!*«, meldete er sich. Er konnte sein Grinsen nicht unterdrücken.

Alex nickte ihm zu und nahm ihm die Landkarte ab. »Du darfst deinen Rucksack absetzen, Dermot.«

»Ich gehe lieber direkt weiter, *Sir*!«

»Wie du willst, Kleiner«, sagte Alex zu dem Jungen, der gerade mal zwei Monate jünger war als er. Er zog einen Stift aus der Tasche und markierte den nächsten Checkpoint. Dann gab er ihm die Karte zurück.

»*Thank ye*«, antwortete Dermot mit seinem schottischen Akzent. Nach ein paar Schritten wurde er langsamer und warf einen Blick auf die Karte. Er wollte sehen, ob er sich links oder rechts in den Dschungel schlagen musste. Plötzlich hielt er ganz an und drehte und wendete die Karte ein paarmal, in der Annahme, dass er vielleicht etwas falsch verstanden hatte. Dann drehte er sich zu Alex um.

»*Fuck you!*«, sagte er. »*Sir*«, fügte er dann noch schnell hinzu.

»*Yer welcome*«, antwortete Alex in einem unverkennbar schottischen Akzent. Er grinste breit. »Bist du dir sicher, dass du deinen Rucksack nicht kurz absetzen möchtest?«

»*Sir! No! Sir!*«, antwortete Dermot. Er verstaute die Karte im Rucksack und begann, den Berg erneut zu erklimmen – noch einmal hinauf zum Gipfel, auf dem er gerade gewesen war.

Bergab gehen war noch viel mühsamer als bergauf.

»Aber das kann doch gar nicht sein«, fluchte Iris. »Es geht doch schließlich nach unten! Wo bleibt da bitte die Schwerkraft?«

»Das ist ja gerade das Problem«, keuchte YunYun, für die es nun allmählich auch anstrengend wurde. »Du bewegst dich ja gerade entgegen der Schwerkraft, erst recht mit solch einem Gewicht auf dem Rücken. Das geht ziemlich auf die Knie. Du musst schließlich die ganze Zeit abbremsen, wenn du bergaaaaaaaaaa…!«

»Yun!«

Iris sah, wie YunYun ausrutschte. Zum Glück fiel sie auf ihren Rucksack und nicht auf ihr kaputtes Handgelenk. Doch sie raste in einem irren Tempo abwärts. Iris versuchte, hinterherzurennen, allerdings nicht wirklich schnell, denn dann wäre sie gleich hinterhergestürzt.

»Hilf mir!«, schrie ihre Freundin verzweifelt.

Das war leichter gesagt als getan. YunYun wurde immer schneller, Iris hingegen war erschöpft von der langen Wanderung – und natürlich vom Schlafmangel der letzten Wochen.

»Kannst du nicht bremsen?«, schrie sie.

Doch YunYun konnte nicht antworten, dafür hatte sie viel zu viel Tempo drauf.

Jetzt sah Iris auch, woran das lag. Der Berg wurde mit einem Mal steiler. Sie hatten den Abstieg mit Müh und Not ohne Abseilen geschafft – aber es wäre vielleicht ratsam gewesen, das Seil zu benutzen. Auf dem Weg nach unten gab es Hindernisse, die YunYuns Fahrt hätten abbremsen können, doch würde sie mit dem Kopf gegen einen Fels donnern, dann war alles aus.

Iris durfte keine Zeit verlieren. Sie ließ ihren eigenen Rucksack auf den Boden gleiten und setzte nun selbst zum Spurt an. Ohne das Gewicht fühlte sie sich auf einmal federleicht. Dennoch durfte sie jetzt nicht übermütig werden, ein falscher Schritt, und sie selbst wäre die Nächste auf dem Weg ins Tal.

Iris lief YunYun ziemlich schnell hinterher. Die Freundin versuchte vergeblich, die Füße zum Bremsen in den Boden zu rammen. Anstatt langsamer zu werden, fing die kleine Chinesin nun jedoch an, sich wie ein Kreisel zu drehen.

»Yun!«, schrie Iris, die die Schlucht als Erste sah. Sie legte noch einmal einen Zahn zu, YunYun war nur noch wenige Meter vom Abgrund entfernt.

Plötzlich war Dermot da. Iris hatte keine Ahnung, warum er wieder auf dem Weg nach oben war

(er war doch nicht etwa ausgeschieden?),

auf jeden Fall kam er wie gerufen. Der schottische Junge nahm Anlauf und sprang über die schmale Schlucht. Elegant wie eine Katze landete er auf der anderen Seite. Er rollte sich über den Boden, wo er gegen YunYun donnerte. Eine Sekunde lang dachte Iris, die zwei würden zusammen in die Tiefe stürzen. Als sie jedoch bei ihnen ankam, lagen die zwei reglos da und rangen nach Atem.

»*That was fun!*«, sagte Dermot.

»Du hast was gut bei uns«, keuchte Iris, als sie den beiden hochhalf. »Nichts gebrochen?«

Dermot schüttelte den Kopf.

»Alles okay, Yun?«, fragte Iris.

YunYun nickte. Sie warf sich Iris schluchzend in die Arme.

Die Kinder gönnten sich zehn Minuten Pause.

»Warum warst du eigentlich wieder auf dem Weg nach oben?«, fragte Iris. Sie konnte sich nicht vorstellen, dass Dermot bestraft wurde, weil er wie Lara seine Steine ausgepackt hatte.

»Das wirst du schon noch sehen«, grinste er. »Also gut, ich muss wieder los.«

»Ich komme mit dir. Mein Rucksack liegt noch da oben«, sagte Iris.

»Weit weg?«

»Nein.«

»Warte kurz, ich mach das«, sagte Dermot. Er ließ seinen eigenen Rucksack zurück und flitzte wie ein Hase den Berg hoch. Kurz darauf kam er mit Iris' Rucksack wieder zurück.

Ohne zu zögern, gab Iris ihm einen Kuss auf die Wange. »Danke. Du bist anders als die anderen.«

»Ach, etwas Training kann nicht schaden«, sagte er augenzwinkernd. »Außerdem müssen wir dich schließlich ein bisschen schonen.« Ohne eine weitere Erklärung abzugeben,

114

schwang er sich seinen Rucksack über die Schulter und kletterte in etwas langsamerem Tempo wieder den Berg hinauf. Iris sah ihm mit großen Augen hinterher.

»Komm«, sagte YunYun und stand auf. »Wenn wir das hier hinter uns haben, könnt ihr euch ja verloben, aber jetzt müssen wir weiter.«

Iris prustete vor Lachen. »Na, wir wollen mal nicht gleich übertreiben, du freches Ding. Sieh dich vor, sonst schubse ich dich das letzte Stück des Berges auch noch runter.«

In gemächlicherem Tempo machten sie sich an den Abstieg. Sie mussten einen kleinen Umweg nehmen, um die Schlucht zu umgehen. Beiden stand im Augenblick nicht der Sinn nach einem Abenteuer.

Dermot hatte ihnen einen Tipp für das Bergabwandern gegeben. Wenn man stärker in die Knie ging, wurden die Gelenke weniger belastet, hatte er erklärt. Ein wenig schien das tatsächlich zu helfen.

Von Zeit zu Zeit kamen ihnen Kandidaten entgegen, die bereits wieder auf dem Weg nach oben waren, einer sah missmutiger aus als der andere. Iris ahnte, wie die nächste Aufgabe lautete.

Als sie bei Alex angekommen waren, hörten sie, dass noch drei weitere Kandidaten ausgeschieden waren. Vasek war so wütend geworden, dass er auf Alex losgegangen war. Mit einem gebrochenen Handgelenk war der tschechische Junge von zwei Superhelden abgeführt worden, die Alex zu Hilfe geeilt waren. Anjani hatte verkündet, dass sie nicht mehr konnte, und Jard hatte sich am Ziel einfach auf den Boden gelegt und war eingeschlafen.

Iris und YunYun ließen ihre Karte abzeichnen und machten eine kurze Pause, bevor sie mit dem Anstieg begannen. Die Sonne ging allmählich schon wieder unter.

»Ihr seid spät dran«, sagte Alex. »Seht zu, dass ihr nicht rausfliegt.«

Iris nickte. Sie trank einen Schluck Wasser, dann ging es direkt weiter. Jetzt hatte sie die Führung übernommen und lief vorweg. Kam es ihr nur so vor, oder hatte Alex' Stimme wirklich besorgt geklungen?

Der Aufstieg stellte viele Kandidaten vor ziemliche Schwierigkeiten, sodass Iris und YunYun auf einmal nicht mehr die Allerletzten waren. Dennoch waren die Schnellsten unter ihnen bereits lange mit dem Abendessen oben auf dem Berg fertig, als die Freundinnen noch nicht einmal mit dem Kochen angefangen hatten.

Iris machte sich Sorgen um YunYuns Handgelenk. Unter normalen Umständen hätte sie Fiber oder die Ärztin um Rat gefragt, aber sie hatte Angst, dass YunYun dann wie Hoai ausscheiden würde.

Alle Kinder um sie herum klagten über Blasen. Aus den Rucksäcken wurden Verbandskisten gezaubert, und überall wurden Füße gepflastert und verbunden. Iris kam es vor, als wäre sie in einem Feldlazarett gelandet und nicht auf einem Berg irgendwo in der Wildnis.

YunYun wollte unter keinen Umständen ihr Handgelenk verbinden lassen – wahrscheinlich, damit ihre Verletzung niemandem auffiel.

Als Iris endlich genug gegessen hatte und sich neben YunYun ausstreckte, um ein wenig Energie aufzutanken, hörte sie Fibers Stimme, die ein paar kurze, schneidende Befehle bellte: »Aufstehen! In Dreierreihen antreten!«

Die Kandidaten sprangen auf und stellten sich in Reihen auf. Es waren zwei Reihen mit sechs und eine mit sieben Kindern – inzwischen waren sie nur noch neunzehn. Iris suchte die Menge mit ihren Augen nach Lara ab, aber sie war nicht zu sehen. War sie noch immer nicht zurück oder vielleicht sogar ganz aus dem Spiel ausgeschieden? Außerdem stellte Iris fest, dass manche Kinder barfuß waren oder nur einen Stiefel anhatten und den zweiten in der Hand hielten.

»Einige von euch haben es verdammt gut gemacht«, sagte Fiber ruhig. Ihre Stimme hatte nichts von Alex' militärischem Tonfall, doch gerade das verschaffte ihr vielleicht sogar noch mehr Respekt. Alle Kandidaten waren irgendwann einmal gegen Fiber angetreten – und keiner konnte es mit ihr aufnehmen, ohne mit erheblichen Blessuren und Verletzungen daraus hervorzugehen.

»Das Schicksal von einigen von euch hängt an einem verdammt seidenen Faden«, fuhr sie fort. »Aber jetzt gibt es erst mal ein Geschenk für euch – für jeden von euch, wohlgemerkt.«

Neunzehn Augenpaare starrten leer vor sich hin. Allmählich werden wir wirklich zu richtigen Soldaten, dachte Iris. Sie wusste nicht, ob sie darauf stolz sein oder sich eher schämen sollte.

»Weil ihr den ersten Tag überlebt habt, dürft ihr die Felsbrocken aus den Rucksäcken nehmen.«

Ein paar Kandidaten fingen an zu jubeln. Als von Fiber kein Widerspruch kam, stimmte der Rest der Gruppe mit ein.

Yes!, dachte Iris. Die vier Felsbrocken wogen zusammen mindestens zwölf Kilo.

»Na los, kommt schon.« Fiber machte eine Handbewegung, die bedeuten sollte, dass die Kandidaten zurück an ihre Plätze gehen konnten, um ihre Rucksäcke zu packen – diesmal jedoch ohne die Steine.

Iris saß auf ihren schmerzenden Knien neben YunYun und flüsterte: »Ich traue der Sache nicht.«

»Es gibt eben Leute, für die ist das Glas immer halb leer«, murmelte Dilek.

Nachdem alle ihre Rucksäcke wieder verschnürt hatten, schritt Fiber die Reihen ab, um die Ausrüstung zu überprüfen.

»Gut so. Ihr dürft die Rucksäcke jetzt wieder aufsetzen – wo sie doch so schön leicht sind. Und wenn ihr dann bitte so freundlich wärt, die Steine wieder an den Ort zurückzulegen, wo ihr sie hergeholt habt. Das erspart uns einiges an Vorbereitung für die nächste Gruppe.«

Dabei lächelte sie ironisch. Als ein paar Kandidaten Fiber verwundert ansahen, zeigte sie zu dem Hang, den sie am Morgen so mühsam erklommen hatten.

»An den Strand. Wo sie waren. Wenn ihr euch jetzt direkt auf den Weg macht, könntet ihr vor Mitternacht wieder hier oben sein.«

Ein Murren und Raunen ging durch die Menge. Dilek setzte ihren Rucksack mit einem tiefen Seufzer ab und wollte gerade anfangen, die schweren Steine wieder einzupacken. Da tippte ihr Fiber freundlich auf die Schulter.

»Oh, tut mir leid, ich habe mich wohl nicht klar ausgedrückt. Ihr braucht kein zusätzliches Gewicht mehr im Rucksack, dieser Teil des Tests ist vorbei.«

»Aber wie transportiere ich denn dann die Felsbrocken?«, fragte Dilek verzweifelt.

»Stimmt irgendetwas nicht mit deinen Händen?«, fragte Fiber mit lieblicher Stimme.

Wütend schüttelte Dilek den Kopf. »Nein!«, fauchte sie.

Nun wurden die letzten Schuhe angezogen und Rucksäcke geschultert. Man probierte, die Felsbrocken zum Tragen übereinanderzustapeln. Zwei gingen gerade, der dritte fiel jedes Mal herunter. Man schaffte es nur, wenn man immer zwei zugleich wegbrachte und dann zurückging, um die nächsten beiden zu holen. So würde man sich Meter für Meter den Berg herunterarbeiten.

»Da hast du es!«, sagte Iris bissig zu Dilek. Sie sah sich um, ob YunYun fertig war, und marschierte los.

»Können wir sie nicht nach unten rollen lassen?«, schlug YunYun vor.

»Aber was ist, wenn uns dann einer abhaut?«, fragte Iris. »Ich würde lieber kein Risiko eingehen, wir müssen wohl in den sauren Apfel beißen und sie schleppen.«

Sie merkten jedoch schnell, dass keiner von ihnen mit dieser Taktik den Abstieg ohne Unfall schaffen würde. Es war nur eine Frage der Zeit, bis jemand einen Stein abbekam oder – schlimmer noch – selbst nach unten stürzte.

Iris hielt so abrupt an, dass Dilek von hinten in sie reinrannte.

»Mensch, pass doch auf!«

»Sorry«, sagte Iris abwesend. »Dilek, Fiber hat doch gesagt: ›Ihr braucht kein zusätzliches Gewicht in euren Rucksäcken‹, oder?«

»Warum fragst du mich das? Du hast es doch auch gehört.« Ihr Gesicht zeigte tiefes Misstrauen.

»Sie hat nicht gesagt: Benutzt eure Hände.«

119

»Doch!«

»Nein«, sagte YunYun. »Iris hat recht. Sie hat gesagt: ›Stimmt irgendetwas nicht mit deinen Händen?‹«

Dilek wollte protestieren, aber sie schwieg.

»Der Schlafsack?«

»Der Schlafsack.« Iris nickte. »Ich nehme meinen, der liegt ganz oben.«

Sie legte ihre beiden Felssteine ab und zog den Schlafsack heraus. Die Steine bettete sie hinein. Eine dankbare YunYun und schlussendlich auch Dilek folgten ihrem Beispiel. Iris lief zurück, um ihre anderen beiden Felsbrocken zu holen, und legte sie dazu. Nachdem alle Steine eingepackt waren, griffen sich Dilek und sie jeweils ein Ende des Schlafsacks und zogen ihn hinter sich her. YunYun wollte helfen, aber Dilek schüttelte den Kopf. »Du solltest dein Handgelenk lieber ein bisschen schonen.«

Dilek hatte es also anscheinend inzwischen gesehen. Iris rechnete es ihr hoch an, dass sie nichts zu Fiber gesagt hatte. Vielleicht hatte sie Dilek doch falsch eingeschätzt.

Iris und Dilek zogen den Schlafsack hinter sich her und bewegten sich so Schritt für Schritt in Richtung Tal. Die Dämmerung verwandelte sich allmählich in tiefe Dunkelheit. Iris hörte YunYun in ihrem Rucksack kramen, kurz darauf leuchtete sie ihnen mit der Taschenlampe den Weg.

Smart girl!

Die Begegnung mit den anderen Kandidaten verlief immer nach demselben Muster: Jedes Mal, wenn Iris und Dilek einen der anderen überholten, der gerade mit seinen Steinen im Arm nach unten wankte, ernteten sie von ihr oder ihm zunächst einen erstaunten Blick. Kurz darauf fanden sich dann Gruppen von zwei, drei oder vier Personen zusammen, die die Steine gemeinsam in ihren Schlafsäcken nach unten transportierten. Innerhalb kürzester Zeit sah man keine Kinder mehr allein ihre Felsbrocken schleppen.

Dilek, YunYun und Iris stiegen schnell hinab zum Strand – so schnell, wie das bei der Steile des Berges möglich war.

»*Yakamoz*«, sagte Iris.

»Gesundheit«, scherzte YunYun.

»Das ist das türkische Wort für die Spiegelung des Mondes auf dem Wasser. Hat Alex mir beigebracht.«

Dilek war allein weitergezogen, nachdem sie sich bei den beiden bedankt hatte.

»Wart ihr an diesem Strand?«

Iris nickte. Sie hatte YunYun noch nie alle Einzelheiten von ihrem nächtlichen Treffen erzählt. »Kannst du ein Geheimnis bewahren?«, fragte sie.

»Hat er dich geküsst?!«

»Ähm … ja, also eigentlich …« Iris biss sich auf die Zunge und flüsterte: »Eigentlich habe ich ihn geküsst!«

»Und dann?«

»Dann bin ich mit der Nase an sein Ohr gestoßen, und anschließend sind wir mit dem Lift wieder nach unten gefahren. Vor dem Lift haben wir uns noch einmal geküsst und …« Iris schwieg auf einmal.

»Und weiter?«

»Wenn man vom Teufel spricht.« Iris deutete mit dem Kopf zum Strand. Alex hatte unten auf sie gewartet. Sie durften noch nicht zurück zum Gipfel, sondern sollten sich hier ausruhen, bis alle Kandidaten unten angekommen waren.

»Warum müssen wir jetzt auf einmal aufeinander warten?«, fragte YunYun. »Fiber hat gesagt, dass wir nach oben können, sobald wir fertig sind. Ich bin müde …«

Endlich hatten auch die übrigen Kinder den Strand erreicht. Maxime und Eowyn waren die Letzten, die ihre Steine auf einen großen Stapel legten und ihre Schlafsäcke wieder im Rucksack verstauten. Nun waren sie die Nachzügler, die keine Zeit zum Ausruhen hatten. Alle anderen erhoben sich vom Strand und gesellten sich zu ihnen.

Der Mond stand hoch am pechschwarzen Himmel, und überall um sie herum sah man Yakamoz. Wieder waren zwei Kandidaten ausgeschieden, Iris konnte jedoch nicht direkt ausmachen, wer es war. Sie zählte jetzt nur noch siebzehn Kinder, die alle in derselben Haltung auf genau demselben Platz wie heute Morgen standen. Unglaublich, dass in der Zwischenzeit mehr als achtzehn Stunden vergangen waren. Iris war vor Müdigkeit ganz wackelig auf den Beinen. Wie lange würde das hier noch dauern, und was wollte man nun schon wieder von ihnen?

Alex sprach etwas leiser als am Morgen.

»Das ist für heute eure letzte Aufgabe. Danach dürft ihr schlafen gehen. Zieht euch aus. Stiefel, Uniformen und Rucksäcke könnt ihr am Strand liegen lassen. Behaltet nur eure Unterwäsche an.«

Kurz darauf stand Iris zwischen den anderen frierenden Kandidaten. Die Temperatur war stark gefallen, sodass es ohne Klamotten wirklich kalt war.

Alex zeigte auf einen Felsen im Wasser, der etwa fünfzig Meter von der Küste entfernt lag.

»Schwimmt, so schnell ihr könnt, zu dem Felsen und wieder zurück. Noch Fragen?«

»Und wie oft, bitte schön?«, erkundigte sich Iris patzig.

Alex sah sie an. Dabei ruhte sein Blick etwas länger als nötig auf ihrem Körper. »Bis ich sage, dass es genug ist. Los geht's.«

Die Gruppe setzte sich scheinbar im Gleichschritt in Bewegung und spurtete ins Wasser. Nach dem monatelangen Training erinnerten sie tatsächlich an eine Gruppe Soldaten: ein Befehl, und alle gehorchten.

Das Wasser war kalt, aber nicht so kalt, wie Iris befürchtet hatte. Sie war eine gute Schwimmerin, und unter normalen Umständen wären fünfzig Meter für sie ein Kinderspiel gewesen. Doch nach stundenlangem Wandern, bergauf und bergab, war es wirklich anstrengend. Sie tippte den Felsen an, drehte um und paddelte zurück. Um sie herum schwammen Jungen und Mädchen hin und her, wieder und wieder legten sie die Strecke zwischen Küste und Fels zurück. Iris hatte aufgehört zu zählen, nachdem sie zum wiederholten Male für eine weitere Runde ins Wasser zurückgeschickt worden war. Sie war so müde, so unsagbar müde. Ihre Arme und Beine wurden immer schwerer.

Sie dachte an ihre letzten Erfahrungen, die sie im Wasser gemacht hatte. Erst daran, wie sie im Ozean geschwommen war, nachdem Fiber sie bewusstlos vom Kreuzfahrtschiff geworfen hatte, und dann an den See in der unterirdischen Grotte, wo sie Terry verloren hatten.

Im Vergleich dazu war das hier gar nicht so schlimm. Auf irgendeine Weise kam es ihr fast einfacher vor, stur weiterzuschwimmen, als damit aufzuhören. So brauchte sie we-

nigstens nicht nachzudenken oder irgendwelche Entscheidungen zu treffen.

»Komm raus.«

Zunächst kapierte Iris gar nicht, dass sie gemeint war. Sie
sah Alex fragend an. Der Mondschein tauchte ihn in silbri-
ges Licht.

Er nickte und lächelte. Diesmal war sein Lächeln echt. »Du
hast es geschafft. Du darfst nach oben in dein Zelt gehen.«

In mein Zelt, das noch nicht aufgebaut ist, dachte Iris.
Aber das machte ihr jetzt auch nichts mehr aus. Sie taumelte
an den Strand und zog sich, nass, wie sie war, einfach ihre
Uniform über. Zitternd vor Kälte packte sie ihren Rucksack
und wappnete sich für den Aufstieg. Ihr Blick glitt suchend
über den Strand, YunYun war nirgends zu sehen.

Alex stellte sich neben sie. »Sie ist schon oben. Wahrscheinlich schläft sie, wenn du ankommst«, sagte er leise.

Iris sah zur Seite.

»Ich habe sie ein paar Bahnen weniger schwimmen lassen.«

»*Thank you*«, sagte Iris mit klappernden Zähnen.

»Der morgige Tag wird härter.«

Iris konnte sich nicht vorstellen, dass etwas noch schlimmer als dieser Tag werden könnte.

»Alex, das geht nicht. Das schafft niemand«, sagte sie
verzweifelt.

»*I did*«, sagte er. »*And so will you.*«

Als sie das letzte Mal für heute den Berg hinaufstolperte,
dachte sie: Es gefällt ihm, uns anzutreiben!

INTERMEZZO

»Ich hasse das«, sagte Alex.

»WHO CARES«, antwortete Mr Oz. »ICH WILL WISSEN, WIE SIE SICH MACHEN.«

Sein entstellter Körper trieb im Aquarium wie ein Hai im Meer – reglos, aber jederzeit zum Angriff bereit. Das überdimensionale Wasserbecken befand sich in der Mitte des Raumes und war von Bildschirmen umgeben. Die meisten Monitore waren dunkel, nur auf einem sah man noch einen grünlichen Schein. Ein einzelner Kandidat, der mitten in der Nacht auf dem Weg zum Sammelpunkt war.

»WER IST DAS?« Mr Oz' Stimme klang rau, ganz anders als sein mechanisches Alter Ego, doch sie war ebenso durchdringend.

»Lara«, sagte Alex. »Sie ist die Letzte, der Rest schläft schon.«

»HOL SIE DA WEG. SIE IST NICHT GUT GENUG. BRING SIE IN DIE WERKSTATT.«

»Yes, Sir.«

»UND IRIS?«

»Li Wen Yun hält sie auf. Sie hat sich das Handgelenk verknackst. Genauer gesagt hat Iris ihr das Handgelenk verknackst. Das Mädchen ist eigentlich nicht fit genug, um weiterzumachen.«

»LASS SIE WEITERMACHEN«, sagte Mr Oz. »ICH WILL WISSEN, WAS IRIS WICHTIGER IST: IHRE FREUNDIN ODER DER AUFTRAG.«

»Yes, Sir.«

»HAST DU DIE FRAGEN, ALEX?«

»*Yes, Sir.*« Alex hielt ein paar Formulare hoch. »Für jeden Vernehmer eines und ein spezielles Formular für Iris.«

»GUT. GEH SCHLAFEN. MORGEN WIRD SICH HERAUSSTELLEN, WER AUS DEM RECHTEN HOLZ GESCHNITZT IST.«

Alex nickte kurz und verließ den Raum. Er durfte in seinem eigenen Bett schlafen, in seinem eigenen Zimmer, aber er wollte lieber nach oben zurückgehen. Seiner Meinung nach sollte ein Führer bei seiner Truppe bleiben.

Ein Wägelchen, das Ähnlichkeit mit einem Gefährt aus der Geisterbahn in Disneyland hatte, brachte ihn über unterirdische Schienen zu einem abgelegenen Raum, in dem sich ein zweiter Lift befand. Er stieg aus dem Wagen, zog seinen Pass über den Scanner und wartete dann, bis die Türen sich öffneten und der Lift ihn nach oben auf den Gipfel beförderte. Hier schliefen die Kandidaten. Alex hatte strategisch schlau ein Zelt über dem Liftschacht aufgestellt, damit er für die Kandidaten nicht sichtbar war.

»Sind alle da?«, fragte Alex.

Fiber schüttelte den Kopf. »Diese verdammte Lara ist immer noch nicht oben. Kann sie sich denn nicht mal ein bisschen beeilen? Ich will ins Bett.«

»Hol sie ab und bring sie weg. *She's out.*«

»Mr Oz?«

»*Yep.*«

»Wie viele sind dann noch übrig?«

»Sechzehn.«

»Wetten, dass morgen Abend nur noch weniger als die Hälfte im Rennen ist?«

»Weniger als acht?«, fragte Alex. »Ich denke, du wirst erstaunt sein, wie viele am Ende übrig bleiben, Marthe.«

»Wollen wir wetten?«

»*Sure*, um einen Kuss.«

»Und wenn ich gewinne?«

»Auch einen Kuss?«

Fiber stellte sich vor ihn und beugte ihren Kopf so weit vor, dass ihre Lippen seine fast berührten. »Ich hatte sogar an etwas Härteres gedacht«, flüsterte sie.

»Komm, bring Lara weg.«

»*Sir, yes, Sir!*« Sie schlug die Hacken zusammen und verließ das Militärzelt.

Alex wusste nie, ob Fiber sich über ihn lustig machte oder einfach nur seine Befehle ausführte. Er wollte nicht zugeben, dass ihr Verhalten ihn verunsicherte.

Er seufzte und setzte sich auf den Hocker, den Fiber für ihn warm gehalten hatte. Er sollte wohl auch ins Bett gehen, aber diesen einen Moment wollte er noch die Stille genießen.

TAG 2
MORGENS

Iris wurde vom Lärm um sie herum geweckt.

»Zwei Minuten noch! Haltet euch ran!«

Sie öffnete die Augen. Über ihr war ein Zeltdach. Sie spürte Wind und sah fades Licht. Und wieder hörte sie die Stimme mit dem ihr bekannten polnischen Akzent: »Zwei Minuten noch!«

Iris öffnete den Reißverschluss ihres Schlafsacks und setzte sich mit einem Ruck auf. Im Einmannzelt war nicht genug Platz, um ihre Uniform anzuziehen, daher kroch sie aus dem Zelt. Niemand beachtete Iris, die nun in ihrer Unterhose dastand. Alle waren zu sehr damit beschäftigt, rechtzeitig fertig zu sein.

Zwei Minuten später stellten sich fünfzehn Kandidaten ungewaschen, aber in Uniform vor Fiber und Alex auf. Als Sechzehnter kam Per mit seinem Rucksack in der Hand angerannt.

»Du kannst deinen Rucksack direkt im Zelt lassen«, verkündete Alex.

Per zögerte kurz, dann lief er zurück. Er warf seinen Rucksack ins Zelt und trabte zum Rest der Truppe.

»Heute seid ihr Flüchtlinge«, brüllte Alex. »Ihr seid aus dem Gefängnis ausgerissen und habt kein Essen, kein Wasser und keinerlei Werkzeug oder sonstige Hilfsmittel dabei. Ihr habt nur das, was ihr auf dem Leib tragt. Ihr startet in Zweiergruppen, mit einem Abstand von zehn Minuten. Fiber gibt euch Karten. Darauf ist unser nächster Sammelpunkt eingezeichnet, an dem ihr neue Anweisungen bekommt.

Wenn ihr noch etwas loswerden wollt, dann könnt ihr das jetzt tun. Wer heimlich etwas mitnimmt, ist raus!«

YunYun rannte in ihr Zelt und kam mit leeren Händen zurück. Asare tat es ihr nach. Iris rührte sich nicht vom Fleck. Sie war gar nicht auf die Idee gekommen, etwas mitzunehmen.

»Asare, was hast du da?«

Asare machte ein schuldbewusstes Gesicht und brachte eine schmale Feldflasche zum Vorschein, die sie zwischen ihren Brüsten in der Uniform versteckt hatte.

»Die kannst du mir direkt geben.«

Asare trat vor und überreichte Alex die Flasche.

»Du stellst dich zu Per«, sagte Alex.

»Alle außer Per und Asare bekommen einen Vorsprung von drei Stunden – bevor wir die Hunde auf euch hetzen«, verkündete Fiber.

Hunde? Iris stellte fest, dass ein paar der Kandidaten ernsthaft beunruhigt aussahen. Sie selbst fand die Vorstellung auch alles andere als verlockend. Es würden mit Sicherheit keine Pudel sein.

»Per, dir und deiner Partnerin werden zwanzig Minuten abgezogen«, erklärte Alex nun.

»Aber warum denn mir? Ich habe doch gar nichts mitgenommen!«, schimpfte Per.

»Du warst zu spät. Sei froh, dass du überhaupt noch mitmachen darfst. Fiber?«

Fiber hielt eine Landkarte hoch und rief: »Iris und YunYun, ihr geht als Erstes los.«

Die beiden Mädchen traten vor, um ihre Karte in Empfang zu nehmen. YunYun warf einen kurzen Blick darauf und setzte sich in Bewegung, Iris folgte ihr. Hinter ihnen rief Fiber das nächste Zweierteam auf: »Quinty und Dermot.« Die zwei mussten zehn Minuten warten, bis sie starten durften, aber die Karte bekamen sie schon in die Hand gedrückt.

»Wie lange haben wir wohl geschlafen?«, fragte YunYun. Sie war noch kurz im Wald verschwunden, um sich zu erleichtern, und kam nun zurück. Im Gehen zog sie den Reißverschluss ihrer Uniform zu.

»Du vier Stunden, ich etwas weniger«, murmelte Iris. Sie war müde. Sie konnte nicht sagen, welcher Muskel ihres Körpers ihr am meisten wehtat, doch was noch schlimmer war: Sie hatte das Gefühl, vor Hunger schier umzukommen. Sie hatten ja auch überhaupt nicht gefrühstückt! Iris spähte durch das dichte Laub der Bäume. »Hast du eine Ahnung, was hier essbar ist?«, fragte sie.

YunYun schüttelte den Kopf. »Nein. Hast du nicht zufälligerweise irgendwann mal ein Handbuch zum Überleben in der Wildnis aufgeschlagen?«

»*Nope*. Wie geht es deinem Handgelenk?«

»Besser als deinen Füßen, scheint mir. Blasen?«

Iris nickte kurz. Ohne Gepäck war der Abstieg etwas leichter, doch Iris hätte alles auf der Welt für ein Stück Brot und eine Flasche Wasser gegeben. Vielleicht würden sie nachher im Dschungel noch etwas Essbares finden.

Zunächst nahmen sie denselben Weg wie am Tag zuvor, aber dann bogen sie auf halber Höhe ab, sodass sie nicht an der Stelle vorbeikamen, an der YunYun gestürzt war.

»Hast du gesehen, ob Dilek noch dabei ist?«

»Ja, ist sie. Würdest du sie gerne in unserem Team haben?«, fragte Iris.

»Sie sagt, dass sie mit Tieren sprechen kann. Für die Hunde könnte das durchaus nützlich sein.«

»Wir sollten erst mal zusehen, dass wir so schnell wie möglich den Berg herunterkommen. Drei Stunden Vorsprung ist gar nicht mal so viel.«

Schweigend bahnten sie sich den Weg durch das hohe Gras, das kreuz und quer am Hang wuchs. Iris sah jetzt, warum YunYun diesmal eine andere Route eingeschlagen hatte. Diese Seite des Berges war viel wilder und stärker bewachsen, sodass man hier nicht so schnell von möglichen Feinden gesehen wurde – gesehen nicht, aber vielleicht gerochen.

In Filmen watete der Held immer einige Sekunden durchs Wasser, um einen Hund von seiner Spur abzulenken, aber die Kandidaten hatten gelernt, dass das eine Mär war. Der Geruch blieb nämlich über der Wasseroberfläche hängen, man musste schon kilometerweit gegen den Strom laufen, damit das Ganze Erfolg hatte.

»Und was ist, wenn dort gar keine Hunde sind?«, fragte YunYun nach hinten gewandt. Vorsichtig setzte sie einen Fuß vor den anderen. Die Mädchen befanden sich jetzt auf einem besonders glatten, steilen Stück, das zudem auch noch mit kleinen Kieselsteinen bedeckt war.

»Wie meinst du das?«

»Sechzehn Kandidaten, dafür bräuchte man mindestens acht bis zehn Hunde. Wo sind die denn wohl normalerweise untergebracht?«

Iris dachte kurz nach. »In einem unterirdischen Zwinger vielleicht?«, schlug sie vor. In einer geheimen Werkstatt?, schoss ihr durch den Kopf.

»Okay, das kann natürlich sein«, stimmte ihr YunYun zu.

131

»Aber logisch wäre es nicht, Hunde brauchen doch frische Luft. Und dann hätte ich noch eine andere Frage: Warum setzen sie überhaupt Hunde ein, wenn wir doch ohnehin einen Chip im Hals haben?«

»Das ist mir bisher gar nicht aufgefallen«, murmelte Iris. »Was auch immer wir tun, wir werden sowieso gepackt, stimmt's?«

»*Yep.* Und was macht man mit Gefängnisausbrechern?«

»Sie werden verhört?«

»Ganz genau.«

Das war es also, was Justin gemeint hatte. »Ich will das nicht.« Iris blieb abrupt stehen. »Wirklich nicht, Yun.«

»Und was sollen wir machen?«

Iris zuckte mit den Achseln. »Lass uns erst mal zusehen, dass wir so schnell wie möglich zum Sammelpunkt kommen, von mir aus auch gerne auf direktem Weg, zum Teufel mit den Hunden.«

YunYun studierte die Karte. »Okay«, sagte sie dann. »Hier entlang.«

Per und Asare waren tatsächlich die Letzten, die starteten. Fiber und Alex hatten danach nur noch knapp zwei Stunden Zeit, um ihre eigene Truppe einzuweisen und loszuschicken. Sieben Superhelden, die vor ihnen standen und auf ihren Befehl warteten. Unter ihnen befand sich auch der Afrikaner Russom und die Yogalehrerin Margit.

»Meine liebenswerte Assistentin Fiber wird euch euren D. O. G. geben. Fiber?«

Fiber marschierte vor der Gruppe entlang und verteilte kleine Apparate, die sich die Superhelden ums Handgelenk banden. Sie sahen aus wie ein iPod Nano, der auf ein Stück Klettband geklebt war.

»Wofür steht D. O. G.?«, fragte Margit. »Dog? Hund?«

»*Damn Orrible Gizmo* oder auch: verfluchter grässlicher Apparat«, sagte Alex. »Mr Oz' Humor ist eben einfach ... unergründlich.«

Einige kicherten leise.

»Jeder Apparat ist auf ein Zweierteam eingestellt. Verfolgt nur das euch zugeteilte Team, auch wenn ihr unterwegs anderen begegnet. Sollten sich die Kandidaten unerwartet trennen oder neu zusammentun, müsst ihr uns das melden. Dann gibt es neue Anweisungen.«

Alex sah in die Runde. »Aufgepasst! Die Kandidaten bekommen nach dem Verhör eine *dart gun*, und ihr Auftrag lautet: euch abschießen! Die Waffe ist zwar nicht tödlich, aber wenn ihr getroffen werdet, seid ihr für drei Tage außer Gefecht gesetzt, so *don't be stupid*! Noch Fragen?«

Keine Fragen.

»Okay, viel Erfolg. Ich sehe euch beim Verhör.«

»Die drei Stunden Vorsprung sind aber doch noch nicht um?« Inderpal konnte die Frage nicht unterdrücken.

»*Nope*«, sagte Alex. »Hast du ein Problem damit?«

Inderpal schüttelte den Kopf, sein Gesichtsausdruck sprach allerdings Bände.

»*Okay, go, go, go!*«, rief Alex.

Iris war schwindelig. Sie hatte viel zu wenig geschlafen. Wenn sie weiter durchhalten wollte, musste sie unbedingt etwas essen. Es kostete sie enorm viel Kraft, einen Fuß vor den anderen zu setzen.

Der Wald war sehr dicht, und es gab keinen Pfad. YunYun bog für Iris, die hinter ihr ging, stets die schweren Äste zur Seite. Manchmal rutschten sie ihr jedoch aus der Hand, und die Blätter klatschten Iris mit voller Wucht ins Gesicht.

»Ich muss etwas essen, Yun. Mir ist völlig egal, was. Selbst wenn es Sand ist. Aber ich muss etwas essen.«

»Okay«, antwortete YunYun. »Warte mal kurz. Hörst du das?«

Iris schloss für einen Moment die Augen. »Wasser?«, fragte sie dann.

YunYun nickte.

Das Geräusch kam von einem kleinen Wasserfall. Das kühle Nass prasselte aus ungefähr drei Metern Höhe herab und landete in einem Flüsschen. Über lose, treppenförmige Felssteine strudelte es abwärts. Eigentlich war es ein wirklich idyllischer Platz. Unter anderen Umständen hätten sie das alles bestimmt genießen können.

Iris ließ sich unter lautem Stöhnen auf dem höchsten Fels, der aus dem Wasser ragte, nieder. Sie zog sich die Stiefel aus und schleuderte sie zur Seite. Anschließend untersuchte sie ihre Füße. Die Blasen von gestern waren zu offenen Wunden geworden. Sie steckte die Füße ins eiskalte Wasser. Die ersten Sekunden waren sehr schmerzhaft, aber danach war die Kälte wohltuend.

YunYun zog einen dicken, unappetitlich aussehenden Fladen heraus und brach ihn in der Mitte durch.

»Was ist das denn?«

»Das war in meinem Rucksack. Ich würde es *Lembas* nennen.«

»Ha, das würde Mr Oz gefallen«, lachte Iris. Lembas hieß

in *Herr der Ringe* die Nahrung der Elben. Dieses brotartige Gebäck hielt sich ewig, war sehr nährreich, und nur ein paar Bissen reichten als Stärkung aus. Der perfekte Snack für eine lange Reise. Da Mr Oz ein Fan von klassischer Kinderliteratur war, war der Name sehr passend.

Iris biss in ihren Fladen und stellte fest, dass er auf jeden Fall eine Eigenschaft mit dem fiktiven Lembas gemein hatte: Er war einfach ungenießbar. Man musste ewig lang auf den dicken Fasern herumkauen, bis man sie endlich herunterwürgen konnte. Zum Glück steckten wenigstens dicke Schokoladenbrocken drin, die den Geschmack etwas erträglicher machten und dazu noch schnell für Energie sorgten.

Nach jedem Happs trank Iris einen Schluck Wasser, den sie mit den Händen aus dem Fluss schöpfte.

»Hey, Moment mal«, sagte Iris plötzlich. »Man durfte doch nichts mitnehmen?«

»Manchmal höre ich schlecht. Ich habe auch ein Messer dabei.«

»Wo hast du das denn versteckt?«, fragte Iris mit vollem Mund.

»Als wir alles zurücklegen mussten, habe ich mich hinten aus dem Zelt geschlichen und eine kleine Kuhle in die Erde gegraben. Da habe ich die Dinge versteckt. Später, beim Pipimachen, habe ich dann schnell alles wieder ausgegraben und in die Tasche gesteckt.«

»*Smart ass*«, sagte Iris. »Danke.«

YunYun sagte nichts, doch Iris sah, dass sie strahlte. Die kleine Chinesin saß ihr auf dem Felsen gegenüber und hatte sich jetzt ebenfalls die Stiefel ausgezogen. Ihre Füße sahen nicht besser aus als die von Iris.

»Wie geht es deinem Handgelenk?«

»Nicht gut«, gab YunYun zu.

»Darf ich mal gucken?«

Sie schüttelte den Kopf. »Man kann nicht viel sehen. Und ändern kann man daran ja sowieso nichts. Ich halte es lieber mal ein bisschen ins Wasser.«

Schweigend aßen sie ihren Fladen.

»Schmeckt scheußlich, aber man wird satt davon.«

Iris nickte und verfluchte sich im Stillen. Warum war sie nicht selbst auf die Idee gekommen? Man sagte ihr nach, dass sie eine natürliche Führungsperson war und vorausschauend handelte. Bei diesem Test hingegen hatte sie von Anfang an das Gefühl, hinterherzuhängen. Ohne YunYun wäre sie schon längst ausgeschieden. Was war bloß los mit ihr? Schlafmangel, ganz einfach, dachte sie missmutig.

»Wie geht es dir?«, fragte YunYun, als könnte sie ihre Gedanken erraten.

Iris zuckte mit den Achseln. Sie würgte mühsam das letzte Stück ihres Brotfladens herunter. »Müde, meine Füße tun weh, aber was soll's. Ich werde es schon überleben. Gehen wir weiter?«

»Ja, klar.« YunYun steckte den Rest Lembas in die Brusttasche ihrer Uniform und zog die Füße aus dem Wasser. Ein paar Sekunden lang ließ sie sie auf dem Felsen ruhen und genoss die Sonnenstrahlen auf ihrer Haut. Iris tat es ihr nach.

»Unter anderen Umständen wäre das hier das Paradies«, seufzte YunYun.

Doch jetzt ist es die Hölle, dachte Iris.

TAG 2
MITTAGS

Das kühle Wasser, die Ruhe und die Stärkung hatten Wunder gewirkt. Auch Iris' Füße taten nach dem Bad im kalten Wasser deutlich weniger weh.

YunYun ging noch immer voraus, aber sie musste nicht mehr ganz so viel Rücksicht auf die Freundin nehmen.

Die beiden sprachen nur selten miteinander. Sie konzentrierten sich ganz auf den Urwald, der sie umgab. Manchmal sahen sie einen Vogel. Doch bevor Iris reagieren konnte, um sich einen fürs Abendessen zu fangen, war er auch schon wieder verschwunden.

»Ich Dussel«, murmelte Iris in sich hinein. Wenn sie den Test überleben wollte, musste sie einen klaren Kopf bewahren und dafür sorgen, dass sie genug zu essen hatten. Laut Alex würde es heute wirklich hart werden. Bis jetzt war es ja eigentlich ganz in Ordnung gewesen, es konnte also nur schlimmer werden. Wenn sie bloß mit halber Kraft dabei war, würde sie diesen Tag nicht überstehen.

Plötzlich blieb Iris mit der Schuhspitze an einer Wurzel hängen und rempelte YunYun von hinten an, die daraufhin gegen einen Baum knallte.

Ihre Freundin schrie vor Schmerz auf und hielt sich das Handgelenk. »Aua! Aua!«

»Oh, Yun, es tut mir so leid!« Iris war selbst auch gestürzt, doch sie ignorierte den Schmerz.

YunYun drehte sich von Iris weg und schluchzte: »Was ist denn bloß los mit dir?!«

»Ich weiß es nicht«, sagte Iris und fing nun selbst an zu weinen. »Ich weiß es wirklich nicht, aber ich bin so müde, so unglaublich müde. Die Albträume … Ich werde verrückt davon, am liebsten würde ich gar nicht mehr einschlafen, weil ich solche Angst davor habe.«

Diese unfreiwillige Pause dauerte länger als die erste. Iris fand halb reife Mangos und rote Früchte, die YunYun als Drachenfrucht oder Pitaya bezeichnete. Man musste sie erst schälen, bevor man das süße Fruchtfleisch essen konnte. Iris erzählte YunYun von den Albträumen.

»Träumst du jedes Mal von deinem Vater?«, fragte YunYun. Ihre Stimme klang besorgt. Sie rieb sich mit der linken Hand das Handgelenk

(wenn YunYun etwas passierte, dann war es ihre Schuld),

das stark angeschwollen war.

Iris schüttelte den Kopf. »Nein, na ja, manchmal träume ich auch von Justin und von den Dingen, die ich durchgemacht habe. Doch …«, sie zögerte einen Moment, »… es ist alles sehr realistisch. Fast alles, was ich träume, habe ich irgendwann mal wirklich erlebt, nur eben anders. Im Traum ist es verfremdet. Ich weiß nicht, wie ich das erklären soll!«

»Hat es etwas mit deinem fotografischen Gedächtnis zu tun?«, fragte YunYun.

»Könnte sein … aber was ist, wenn mein Vater nun genau das Gleiche hatte? Was ist, wenn das der Grund ist, warum er vor den Zug gesprungen ist? Vielleicht ist er einfach verrückt geworden, weil er die Wirklichkeit nicht mehr von seinen Träumen unterscheiden konnte.«

»Das weißt du doch gar nicht.«

»Nein, aber ich weiß sehr wohl, dass ich die Dinge selbst nicht mehr klar unterscheiden kann. Ich bin so müde. Schon bevor der Test angefangen hat, war ich so unendlich müde. Ich beginne, Fehler zu machen.« Sie warf einen vielsagenden Blick auf YunYuns Handgelenk.

»*Yeah*, damit musst du wirklich aufhören.« YunYun sah viel zu ernst aus für ein gerade mal zehnjähriges Mädchen.

Wir sind keine Kinder mehr, dachte Iris nicht zum ersten Mal. »Ja, du hast recht. Keine Fehler mehr.«

»*Famous last words*«, sagte Alex und trat aus dem Gebüsch hervor. Er warf eine Granate zwischen die beiden, den Stift hatte er schon gezogen. Dann setzte er sich in aller Ruhe eine Gasmaske auf. Bevor eines der beiden Mädchen reagieren konnte, explodierte die Granate zwischen ihnen mit einem leisen Knall. Sie versprühte blaues Gas.

»*Sweet dreams*«, war das Letzte, was die zwei hörten.

Iris wachte auf. Sie öffnete die Augen, doch die Welt um sie herum blieb schwarz. Sie schloss sie wieder und öffnete sie dann erneut.

(*Ihre Augen! Es war doch wohl hoffentlich nichts mit ihren Augen passiert?!*)

Alles blieb dunkel.

Iris saß auf einem Stuhl, die Hände hinter dem Rücken gefesselt. Sie spürte, wie ihr das Seil in die Haut schnitt.

Ein Sack, sie hatte einen Sack über dem Kopf. Iris öffnete den Mund und streckte die Zunge heraus. Mit der Zungenspitze berührte sie den Stoff von dem Teil über ihrem Kopf. Wahrscheinlich war es aus Jute, auf jeden Fall war es luftdurchlässig.

Sie war also nicht blind.

Iris versuchte, ihre Atmung zu kontrollieren, um Ruhe zu bewahren – ein und aus, ein und aus. Sie konzentrierte sich darauf, an nichts zu denken. Sie verbannte ihre Gedanken und Ängste, doch nicht, indem sie sie bekämpfte, sondern indem sie ihnen keine Beachtung schenkte.

Wie lange saß sie wohl schon hier? Und wo war YunYun? Wo war Alex?

Sie versuchte sich daran zu erinnern, wie sie im Training das Verhör geübt hatten. Sechs Dinge, sechs Dinge durfte sie sagen: ihren Vor- und Nachnamen, ihr Alter, ihre Blutgruppe, wer zu ihrer Familie gehörte und ihren Wohnort. Alles andere behielt sie für sich. Angeblich war das etwas, was jeder Soldat

(*Soldaten, sie waren Soldaten*)

lernte.

Dies war ein Test. Ein Test, ob man sich leicht einschüchtern ließ oder nicht.

»Es tut mir leid, darüber darf ich nichts sagen«, murmelte sie. »Darüber darf ich nichts sagen.«

»Worüber darfst du nichts sagen?«, fragte eine harsche Stimme. Alex war es nicht, seinen britischen Akzent würde sie unter Tausenden erkennen. Außerdem klang diese Stimme älter. Anscheinend kam der Kerl aus den USA, irgendwo aus den Südstaaten.

»Tut mir leid, darüber darf ich nichts sagen«, wiederholte Iris.

»Wie ist dein Name?« Er sprach *name* aus wie *nääääim*.

»Iris. Iris Goudhaan.«

»Wie alt bist du, Iris Goudhaan?« Der Mann ging im Raum auf und ab, denn seine Stimme kam mal von rechts und mal von links, das sollte sie wohl verwirren.

»Ich bin dreizehn Jahre alt.«

»Dreizehn Jahre? Du bist dreizehn Jahre alt?«

»Ich bin dreizehn Jahre alt.«

»Ist dein Geburtstag nicht am ...« Es folgte eine kurze Pause, als müsste er das Datum nachschlagen, dann fuhr er fort: »Am 1. Februar?«

»Tut mir leid, darüber darf ich nichts sagen«, antwortete sie.

»Hast du am 1. Februar Geburtstag, oder hast du nicht am 1. Februar Geburtstag?«

»Tut mir leid, darüber darf ich nichts sagen.«

»Heute ist der 14. März, Iris Goudhaan. Der 1. Februar war vor sechs Wochen. Wie alt bist du, Iris Goudhaan?«

»Ich bin ... vierzehn?«

»Du bist vierzehn. Warum hast du dann gesagt, dass du dreizehn Jahre alt bist, Iris Goudhaan? Warum hast du mich angelogen?« Die Stimme war ruhig und sehr bestimmt.

»Weil ... weil ich nicht wusste, dass ich vierzehn bin!«, schrie sie. Ihre Worte klangen gedämpft unter dem Jutesack hervor.

»Du brauchst nicht zu schreien«, sagte der Mann leise. »Du brauchst keine Angst zu haben. Ich möchte nur, dass du mir ein paar Fragen beantwortest, dann kannst du gehen. Wo wohnst du, Iris Goudhaan?«

»In Hol... Pala.«

»In Hoppala?«

»Auf Pala, auf der Insel Pala, da wohne ich.«

»Gut. Danke. Ich sehe, dass du bereit bist, mitzuarbeiten. Welche Blutgruppe hast du, Iris?«

»B-positiv.«

»Das ist eine seltene Blutgruppe, nicht wahr, Iris?«

»Ja, sie kommt in Europa selten vor.« Keine Antwort geben, Iris! Er will dich austricksen. Er versucht, dich zum Reden zu bringen, damit du wichtige Dinge ausplauderst. Sie hörte die Stimme ihres Lehrers Inderpal in ihrem Kopf. »Tut mir leid, darüber darf ich nichts sagen«, sagte sie.

»Worüber darfst du nichts sagen?« Der Mann klang erstaunt.

Darüber, wie selten meine Blutgruppe ist, dachte Iris. Aber sie presste die Lippen zusammen. Sie nahm sich vor, von nun an in Gedanken bis fünf zu zählen, bevor sie eine Antwort gab.

»Wo ist Justin, Iris?«

Die Frage brachte sie aus dem Konzept. »Was? Darüber darf ich nichts sagen!«

»Darfst du nicht oder kannst du nicht?«

Iris schwieg.

Der Mann kam auf sie zu. Iris zählte die Schritte. Ein, zwei, drei, vier, fünf, sechs.

»Wo ist YunYun?«, flüsterte sie, als er dicht vor ihr stand. »Geht es ihr gut?«

»Ich stelle hier die Fragen!«, schrie der Mann ihr in einer irrsinnigen Lautstärke ins Ohr.

Es war wie ein Schlag ins Gesicht. Iris wich zurück und kippte dabei mit dem Stuhl um. Die Rückenlehne fing den schlimmsten Schlag ab, dennoch knallte sie mit dem Kopf auf den Boden. Sie spürte einen stechenden Schmerz.

Iris fing an zu weinen.

»Wo ist Justin?« Seine Stimme war wieder dicht an ihrem Ohr, jetzt flüsternd.

»Ich weiß nicht, ich weiß es nicht!«, schrie Iris.

»Ich glaube, dass du das sehr wohl weißt. Denk mal kurz darüber nach, Iris. Ich bin gleich wieder da.«

Als er zurückkam, zog er ihr den Sack vom Kopf. Grelles Licht leuchtete Iris ins Gesicht. Die Person dahinter konnte sie nicht sehen. Sie schloss die Augen wieder. Das Licht der Lampe brannte auf ihren Augenlidern.

»Willkommen zurück, Iris Goudhaan. So heißt du doch, oder?« Die Stimme schien nun aus allen Richtungen gleichzeitig zu kommen, der amerikanische Akzent hatte einen leiernden Klang.

Iris nickte.

»Wie heißt dein Bruder, Iris?«

Ihre Familie, sie durfte sagen, wer zu ihrer Familie gehörte. »Justin, mein Bruder heißt Justin«, sagte sie.

»Und wann hast du das letzte Mal mit Justin gesprochen?« (*Auf der Insel, über den Chip, vor ein paar Wochen.*)

»Es tut mir leid, darüber darf ich nichts sagen.«

»Einverstanden. Willst du etwas essen, Iris? Möchtest du Wasser?«

Iris nickte. Sie hielt die Augen zum Schutz gegen das grelle Licht noch immer fest geschlossen. »*Yes, please.*«

»Ich habe hier Essen und eine Feldflasche mit Wasser. Das ist alles für dich. Warte kurz, ich bringe es dir.«

Ein, zwei, wieder sechs Schritte. Dann hörte sie, dass ein Tisch herangeschoben wurde. Klappern, Iris wagte es, ganz kurz die Augen zu öffnen.

Auf dem Teller lagen eine Brotfrucht, Bananen und ein Stück Ananas. Sie kam allerdings nicht an das Essen heran, da ihr die Hände noch immer auf dem Rücken gefesselt waren. Sie waren inzwischen eingeschlafen, zumindest hoffte sie das, denn sie hatte kein Gefühl mehr darin.

»Möchtest du, dass ich deine Hände losbinde?«

Iris nickte.

»Dann erzähl mir, was ich wissen will. Wo ist Justin? Wann hast du ihn zum letzten Mal gesprochen?«

In Gedanken zählte Iris bis fünf. »Tut mir leid, darüber darf ich nichts sagen«, murmelte sie mit trockenen Lippen.

»Wie du willst.« Der Mann stand vor ihr, aber seine Stimme kam von der Seite. Sie spürte einen plötzlichen Luftzug, und der Sack wurde ihr wieder über den Kopf gezogen. Merkwürdigerweise gab ihr das ein Gefühl von Ruhe, da sie die Augen so wenigstens nicht mehr gegen das grelle Licht zusammenkneifen musste. Außerdem brauchte sie auf diese Weise das Essen nicht anzusehen.

Die Schritte entfernten sich wieder, diesmal zählte Iris bis elf, danach hörte sie etwas zuschlagen. Zeltstoff. Sie war in einem Zelt.

Die Ananas. Sie konnte die Frucht riechen, weil sie so frisch war und noch dazu so nah vor ihr stand. Vielleicht waren es nur wenige Zentimeter, aber was half das schon. Es hätte genauso gut ein Kilometer sein können.

»Iris?«

Iris wusste nicht, ob sie schlief und gerade aufwachte oder ob sie sich im Halbschlaf befand. Auf jeden Fall war der britische Akzent unverkennbar.

»Alex, bist du das?« Iris erschrak vor ihrer eigenen Stimme. Sie klang heiser, und der Buchstabe B schmerzte auf ihren kaputten Lippen. »Wasser, bitte, Alex, Wasser ...«

Sie hörte, wie er näher kam und in etwas herumkramte. Kurz darauf spürte sie, wie er den Sack ein Stück weit hob, um den Hals einer Feldflasche an ihre Lippen zu setzen.

»Ruhig trinken, nicht zu viel auf einmal, kleine Schlucke.«

Es fiel Iris schwer, seinen Rat zu befolgen. Sie hatte so einen Durst, dass sie den Inhalt der Flasche am liebsten in einem Zug ausgetrunken hätte.

»Warum tut ihr das, Alex?«, schluchzte sie. »Wir sind Kinder, wir sind immer noch Kinder, Alex ... *We should be having fun, not this ...*«

»Das ist Teil des Tests. Wir haben das alle durchgemacht. Es erscheint dir jetzt schlimmer, als es tatsächlich ist. Glaub mir, hinterher lachst du darüber.«

»Aber was will er von mir? Er fragt mich immer wieder nach Justin! Ich habe meinen Bruder seit Texas nicht mehr gesehen.«

Alex schob ihr etwas in den Mund, es war wohl ein Stück Brotfrucht. Sie zerkaute es vorsichtig. Noch immer hatte sie den Sack über dem Kopf, unterhalb der Nase war ihr Gesicht jedoch frei.

»Du hast nicht mehr mit ihm gesprochen, oder?«, fragte Alex.

»Doch«, antwortete Iris mit vollem Mund. »Manchmal greife ich zum Hörer und rufe ihn an. Du weißt schon, mit dem Telefon in der Halle, von dem aus wir alle täglich unsere Familie anrufen dürfen.«

»Okay, ist ja gut«, murmelte er. »*I get the point.* Aber

Mr Oz ... Er denkt, dass du eben doch Kontakt mit Shade hattest. Ich weiß nicht, wie er darauf kommt, nur ...«

»Alex«, sagte Iris ruhig. Sie schluckte das Stück zerkaute Brotfrucht herunter. »Wenn ich ihre Fragen beantworte – egal welche –, dann bin ich doch durchgefallen, oder?« Ihre Stimme klang heiser. »Ziel des Tests ist es doch, herauszufinden, ob ich das Verhör durchstehen kann, oder etwa nicht?«

»Stimmt. Aber ...«

»Aber was?«

»Ich weiß es nicht. Es scheint noch etwas anderes dahinterzustecken. Mr Oz ist davon überzeugt, dass du mit Shade gesprochen hast. Ich fürchte, er wird so lange weitermachen, bis du dein Schweigen brichst. Und vergiss nicht, irgendwann packen alle aus.«

»Und dann? Was passiert dann mit mir?« Iris versuchte, die Hoffnung in ihrer Stimme zu unterdrücken. »Darf ich dann nach Hause?«

»Ich fürchte, nein.«

Iris ließ den Kopf hängen. Der Sack rutschte ihr wieder über die Nase, zurück in seine ursprüngliche Position.

»Und was soll ich machen?«

»Ich werde kurz mit ihm reden. Warte hier.«

»*Sure*«, sagte Iris. »Ich haue nicht ab.«

Iris spürte, wie Alex den Sack erneut ein Stück hob. Einen kurzen Moment lang dachte sie, sie würde noch einen Schluck Wasser bekommen, doch dann spürte sie seine Lippen auf ihrem Mund. Sie erwiderte seinen Kuss mit einer Leidenschaft, die sie selbst überraschte.

»Halte durch«, flüsterte er und ließ den Sack wieder sinken.

Iris blieb allein zurück. Sie spürte, wie ihr Herz raste.

146

TAG 2
ABENDS

Alex lief mit klopfendem Herzen zu Fiber, die neben einem der Zelte stand und auf ihn wartete. Aus einigen Zelten drangen Geräusche – immer wieder hörte man Geschrei, und aus einer Richtung klang leises Weinen.

»Wie sieht's aus?«, fragte Alex schroff.

»Zwei wurden noch nicht gefunden: Per und Dilek. Interessanterweise haben sie beide ihre Partner sitzen lassen und sind allein weitergezogen. Die anderen werden gerade verhört. Die Jungen haben fast alle ihr Schweigen gebrochen, nur Dermot hält noch mit Ach und Krach durch.«

»Und die Mädchen?«, fragte Alex.

»Die geben keinen Mucks von sich. Mädchen können das viel besser als Jungs. Vor allem an der kleinen Chinesin beißt du dir die Zähne aus. Und Iris?«

»Ebenso, aber leicht fällt es ihr nicht.« Alex dachte einen Moment nach. »Okay«, meinte er dann. »Sag allen außer Iris, dass sie bestanden haben. Bring sie zum Schlafen ins Camp. Morgen früh erfahren sie, wie ihre letzte Aufgabe lautet.«

»*Yes, Sir.*« Fiber blieb noch kurz stehen und sah Alex prüfend an. »Und Iris?«

»Sie weiß etwas, Marthe. Sie verschweigt etwas.«

Fiber starrte ihn weiter an, dann sagte sie: »Und du auch.«

»Wie meinst du das?«

»Du bist verliebt, ich erkenne es an deinen Augen.«

»Du bist verrückt.«

»Und du bist ein Lügner.« Ohne ein weiteres Wort drehte

sie sich auf dem Absatz um und ging mit energischen Schritten davon.

Alex blickte ihr nach. Sein Gesicht zeigte keine Regung. Als Fiber in sicherer Entfernung war, murmelte er: »Wir sind hier doch alle Lügner.«

Iris hing vornübergebeugt auf ihrem Stuhl. Alex ließ die Zelttür hinter sich zuschlagen und schlenderte lässig zur Mitte des Raumes, wo der Tisch stand. Er stützte sich mit beiden Händen auf und lehnte sich vor.

»Alex?« Iris' Kopf hob sich kaum sichtbar, ihre Stimme klang heiser.

Alex wartete eine Sekunde, bevor er antwortete. »Nein, ich bin nicht dein Freund. Sorry.« Emiliano, der ihm geholfen hatte, seinen Akzent zu verändern, bezeichnete ihn als *Southern American English*. Er wurde in großen Teilen der USA gesprochen, auch wenn es zwischen den jeweiligen Staaten natürlich wieder große Unterschiede gab. Emiliano hatte ihm beigebracht, wie er seiner Stimme einen tieferen Klang verleihen konnte. Er musste langsamer sprechen und dabei einige Vokale in die Länge ziehen. Auf diese Weise wirkte er älter und bestimmter.

»Was willst du von mir?«, fragte Iris hustend.

»Informationen, Iris Goudhaan, Informationen. Ich weiß, dass du mir etwas verschweigst. Dein Freund Alex denkt das übrigens auch.«

»Er ist nicht mein Freund. Und ich habe dir nichts zu sagen.«

»*So you keep saying.*« Das letzte Wort zog er extra in die Länge, wodurch es wie *säääing* klang.

»Wer bist du?«

»Einer, der die Fragen stellt, Iris Goudhaan. Wir fangen noch mal von vorne an. Woher kommst du?«

»Aus Utrecht.«

»Wann hast du das letzte Mal mit deinem Bruder gesprochen?«

»Tut mir leid, darüber darf ich nichts sagen.«

Alex kam näher, allerdings nicht zu nah. Er wollte nicht riskieren, dass Iris ihn riechen konnte. Er wusste nicht, ob sie jemanden am Geruch erkennen konnte. »Hast du Angst vor mir, Iris Goudhaan?«

Er sah, dass sie ihr Zittern nicht verbergen konnte. Sie nickte kaum merklich.

»Das ist klug.« Er redete jetzt leiser und legte noch mehr Nachdruck auf seine leiernden Worte. »Du kommst hier nicht weg, bevor du nicht redest. Keiner weiß, wo du bist. In der Welt draußen denken alle, dass du tot bist. Auf dieser Insel ist niemand, den es kümmert, was mit dir passiert. Keinen interessiert es, ob du zurückkommst. Außer vielleicht deinen Freund Alex, aber der ist ja wohl im Augenblick nicht da.«

Alex war froh, dass er ihr Gesicht nicht sehen konnte. Ihre Körperhaltung verriet ihm, wie sie auf ihrem Stuhl versteinerte. Er trat noch einen Schritt näher. »Wann hast du deinen Bruder zum letzten Mal gesprochen?«

Ein paar Sekunden lang herrschte Stille, dann antwortete Iris: »Tut mir leid, darüber darf ich nichts sagen.«

Alex stampfte wütend aus dem Zelt und lief zu Russom, der gerade dabei war, YunYun von ihrem Stuhl loszubinden. Den Jutesack hatte sie noch immer über dem Kopf.

»Lass sie!«, befahl Alex. Er sprach nach wie vor mit seinem amerikanischen Akzent, damit auch das chinesische Mädchen seine Stimme nicht erkennen konnte. »Mach, dass du wegkommst!«

Russom nahm die Beine in die Hand und verließ das Zelt so schnell wie möglich.

Alex trat hinter YunYuns Stuhl und kippte das Mädchen einfach mitsamt dem Stuhl nach hinten. Dann zog er ihn auf zwei Stuhlbeinen aus dem Zelt. Das Gekreische unter dem Sack ignorierte er.

Iris befand sich in einem Dämmerschlaf. Ab und zu hörte sie Stimmen und Geschrei, dann wieder schrie sie selbst.

Die Zelttür schlug auf, und plötzlich war sie nicht mehr allein. Sie hoffte sehnlichst, dass es Alex war.

»Hör zu«, vernahm sie eine leiernde Stimme, die alle Hoffnung schlagartig zunichtemachte. »Iris ist hier, sag mal was!«

»Iris?«, piepste YunYun. »Wo bist du? Ich kann nichts sehen, wo bin ich?« Iris hörte die Angst in ihrer Stimme.

»Ich bin hier«, sagte Iris. »Yun, ich bin hier. Keine Sorge, alles wird gut. Alles wird gut.« Sie versuchte, ihre Stimme ruhig klingen zu lassen, aber als YunYun anfing, herzzerreißend zu schreien, konnte sie sich nicht mehr beherrschen.

»Yun? Yun! Was macht er mit dir?«

Doch YunYun gab keine Antwort. Sie hörte zwar auf zu schreien, aber dafür fing sie jetzt an zu weinen.

»*You creep! What did you do to her?*«, rief Iris.

»Ich habe ihr nur die Hand geschüttelt«, antwortete der Mann mit seiner typischen gleichmütigen Stimme. »Ihre rechte Hand …«

»Du verdammtes Arschloch! *I am going to kill you, you bastard! I! Am! Going! To! Kill! You!*«

»Das kann schon sein. Erst wirst du mir allerdings von deinem Bruder erzählen. Schön der Reihe nach und nichts als die Wahrheit. Sonst breche ich ihr das Handgelenk. Verstanden?«

Iris ließ den Kopf sinken.

»Die erste Frage: Wann hast du Justin zum letzten Mal gesprochen?«

Iris wartete und zählte: »In Texas.«

»Du lügst.«

»Nein, ich lüge nicht.«

YunYuns Geschrei war mit Sicherheit auch draußen vor dem Zelt noch zu hören. Iris war froh, dass sie ihre Freundin nicht sehen konnte. Sie wollte sie nicht sehen und sie nicht mehr schreien hören.

»*Please, stop!*«

»Sag mir die Wahrheit. Wir wissen, dass du auch auf Pala mit ihm gesprochen hast. Wir wissen, dass du ihm geholfen hast, das Computersystem zu hacken. Wir wissen, dass du es warst, die die Firewall ausgetrickst hat. Wir wissen nur nicht, wie. Erzähl mir, wie du es gemacht hast!«

Iris hörte Justins Stimme in ihrem Kopf. Nicht die wirkliche und auch nicht über den Chip, sondern die Stimme aus ihrer Erinnerung: *Das Verhör ist der schlimmste Teil des Tests. Wenn du das schaffst, ist der Rest ein Kinderspiel.*

(*Entschuldigung, Justin.*)

Iris gab auf. Sie packte aus. Es war ihr egal, was mit ihr passierte, wenn er nur YunYun in Ruhe ließ.

»Der Chip.«

»Was ist mit dem Chip?«

151

»Er hat … etwas damit angestellt, in Texas. Ich weiß nicht, was, ich war bewusstlos. Er hat den Chip angepasst, sodass ich mit ihm reden konnte.«

»Unmöglich.«

»Ich lüge nicht. Bitte tu ihr nicht mehr weh. Ich lüge nicht. Ich lüge nicht!«

Einen Moment lang herrschte Stille.

»Und warum warst du für die Kameras unsichtbar?«

»Ich weiß nicht, was Sie meinen«, antwortete Iris einsilbig. Sie hatte noch immer die Absicht, so wenig wie möglich preiszugeben. Anstelle einer Antwort vernahm sie YunYuns Schrei. »Hören Sie auf, ihr wehzutun!«

»Dann sag mir die Wahrheit«, brüllte der Mann sie an.

»Das tue ich doch. Ich weiß wirklich nicht, wovon Sie sprechen! Ich weiß überhaupt nicht, um welche Kameras es geht!«

»Was solltest du denn für Justin machen?«

»Herausfinden, was Mr Oz' Plan ist.«

»Und was ist sein Plan?«

»Das weiß ich nicht. Wissen Sie es?«

Ihr Vernehmer gab keine Antwort. Doch kurz darauf fuhr er fort: »Also, du willst mir allen Ernstes erzählen, dass Shade nichts von alledem für sich genutzt hat? Er hat deinen Chip angepasst und dann das Computersystem sabotiert, sodass er nun theoretisch ganz Pala übernehmen könnte, aber ihr beiden habt sonst nichts geplant?«

Iris schwieg einen Moment. Schließlich sagte sie: »Ich habe nur eine Theorie.«

»*Tell me.*«

»Ich denke, Justin hat nicht damit gerechnet, dass ich

etwas entdecken würde, was ihn wirklich weiterbringt. Eigentlich hatte er einen anderen Plan.«

»Und zwar?«

»Lassen Sie erst YunYun gehen.«

»Damit du dann wieder den Mund zumachst und dich in Schweigen hüllst?« Ein zynisches Lachen ertönte. »Das ist wohl keine gute Idee.«

»Ich verspreche, dass ich alles erzähle.«

»Ich verspreche, dass ich euch beide gehen lasse, nachdem du mir alles erzählt hast.«

Iris gab nach. »Okay. Ein Virus. Im Computersystem.«

»Einen Virus? Wie meinst ... oh, *fuck*.«

Iris hörte ihn wegrennen. Sie schrie ihm nach: »Lassen Sie uns gehen! Lassen Sie YunYun frei!«

Aber im Raum hörte man nur noch das Schluchzen ihrer Freundin.

»Und, was hat sie gesagt?«, fragte Fiber.

»Dass Justin einen Virus ins System eingeschleust hat«, antwortete Alex nun wieder mit seiner normalen Stimme.

»*Fuck*.«

»Ja, das habe ich auch gesagt.«

»Okay, ich kümmere mich drum. Was machen wir mit ihnen?« Sie nickte mit dem Kopf in Richtung Zelt, in dem YunYun und Iris noch immer saßen.

»Sind sie die Letzten?«

»Ja, die anderen sind schon schlafen gegangen.«

»Alles klar, kümmere dich um deine Aufgaben, ich lasse die beiden frei.«

Fiber sah ihn prüfend an. »Wenn sie je im Leben heraus-

153

findet, dass du das warst, bringt sie dich um. Und ich kann dir versichern, du hast nicht den Hauch einer Chance gegen sie.«

»Wenn ihr das gelingt, hätte sie damit direkt den letzten Test bestanden«, antwortete Alex trocken.

TAG 3
ENDE DES VORMITTAGS

Als Iris und YunYun aufwachten, stand die Sonne bereits hoch am Himmel. Ihr Zelt war das einzige weit und breit, ansonsten war der Hügel verlassen. Iris schlug die Zelttür auf. Sie musste die Augen gegen das helle Sonnenlicht zusammenkneifen. Es war ein strahlender Tag, und sie genoss für einen kurzen Moment die Aussicht.

YunYun stellte sich neben sie. »Wo sind wir?«, fragte sie.

Iris zuckte mit den Achseln. »Auf irgendeinem Hügel auf der Insel. Ich glaube nicht, dass wir hier schon einmal gewesen sind.«

»Ist sonst noch jemand da?«

»*Nope*. Alle weg. Wie fühlst du dich?«

»Besser. Hungrig.«

»Vielleicht ist da ja was drin?« Iris zeigte auf die beiden Rucksäcke, die in einiger Entfernung in der Sonne lagen.

In einem befand sich eine Röhre. Iris nahm den Gegenstand sehr vorsichtig unter die Lupe. Erst nachdem sie ihn eingehend auf mögliche Bomben untersucht hatte, öffnete sie den Verschluss.

In der Röhre steckte ein aufgerolltes Stück Papier. Iris musste unwillkürlich an ihre Kindergartenzeit denken, als sie jeden Tag ihre aufgerollten Kunstwerke mit nach Hause gebracht hatte, auf denen unten in krickeliger Schrift ihr Name stand. Das hier war jedoch keine Zeichnung, und die Buchstaben auf dem Papier sahen eher aus wie eine Kalligrafie. In geschwungener Handschrift stand dort geschrieben:

Find Me
Shoot Me
Alex

Jetzt öffnete auch YunYun ihren Rucksack. Sie zog eine Pistole heraus.

»Was?«, fragte Iris. »Wir sollen ihn abschießen? Wirklich?«

YunYun kontrollierte die Sicherung, bevor sie die Waffe routiniert öffnete und das Lager überprüfte. »Betäubungspistole, eine einzige Patrone. Offenbar genug, um einen Elefanten außer Gefecht zu setzen.«

»Aber Alex ist doch kein Elefant?«

»Traust du dich nicht?«, fragte YunYun.

»Ich verstehe das nicht. Ich versuche noch, den Haken an der Sache zu finden.«

»Ich glaube, das ist ziemlich einfach«, antwortete YunYun, während sie die übrigen Dinge im Rucksack inspizierte. »Wasser, Gebäck und ein Seil. Gut, also verhungern werden wir heute jedenfalls nicht, Iris.«

Iris wühlte ihren eigenen Rucksack durch und zauberte eine identische Pistole hervor.

»Und was ist dann der Haken an der Sache?«, fragte sie. Iris richtete ihre Pistole auf YunYun und sagte mit einem übertriebenen Akzent: *»We want to know ...«*

YunYun schnürte ihren Rucksack wieder zu und streckte einen Finger in die Höhe. »Erstens: Wir sind Mädchen, er ist ein Junge. Und er ist älter.« Zweiter Finger. »Zweitens: Wir sind Kandidaten, er ist ein Superheld. Drittens ...«, sie streckte den dritten Finger hoch, »alle wissen, dass du in Alex verknallt bist und dass es dir deshalb schwerfällt, ihn abzuschießen – auch wenn es nur eine Betäubungspistole ist.«

»Ja, und?«

»Theoretisch haben wir keine Chance. Wenn es uns aber gelingt, ihn in einen Hinterhalt zu locken und abzuschießen, dann haben wir es verdient, uns Superhelden zu nennen.«

Hm. Jemanden abschießen? Würde sie das überhaupt können? Und dann auch noch Alex? Iris wusste, dass er sie oft wie Luft behandelte, aber immer, wenn sie mit ihm redete, war er nett. Sehr nett sogar. Sie dachte wieder an den Kuss im Zelt, während des Verhörs.

»Glaubst du, du schaffst das?«, fragte YunYun.

»Na klar«, murmelte Iris.

»In welche Richtung müssen wir?«, fragte Iris.

YunYun zuckte kraftlos mit den Schultern. »Hier sieht's aus, als wäre eine Horde Elefanten durchgetrampelt! Überall Fußabdrücke, die in alle Himmelsrichtungen zeigen. Woher sollen wir jetzt wissen, welche von Alex sind?«

»Okay, lass uns mal in Ruhe nachdenken. Es muss eine Lösung geben, sonst würde dieser Test ja keinen Sinn machen.«

Iris schnallte ihren Rucksack ab und ließ ihn auf den Boden gleiten. Dann legte sie sich der Länge nach hin, der Rucksack diente ihr dabei als Kopfkissen.

YunYun tat es ihr nach. Sie starrten beide in den Himmel.

»Ich könnte hier stundenlang so liegen bleiben«, bemerkte YunYun. »Ich habe den Himmel so vermisst. Eigentlich wusste ich gar nicht, dass man Wolken überhaupt vermissen kann.«

»Vielleicht sollten wir einfach aufgeben«, sagte Iris.

»Ist das dein Ernst?«

»Warum nicht?«

»Und dann? Was passiert danach mit uns?«

Iris schüttelte ratlos den Kopf, »Ich habe wirklich keine Ahnung. Vielleicht dürfen wir nach Hause?«

»Glaubst du das?«

»Nein.«

»Ich auch nicht.«

»Meinst du, wir könnten den Test dann noch mal wiederholen?«, fragte YunYun nachdenklich.

»Vielleicht, wenn wir durchfallen oder wenn wir verletzt werden.« Iris warf einen kurzen Blick auf YunYuns Handgelenk. »Sie haben schließlich enorm viel Zeit in unser Training gesteckt. Aber jetzt einfach aufgeben? Ich weiß nicht so recht ...«

»Wenn wir den Test wiederholen würden, müssten wir den Berg noch mal hoch- und runter. Und wir müssten noch einmal zum Felsen schwimmen. Noch einmal das Verhör durchstehen ...« Allein der Gedanke daran ließ YunYun erzittern.

»Wir müssen weitermachen!«, sagte Iris entschieden.

»Ja, bloß, wie finden wir Alex?«

Iris drehte sich auf die Seite. Die Sonne stieg allmählich hinter den Baumwipfeln empor. Das helle Licht ließ sie blinzeln. »Ich weiß es nicht, doch ich würde am liebsten ...«

»Sei mal kurz still!«, unterbrach sie YunYun. Iris hielt augenblicklich den Mund und schoss in die Höhe. Sie suchte mit den Augen die Umgebung ab, ihr Körper war sofort in Alarmbereitschaft. Fragend sah sie zu YunYun hinüber, doch die kümmerte sich nicht darum, was um sie herum geschah, sondern kramte in ihrem Rucksack.

»Was ist los?«, fragte Iris.

Triumphierend hielt Yun ein Empfangsgerät hoch. »Das ist es!«, sagte sie. »Ich habe auf einmal ein Piepen gehört!«

Lässig warf sie Iris den kleinen Apparat zu, die ihn wiederum geschickt auffing.

Auf dem Bildschirm blinkte ein rotes Licht im Abstand von einer Sekunde auf.

»Du meinst, es zeigt an, wo Alex ist?«, fragte Iris.

»Ja, was sonst?«

»Ist das nicht ein bisschen zu einfach?«

»Möglich.«

»*Let's go.*«

Alex schien weiter entfernt zu sein, als sie erwartet hatten.

»Jetzt verstehe ich, warum sie uns so lange haben schlafen lassen«, murmelte Iris. Ihre Füße fingen wieder an zu schmerzen. »Je später wir aufbrechen, desto mehr Vorsprung hat er.« Wenn sie die Entfernung auf dem Bildschirm richtig deutete, dann war Alex bereits viele Kilometer weit von ihnen entfernt.

Zu allem Überfluss fand Iris kurz darauf noch einen zweiten Apparat in ihrem eigenen Rucksack, der die Minuten herunterzählte. Wenn man dem Zähler glaubte, blieben ihnen noch acht Stunden und dreizehn Minuten, um Alex zu finden. Dann war *Game Over*.

Die Verfolgungsjagd führte die beiden immer tiefer in den Urwald. Sie machten nur wenige Pausen, um keine Zeit zu verlieren. Im Rucksack waren Lembas und Wasser. Sie hatten auf jeden Fall genug, um durch den Tag zu kommen. Auf dem Weg pflückten sie Bananen und Grapefruits. Das rote Licht auf dem Display blinkte unbeirrt an derselben Stelle auf.

Das Ganze erinnerte Iris an die Schnitzeljagd durch Utrecht, bei der ihr Mobiltelefon sie von einem Ort zum anderen gescheucht hatte. Wer hätte gedacht, dass sich das Gleiche ein Jahr später auf einer tropischen Insel wiederholen würde?

TAG 3
ABEND

YunYun und Iris liefen weiter. Die beiden hatten genug geschlafen, um noch eine Weile durchzuhalten. Zwischendurch nahmen sie immer wieder eine Kleinigkeit zu sich – viele Früchte und ab und zu ein Stückchen Lembas. Ihr Wandern glich zunehmend einem Schlafwandeln. Ihr einziger Wegweiser war das Signal auf dem kleinen Apparat. Ein paarmal mussten die zwei einen Umweg nehmen, weil die Sträucher zu dicht waren oder der Weg durch einen tosenden Fluss führte. YunYun hatte im Rucksack eine Karte gefunden. Sie war nicht sehr detailliert, aber immerhin hatten sie dadurch eine ungefähre Angabe, wo sie sich befanden und wohin sie mussten.

»Und was ist, wenn *ich* mich nicht traue zu schießen?«, brach YunYun auf einmal ihr Schweigen.

»*Du* bist doch aber nicht in Alex verliebt?« Iris biss sich auf die Zunge. *Shit*, hatte sie das gerade wirklich gesagt?

»Dann stimmt es also echt!«

»Und selbst wenn es so wäre – das heißt jetzt nicht, dass es so ist –, dann kann ich ihn, wenn es sein muss, ja wohl trotzdem abschießen. Glaube ich zumindest. Doch was hast *du* für ein Problem damit? Du kannst schließlich viel besser mit einer Pistole umgehen als ich«, antwortete Iris.

»Ja, wenn ich auf ein lebloses Ziel schieße. Aber auf einen Menschen?«

»Das klappt schon«, sagte Iris abwesend.

»Habe ich dir mal von der Pflanze erzählt?«

161

»Nein, von was für einer Pflanze?«

»Wenn ich früher richtig wütend war, weil ich meinen Willen nicht bekommen habe, habe ich die Lieblingspflanze meiner Mutter vom Tisch gerissen und ihr gedroht, sie auf den Boden zu schmeißen.«

»Und?«

»Ich habe sie immer wieder zurückgestellt.«

Die Mädchen kamen ihrem Ziel langsam, aber sicher näher, als plötzlich der Bildschirm ausfiel. Egal, was sie taten, das Bild kehrte nicht zurück.

»Das ist garantiert kein Zufall«, seufzte YunYun.

Iris stimmte ihr zu. Sie fing an, die Umgebung nach Hinweisen abzusuchen. Bald fand sie abgeknickte Äste am Boden und Fußabdrücke, die von einem Jungen stammen könnten.

»Komm«, sagte Iris. Sie waren jetzt so müde, dass sie nur noch das Allernötigste redeten.

Die Spur führte sie zu einem Tunnel – das erste Bauwerk oben auf der Insel, das eindeutig von Menschenhand erschaffen worden war. Wofür der Tunnel ursprünglich gedient hatte, war nicht ganz klar, auf jeden Fall verlief er einmal quer durch den Berg. Vielleicht war er einst eine Verbindung zu einer Siedlung auf der anderen Seite der Insel gewesen.

»Hier soll er durchgegangen sein?«, fragte YunYun.

Iris nickte. »Im Gras sind seine Fußabdrücke.«

»Wie unvorsichtig.«

Iris zuckte mit den Achseln. »Das ist bestimmt alles Teil des Plans.«

Iris ging voraus, mit der entsicherten Pistole im Anschlag.

YunYun folgte ihr und leuchtete mit der Taschenlampe den Weg.

Der Tunnel war wahrscheinlich in den Berg gesprengt und danach weiter ausgebaut worden. Anfangs konnte Iris im Dämmerlicht noch die Wände sehen, aber schon nach wenigen Metern war es so stockdunkel, dass man bis auf das spärliche Taschenlampenlicht gar nichts mehr erkennen konnte.

Wenn YunYun nicht gestolpert wäre, wäre vielleicht alles anders gekommen. Der Schein ihrer Taschenlampe flog über die Wand wie ein Irrlicht, dann erlosch das Licht. Im selben Moment hörte man einen Schmerzensschrei.

Iris wartete für den Bruchteil einer Sekunde, bis sich ihre Augen ein wenig an die Dunkelheit gewöhnt hatten, bevor sie YunYuns Namen rief.

»Ich bin hier.«

»Kannst du aufstehen?«

»Ich weiß es nicht, aber mein Handgelenk ...«

Iris hörte YunYuns Stimme an, dass sie große Schmerzen hatte.

»Warte, ich bin fast bei dir.« Sie sicherte die Pistole und steckte sie ins Halfter ihrer Uniform zurück. »Gib mir mal deine Hand.« Iris tastete nach YunYuns Hand, was einen erneuten Aufschrei zur Folge hatte.

»Tut mir leid«, sagte Iris. Vorsichtig befühlte sie das Handgelenk ihrer Freundin. Zur Ausbildung der Superhelden gehörte auch ein Grundwissen in Erster Hilfe.

»Tapferes Mädchen«, sagte Iris. Vorsichtig strich sie mit dem Finger über YunYuns Hand, um zu sehen, ob etwas gebrochen war. »Wie fühlt sich das an?«

»Es geht schon. Aber es tut so weh, und ich bin so müde.«

»Ich denke nicht, dass es gebrochen ist, nur verstaucht.«
In ihrem Rucksack war kein Verbandskasten mehr, deshalb
konnte sie ohnehin nichts weiter tun.

»Okay. Lass uns weitergehen«, sagte YunYun.

Iris half ihr hoch. »In welche Richtung?«

YunYun zögerte einen Moment, dann stupste sie Iris an.
»Hier lang, glaube ich.«

Der Tunnel zog sich endlos in die Länge. Vielleicht schien
das aber auch nur so, weil es stockfinster war. Iris war in Utrecht aufgewachsen, wo es nie wirklich dunkel wurde. Ihr
fiel auf, dass sie in den dreizehn – nein, vierzehn – Jahren
ihres Lebens niemals echte Finsternis erlebt hatte. Und hier
war es nun so dunkel, dass es keinen Unterschied machte, ob
man die Augen geöffnet oder geschlossen hatte.

Iris hatte ihre rechte Hand auf YunYuns Schulter gelegt.
Schritt für Schritt schoben sie sich vorwärts. Mit der linken
Schulter strichen sie an der Wand entlang, damit sie nicht
aus Versehen die Richtung wechselten. Schon bald hatten sie
ihr Tempo so aufeinander abgestimmt, dass sie sich ohne
weitere Zwischenfälle durch den Tunnel tasten konnten.

Auf dem Bildschirm in Mr Oz' Zimmer war nichts zu sehen.
Man hörte nur die vorsichtigen, scharrenden Schritte der
beiden Mädchen und dann wieder das Geräusch eines losen
Steins, der zur Seite gekickt wurde. Zuweilen war ein kurzer
Hinweis von YunYun zu vernehmen. Alex schaltete die Infra-
rotkameras ein, die im Tunnel aufgehängt waren. Auf dem
Monitor humpelten nun zwei farbige Schatten durchs Bild.

»WIE SIEHT ES MIT IHREN VITALFUNKTIONEN AUS,
SOHN?«

Alex las die Zahlen, die unten auf dem Bildschirm standen, vor und kommentierte: »Blutdruck okay, Herzschlag regelmäßig, Atmung ebenfalls regelmäßig.« Sein eigenes Herz klopfte wie verrückt, wie immer, wenn Mr Oz ihn »Sohn« nannte. Meistens sah Mr Oz ihn als seinen persönlichen Diener an und nicht als sein Kind.

»SIE SCHLAFWANDELN.«

»*Sir?*«

»SIE SCHLAFWANDELN, DAS IST IN DIESEM ZUSTAND VOLLKOMMEN NORMAL. SIE SIND AUS DEM TAGESLICHT IN DIE ABSOLUTE FINSTERNIS GEKOMMEN. JETZT BEWEGEN SIE SICH AUF AUTOPILOT, ABER DIE MEISTE ZEIT SCHLAFEN SIE. BEI SOLDATEN IST DAS EIN BEKANNTES PHÄNOMEN: DAS TRAINING ÜBERNIMMT DIE KONTROLLE, WÄHREND DER KÖRPER SICH AUSRUHT. NICHT MEHR LANGE, DANN FANGEN DIE HALLUZINATIONEN AN.«

»Halluzinationen?«, wiederholte Alex.

»JA, ALS ICH BEIM *SAS*, DER ELITEEINHEIT DES BRITISCHEN MILITÄRS, WAR, HABE ICH DAS AUCH ERLEBT. AUF EINMAL SAH ICH VOR MIR EINEN KÜHLSCHRANK SCHWEBEN, DER MIR DEN WEG WIES. DAS WAR EIN AUSSERGEWÖHNLICHER TRIP.«

»Ich wusste gar nicht, dass Sie beim *SAS* waren, *Sir*. Ist das Training dafür nicht enorm hart?« Alex' Stimme klang ehrfürchtig.

»ES IST DAS HÄRTESTE AUF DER WELT. DER *SPECIAL AIR SERVICE* WURDE IM ZWEITEN WELTKRIEG GEGRÜNDET. ES IST EINE KLEINE EINHEIT VON AUSSERORDENTLICH GUT TRAINIERTEN SPEZIALISTEN.

KOMMT DIR DAS IRGENDWIE BEKANNT VOR, ALEX?
WORAUF IST UNSERE OPERATION AUF PALA WOHL
BEGRÜNDET? HIER WERDEN HELDEN ERSCHAFFEN,
DIE ES MIT DEN BESTEN SOLDATEN DER WELT AUF-
NEHMEN KÖNNEN. WIE BEI DER SAS WERDEN SIE DA-
RAUF TRAINIERT, DIE ALLERBESTEN ZU SEIN.«

Mr Oz' Stimme klang nicht so mechanisch wie die seines virtuellen Alter Egos. Diese Stimme hörte sich eher erschöpft an, wie sie da aus dem Mikrofon in der Glaskugel
schallte, die über Mr Oz' Kopf schwebte.

Alex merkte, dass er außer Atem geriet. Die Differenz zwischen den abgehärteten Soldaten, die sein Vater beschrieben
hatte, und dem gebrochenen Mann im Aquarium hätte nicht
größer sein können. Alex hatte aus Kindertagen noch eine
blasse Erinnerung an seinen Vater in Uniform.

»Sie scheinen aber nach wie vor bei Verstand zu sein«,
sagte Alex, um das Gespräch auf ein anderes Thema zu
lenken.

»DANN LASS UNS EIN WENIG NACHHELFEN«, grinste
Mr Oz.

Alex bekam eine Gänsehaut, er hatte seinen Vater nie zuvor grinsen sehen.

»Was soll ich machen?«

»GAR NICHTS, DAS SCHAFFE ICH GERADE NOCH
SELBST.« Mr Oz' spindeldürrer Arm, der so gut wie keine
Muskelkraft mehr besaß, bewegte sich langsam durch das
Aquarium. Er drückte auf ein paar wasserfeste Knöpfe, die
sich im Inneren des Beckens befanden. »UND DANN WAR
DER TON DA, UND ER HÖRTE, DASS ES GUT WAR«, ki-
cherte er.

Kichern, das war ja noch schlimmer als Grinsen, dachte Alex. Viel schlimmer.

YunYun hörte das Geräusch als Erste. Es war ein Zischen, als würde irgendwo Gas austreten.

»Hast du jetzt eben gepupst oder so?«, fragte sie Iris.

»Nein, warum?«, fragte Iris.

»Ich habe etwas zischen gehört ...«

Iris blieb stehen und lauschte. »Ich höre es auch.«

»Iris, da! Dort bewegt sich etwas! Iris?«

YunYun tastete mit der Hand ins Leere. Wo eben noch ihre Freundin gestanden hatte, war jetzt nichts mehr außer Luft. »Iris?«

In diesem Moment sah YunYun die Schlange. Das Reptil glitt auf sie zu, seine Schuppen schimmerten grünlich und tauchten den Tunnel in fahles Licht.

»Iris!«, schrie YunYun. Aber um sie herum war nichts, außer ihr selbst und der Schlange war niemand da.

Das Tier schlängelte sich über den Boden auf das Mädchen zu. YunYun wich zurück und stieß dabei gegen die Felswand. Im selben Moment wuchsen aus der Wand steinerne Arme mit Händen, die nach ihr griffen. Eine Felshand mit drei Fingern legte sich auf ihren Mund, sodass sie nicht um Hilfe schreien konnte. Eine zweite Hand bedeckte ihre Augen, weshalb YunYun nun auch nichts mehr sah. Das Einzige, was sie hörte, war das Zischen der Schlange.

Grüne Steine leuchteten in der Felswand auf. Endlich konnte Iris im Tunnel Umrisse erkennen. Sie berührte die Edelsteine und stellte fest, dass es Smaragde waren.

»Der Smaragd gilt als der edelste Stein der Beryllgruppe. Durch die Beimischung von Chrom und Vanadium-Ionen ist er grün. Die chemische Formel lautet $Be_3Al_2Si_6O_{18}$«, sagte ihr Vater.

»Wen interessiert das denn jetzt?«, antwortete Iris. Sie war überrascht über ihren schroffen Tonfall.

»*Scientia potentia est* – Francis Bacon«, fuhr ihr Vater unbeirrt fort. Iris konnte ihn nirgends sehen, ging er vor oder hinter ihr?

»Wissen ist Macht«, übersetzte Iris den Satz mühelos aus dem Lateinischen. »Ist das tatsächlich so?«

»Wissen ist Macht, Iris«, wiederholte ihr Vater. »Das solltest du nie vergessen. Vergiss nie, was du weißt.«

»Ich vergesse nie etwas.«

»Woher weißt du das? Woher weißt du, was du vergessen hast?«

Diese Frage hatte Iris sich selbst schon oft gestellt. Wie genau konnte sie wirklich wissen, ob sie alles behielt? Woher nahm sie diese Sicherheit?

»Ich träume bestimmt«, sagte sie. »Ist es mal wieder Zeit, vor den Zug zu springen?«

Wie auf Befehl hörte sie hinter sich das Zischen der Stromschienen. Sie sah auf den Boden und merkte, dass sie über die Bahngleise lief. Die Schienen bestanden aus Smaragden, aus was auch sonst. Sie blickte sich um, um herauszufinden, ob hinter ihr schon der Zug kam. In der Ferne konnte sie zwei helle grüne Lichter ausmachen. Iris hob den Blick und fing an zu rennen. Schon nach wenigen Metern knallte sie mit voller Wucht gegen einen Prellblock.

Plötzlich ließen die steinernen Arme YunYun los, und sie
stürzte mit einem dumpfen Schlag zu Boden. Die Schlange
war nun direkt vor ihr und richtete sich auf. Dieses Viech
war bestimmt zwanzig Meter lang. YunYun blinzelte und sah,
wie der Schlange an der Oberseite des Körpers zwei Flügel
wuchsen. Sie klappten auf wie bei einem chinesischen Drachen. Dann öffnete das Reptil seinen Schlund, und YunYun
beobachtete, wie sich die zwei Smaragdzähne in tausend
Stückchen teilten und über den gesamten Gaumen verstreut
wurden.

»YunYun, meine liebe YunYun«, sprach die Schlange, die
jetzt ein Drache geworden war.

»M...Mum?«, stotterte YunYun.

»All die Unterrichtsstunden, Yun. Die Unterrichtsstunden und das Training, zu dem ich dich geschickt habe, damit du die Beste bist, all das ist umsonst gewesen.« Der Drache starrte YunYun mit großen, runden Augen unverwandt
an. Aus den Nasenlöchern trat Dampf hervor. Dieser Dampf
umhüllte seinen schlängelnden, gelb und grün geschupp-
ten Körper.

»Ich habe nicht versagt«, sagte YunYun. »Guck doch, ich
bin fast ein Superheld. Außerdem habe ich eine beste Freundin. Ich kann so viel mehr als das, was du mir beigebracht
hast.«

»Du hast schon in dem Augenblick versagt, als du dich
hast mitnehmen lassen, YunYun. Ich hatte so große Dinge
mit dir vor. So große Dinge ...«

»Aber das waren immer deine Pläne, Mama, es waren nie
meine!«

Der chinesische Drache stand plötzlich still und schoss

nach vorne, bis die Augen nur wenige Zentimeter von YunY-
uns Gesicht entfernt waren. »Wen interessiert denn das,
YunYun? Niemanden interessiert, was du willst! Mich nicht,
Mr Oz nicht und Iris auch nicht! *Nobody cares!* Du bist nichts
wert.«

»Das hier ist nicht echt«, murmelte Iris. »Ich träume, das ist
nicht echt.«

Sie rappelte sich auf, indem sie sich am Prellbock hoch-
zog. Das Holz war alt und verrottet.

»Aua«, rief sie. Sie zog ihre linke Hand zurück und sah,
dass aus ihrem Handballen ein großer Splitter herausragte.

YunYun hob ihre rechte Hand, um sich zu verteidigen, aber
dann sah sie, dass sie gar keine Hand mehr hatte. Ihr Arm
endete kurz über dem Ellenbogen. Von ihrem schmerzenden
Handgelenk war nichts weiter als ein blutiger Stumpf übrig
geblieben. Sie fing an zu kreischen.

Das Pfeifen des Dampfzuges war so hoch und schrill, dass
es für Iris wie ein menschliches Kreischen klang. Sie drehte
sich um und stellte sich mit dem Rücken zum Prellbock. Iris
hielt sich mit den Händen die Ohren zu und starrte wie hyp-
notisiert auf den Zug, der in einem Affenzahn auf sie zuraste.
Die Scheinwerfer blinkten wie zwei Augen.

Die Augen des Mutterdrachen starrten YunYun unbewegt an.
Sein Maul öffnete sich, und die Zähne funkelten.

»Mama, *please*«, weinte YunYun. »Tu es nicht, tu es nicht,
tu es nicht ...«

Doch der Drache kümmerte sich nicht um ihr Flehen. »Komm zu Mama«, brüllte das Mutter-Ungetüm, »komm zu Mama!« Dann schloss sich das riesengroße Maul um den Kopf der Tochter. Krachend senkten sich die Kiefer aufeinander.

Der Zug zermalmte Iris, als er ungebremst auf sie zugerast kam. Er schob sie über die Gleise bis zum hölzernen Prellbock. Iris schnappte nach Luft, sie hielt sich an dem kochend heißen Dampfkessel der Lokomotive fest.

»Stopp!«, schrie sie. »Hilf mir! Ich will nicht sterben!«

»FINDEST DU DAS NICHT LUSTIG, ALEX?«, kicherte Mr Oz in seinem Aquarium.

Die Infrarotschatten von Iris und YunYun bewegten sich mit krampfartigen Bewegungen über den Bildschirm. Das Ganze erinnerte an einen kaleidoskopischen Videoclip auf MTV. Alex ging das Gekreische der Mädchen durch Mark und Bein. Das Echo im Tunnel und die Lautstärke in Mr Oz' Zimmer machten es noch schlimmer.

Schließlich hielt Alex es nicht mehr aus. »Stopp! Schluss damit!«, schrie er. »Bitte, Papa, hör auf ...«

»GANZ WIE DU WÜNSCHST«, sagte Mr Oz. Er streckte den Arm aus und schaltete den zischenden Ton mit einem einzigen Knopfdruck ab. Auf dem Bildschirm hörte man jetzt nur noch Schluchzen.

Alex stotterte irgendeine Entschuldigung und rannte aus dem Zimmer. Erst als er draußen auf dem Gang stand, fiel ihm auf, dass dieser Test wahrscheinlich nicht nur für Iris und YunYun gedacht gewesen war, sondern auch für ihn.

Wenn das wirklich so war, hatte er hoffnungslos versagt.

Ich habe versagt, dachte Iris. Es ist vorbei, ich bin tot. Sie blinzelte ein paarmal mit den Augen, aber ob sie auf oder zu waren, machte keinen Unterschied. Es blieb stockdunkel. War sie in der Hölle gelandet?

Sie tastete vorsichtig ihre Umgebung ab, bis sie eine kalte Hand fühlte. Erschrocken beugte sie sich über den leblosen Körper ihrer Freundin. Erleichtert stellte sie fest, dass YunYun schwach atmete.

Iris fing leise an zu weinen. Warum sollte sie noch länger die Späße von Mr Oz, Alex und Fiber ertragen? Was hatte sie denn davon? Sie legte sich neben ihre Freundin und wartete, bis sie abgeholt werden würden.

Als sie aufwachte, sah Iris ein Licht. Das Ende des Tunnels schien nicht weit weg zu sein. Bisher war niemand gekommen, um sie zu holen.

YunYun lag neben ihr. Sie schlief oder war bewusstlos. Iris nahm dem reglosen Mädchen den Rucksack ab und stopfte so viel wie möglich davon in ihren eigenen. Dann hievte sie sich die Freundin ächzend über die Schulter und verließ den Tunnel.

COELOPHYSIS

Justin hatte den Lieferwagen wieder am gleichen *Highway* geparkt, nahe der *Schriever Air Force Base*. Auch wenn er noch immer der Meinung war, dass es gefährlich war, so nahe am Militärflughafen zu stehen. Aber von hier aus war es am einfachsten, in ihr System einzudringen.

Das Problem war, dass sie auf Pala Iris' Chip ausgetauscht hatten. In Texas hatte Justin eine spezielle Software in ihren Chip eingesetzt. Dafür hatte er seinen Ansibel an ihren Hals drücken müssen. Auf diese Weise konnte er auf die Entfernung mit ihr kommunizieren – vorausgesetzt, dass er mit dem KH-14 GAMBIT in Verbindung stand. Jetzt hatte seine Schwester einen neuen Chip, sodass er sich etwas anderes ausdenken musste, wie er sie erreichen konnte. Er hatte etwas sehr Wichtiges in Mr Oz' Computersystem entdeckt und brauchte nun dringend ihre Hilfe. Das Schicksal der Welt hing davon ab.

Zum Glück war Justin genial.

Er richtete den GAMBIT auf Pala und suchte nach Signalen. Danach schaltete er die Kamera mit der hohen Auflösung ein und zoomte die Oberfläche der Insel so nahe heran, bis er die Träger der Chips entdecken konnte. Als Erstes sah er ein Mädchen und einen Jungen, die sich mit ihren Pistolen im Anschlag durch den Urwald bewegten. Danach fand er noch ein schlafendes Mädchen an einem kleinen See und zwei Jungs, die eine steile Bergwand erklommen.

Olina stieg in den Wagen. »Die Luft ist rein«, sagte sie. »Klappt es?«

»Bisher nicht.« Zwei weitere Mausklicks, und der KH-14 nahm sich das nächste blinkende Licht auf dem Bildschirm vor. Er zoomte sich mit jedem weiteren Foto näher an die Insel heran. Die impressionistischen Bilder aus grünen und blauen Flecken wurden schärfer und realistischer. Formen, die eben noch wie Tintenflecke ausgesehen hatten, verwandelten sich in Baumwipfel. Linien wurden zu Pfaden, und eine gelbliche Masse stellte sich als Lichtung heraus.

Auf dem Bild sah man nun ein Mädchen. Justin erkannte Iris sofort an ihren roten Haaren. Seine Schwester trug einen Rucksack und hatte ein kleines Mädchen geschultert.

»Sie hat sich die Haare abgeschnitten«, war das Einzige, was er herausbringen konnte.

Iris hatte gerade den Tunnel verlassen, als sie ein Knacken hörte, das wie ein schlecht eingestellter Radiosender klang. Schnell ließ sie YunYun von der Schulter gleiten. Sie hatte keine Ahnung, was hier vor sich ging, aber es war immer sicherer, die Hände frei zu haben.

»Komm heraus! Zeig dich!«, schrie sie. »Egal, wo du steckst!« Wie ein Raubtier in Verteidigungsposition umkreiste sie YunYuns Körper. Iris wusste nicht, von welcher Seite sie den Angriff erwarten sollte.

»I...is!«

»Was? Wer ist da? Was sagst du?«

»Iris, kannst du mich hören?«, vernahm sie eine vertraute Stimme. Es knackte und knisterte nach wie vor, doch wenigstens war er jetzt zu verstehen.

»Justin?! Wo bist du?« Wie von selbst tastete Iris' Hand ihren Hals ab, aber das Geräusch kam von woanders.

Da erst merkte sie, dass die Stimme aus ihrem Rucksack kam. Sie öffnete ihn und kramte darin herum, bis sie den kleinen Apparat gefunden hatte, mit dem sie eigentlich Alex aufspüren sollte.

Es knackte laut, doch dann war Justins Stimme wieder zu hören: »Ich bin noch immer in Colorado!«

»Wie hast du uns gefunden?! Wie kannst du mit uns reden?«

»Wir haben euer Navigationsgerät über den Satelliten gehackt! Was ist mit YunYun?«

»Sie ist bewusstlos. Wir waren in einem Tunnel, ich weiß selbst nicht genau, was passiert ist.«

»Halluzinationen«, kommentierte Justin. »Keine Sorge, das geht vorbei.«

»Woher weißt du das?«

»Ich habe es auch durchgemacht, Iris. Hör zu, wir haben nicht viel Zeit. Ich habe einen Auftrag für dich.«

Wieder jemand, der ihr sagte, was sie tun sollte. »Vielen Dank, ich habe schon einen Auftrag!«, antwortete Iris mürrisch.

»Dieser hier ist wichtiger«, sagte Justin. »Ich habe die Spur vom Bären verfolgt. Sie führt zu einem Ort, an dem mehr Strom verbraucht wird als in einem mittelgroßen Hotel in Holland. Niemand auf Pala weiß davon – außer Mr Oz und Alex.«

»Selbst Fiber nicht?«, fragte Iris.

»Selbst Fiber nicht. Das ist der Ort, Iris. Das ist der Ort, an dem Mr Oz die Operation Jabberwocky vorbereitet.«

»Hey, jetzt mal langsam, Operation was?«

»Ich weiß auch nicht mehr darüber, Iris, aber du musst

das Ganze unter die Lupe nehmen. Ich muss wissen, was er da treibt.«

»Justin ... Ich habe wochenlang nichts von dir gehört, und nun soll ich plötzlich einfach mal so die Insel überqueren? Weißt du eigentlich, wie gefährlich das ist? Außerdem bin ich diesmal nicht allein, ich habe YunYun dabei. Und irgendwo versteckt sich hier auch noch Alex.«

»Wie geht es ihr?«

»Sie atmet noch.«

»Okay, hör zu. Ihr seid in der Nähe eines Flusses. Bring sie dahin und warte, bis sie zu sich kommt. In einer Stunde nehme ich wieder Kontakt zu dir auf.«

»Und dann?«

»Dann überlegen wir weiter, okay?«

»Justin?«

»Ja?«

»Was passiert mit uns, wenn wir erwischt werden?«

»Mein liebes Schwesterchen, was passiert mit der Welt, wenn wir Mr Oz nicht aufhalten?«

Darauf wusste sie keine Antwort.

»*Sir?*«

»TERRENCE?«, hallte Mr Oz' metallische Stimme durch die Werkstatt.

»Iris und YunYun kommen in meine Richtung, *Sir*.«

»*YOU'RE SURE?*«

»*Yes, Sir*, ganz sicher.«

Terry stand in einer Lagerhalle, die an Daniel Düsentriebs Werkstatt erinnerte. Der ganze Boden war übersät mit Zahlenrädern, Raupenketten und Motoren in jeglicher Form und

Größe. Es gab bekannte und unbekannte Werkzeuge, Kästen mit Schrauben und Muttern – dazwischen lagen aber auch fortschrittliche Einzelteile, wie man sie sonst nur an einem *Spaceshuttle* vermuten würde. An der Wand standen Schränke mit Rohren, Drähten und weiteren Motoren. Einige waren winzig klein, andere dagegen größer als ein Traktor.

Terry sprach durch ein Mikrofon, das an seinem Headset befestigt war. »*Sir*, was soll ich machen?«

»SCHICK DEN DINOSAURIER ZU IHNEN.«

»*Yes, Sir.*«

Iris tauchte ihre schmerzenden Füße in den Fluss. Natürlich hatte sie sich vorher vergewissert, dass im Wasser keine wilden Tiere schwammen. Erleichtert seufzte sie auf. Bis auf einen Schwarm kleiner Fische konnte sie im Wasser nichts entdecken.

»Gibt es hier keine Piranhas?«, fragte YunYun. Sie sah noch etwas benommen aus.

»Soweit ich weiß, kommen Piranhas nur in Südamerika vor. Wir sind doch nicht in Südamerika, oder?«

YunYun zuckte mit den Achseln. Niemand wusste, wo Pala lag. Iris sah ihre Freundin besorgt an. Sie hatte YunYun in ihrem bewusstlosen Zustand neben dem Fluss abgelegt und ihr dann so lange Wasser ins Gesicht gespritzt, bis sie wieder zu sich gekommen war.

YunYun sah schlecht aus.

»Piranhas fressen im Übrigen keine Menschen, das kommt nur in schlechten Filmen vor«, erklärte Iris. »Vielleicht sind es Garra Rufa!«

»Garra was?«, fragte YunYun.

»Knabberfische! Die fressen dir die toten Hautzellen von den Füßen. In manchen Wellness-Tempeln ist das sehr beliebt. Meine Mutter hat das auch mal gemacht.«

YunYun schienen die Fische nicht im Geringsten zu interessieren. Sie fragte: »Kannst du mir das bitte noch einmal erklären, Iris, warum müssen wir den Fluss überqueren?«

»Kannst du mir nicht einfach vertrauen?«, murmelte Iris. Sie hätte eigentlich gerne erst mit Justin beratschlagt, ob sie wirklich in diese Richtung mussten.

»Wenn ich schon mein Leben aufs Spiel setze, möchte ich wenigstens wissen, wofür«, sagte YunYun barsch. Dann zog sie endlich ebenfalls ihre Schuhe aus und stellte sie neben die von Iris. Auch ihre Fußsohlen waren übersät mit Blasen. YunYun tauchte die Füße sehr langsam ins Wasser.

»Was soll denn dort sein?«, fragte sie und deutete mit dem Kopf zum anderen Ufer.

»Das weiß ich nicht genau, aber wenn Mr Oz es vor uns verbergen will, scheint es wichtig zu sein.«

»Und wie bist du darauf gekommen?« YunYun machte es sich neben Iris im Gras bequem und schaute in den Himmel.

»Justin«, sagte Iris zögernd.

»Dein Bruder? Ist er hier?«

Iris zeigte YunYun den Sender-Empfänger, über den Justin mit ihr gesprochen hatte.

»Ja, auf eine Weise schon«, sagte sie.

»Sie werden unvorsichtig«, schimpfte Justin. Er hatte den Lieferwagen zur Sicherheit noch einmal umgeparkt. Er hielt es für unklug, zu lange an ein und demselben Platz stehen zu bleiben. Sie durften unter keinen Umständen geschnappt werden. Er zeigte auf die beiden Mädchen, die auf dem Bildschirm ihre Beine ins Wasser baumeln ließen.

»Sie werden müde«, kommentierte Olina.

Das Satellitenfoto aktualisierte sich alle zehn Sekunden, doch das Motiv selbst veränderte sich kaum. Die Mädchen lagen still auf dem Boden, mit den Beinen im Wasser. Nur ihre Köpfe änderten zuweilen die Position.

»Shade?«

Justin sah zur Seite. Normalerweise nannte Olina ihn fast nie bei seinem Decknamen, er erinnerte sie zu sehr an ihre Zeit auf Pala. Justin folgte ihrem Blick, der unbewegt auf den Bildschirm geheftet war. Olina zeigte auf einen schemenhaften Fleck auf der anderen Seite des Flusses.

»Was ist das?«, fragte sie in ihrem singenden Tonfall.

»Keine Ahnung, warte mal.«

Justin gab dem Satelliten den Befehl, auf die andere Uferseite zu zoomen. Der Fleck füllte nun den gesamten Bildschirm aus. Er wurde immer schärfer und verwandelte sich in etwas, das Justin noch nie zuvor gesehen hatte.

»Unmöglich«, murmelte er.

»*Mo'o lele!* Ein Drache, Justin, das ist ein Drache!«

Justin griff zum Ansibel und flüsterte: »Iris?«

»Na endlich! Die Stunde war aber ziemlich lang, Justin!«

»Iris«, sagte Justin. »Bleibt ganz ruhig, nicht aufstehen. Haltet Augen und Ohren offen. Ihr habt ein kleines Problem.«

Terry betrachtete die beiden Mädchen auf dem Bildschirm. Wenn sie auf der Suche nach Alex waren, was wollten sie dann hier? Sie befanden sich auf verbotenem Terrain, und

Alex lauerte ihnen woanders auf. Hatten sie sich vielleicht verlaufen?

Obwohl Terry offiziell kein Teil der Gruppe mehr war, fühlte er noch immer eine enge Bindung zu den Kandidaten. Nachdem Mr Oz ihn aus dem Wasser gerettet hatte, wurde ihm eines direkt eingeschärft: Jeglicher Kontakt zu den anderen ist verboten. Solange Terry an seinen mechanischen Wesen herumtüfteln konnte und man ihn ansonsten in Ruhe ließ, hatte er eigentlich kein Problem damit. Aber als er die zwei hier sitzen sah, so nahe bei seiner Werkstatt, vermisste er ihre Gesellschaft doch.

Terry ließ Coolio – so nannte er seinen Dinosaurier liebevoll – vorwärtsgehen. Die Steuerung des Tieres war alles andere als einfach. Mit dem Daumen der rechten Hand bewegte er den Joystick für Kopf und Hals, mit dem linken Daumen konnte er veranlassen, dass das Tier sich drehte und sich fortbewegte. Er ließ Coolio ein paar Schritte auf die Steine am Ufer setzen. Dann drehte er den Dinosaurierkopf zum reißenden Fluss. Die Software, die einen Teil der Aufgaben übernahm, scannte sofort die Wasseroberfläche auf Bewegungen hin ab. Eine Goldforelle schwamm vorbei – die ideale Beute, entschied Terry.

»Ich vertraue Alex nicht«, hörte er YunYun sagen.

Ich auch nicht, dachte Terry. Außer mir selbst vertraue ich hier niemandem.

Er beachtete das Gespräch zwischen Iris und YunYun nicht weiter, sondern konzentrierte sich ganz auf die Steuerung des Dinosauriers. Im Kopf des Tieres waren zwei Kameras eingebaut, die Stereobilder an die 3-D-Brille sendeten, die Terry auf der Nase trug. So hatte Terry das Gefühl, selbst durch Palas Dschungel zu spazieren. Er vermutete, dass Mr Oz wahrscheinlich das gleiche Bild wie er sah oder dass er zumindest Filmaufnahmen davon bekam. Das heutige Ziel bestand darin, die Kinder von seiner Werkstatt wegzuscheuchen, doch gleichzeitig war es auch ein Test, ob Coolio richtig funktionierte. Wenn das so wäre, könnte Terry nämlich weiter an seinem Meisterstück arbeiten: dem Jabberwocky.

»Konzentration, Terry«, ermahnte er sich selbst. Terry ließ den Dinosaurier am Ufer auf und ab laufen, in der Hoffnung, dass die zwei endlich auf ihn aufmerksam wurden.

»Denkst du, sie können uns sehen?«, fragte YunYun und zeigte zum Himmel. »Die Satelliten, meine ich.«

Iris zuckte mit den Achseln. »Ich weiß es nicht. Alex hat mir mal erzählt, dass wir nicht nach oben auf die Insel dürfen, damit man uns vom Weltraum aus nicht fotografieren kann. Aber ich glaube, er hat gelogen. Wie könnten wir denn sonst bitte diesen Test hier machen, mit so vielen Kindern?«

»Ich vertraue Alex nicht«, sagte YunYun.

Iris wollte gerade etwas erwidern, als der Sender zu knacken begann. Sie holte ihn aus dem Rucksack und sagte: »Na endlich! Die Stunde war aber ziemlich lang, Justin!«

»Iris, bleibt ganz ruhig, nicht aufstehen. Haltet Augen und Ohren offen. Ihr habt ein kleines Problem«, erklang es aus dem Gerät.

Iris versuchte, ruhig weiterzuatmen, und fragte leise: »Was meinst du damit?«

YunYun öffnete den Mund, um etwas zu fragen, aber Iris bedeutete ihr, still zu sein.

Ihr Bruder sagte: »Am anderen Ufer steht ein Dinosaurier, und der sieht ziemlich hungrig aus.«

»Willst du mich auf den Arm nehmen?«, flüsterte Iris.

YunYun setzte sich auf. »Was ist los?« Sie warf einen kurzen Blick zur anderen Seite des Flusses. »Iris!«, schrie sie auf.

Iris ignorierte die Anweisungen ihres Bruders und schoss hoch. Am gegenüberliegenden Ufer stand ein riesiges Reptil, mindestens zwei Meter lang. Es hatte einen roten Strich auf der Stirn und ungewöhnlich viele Zähne.

»Das ist ein Coelophysis, ein fleischfressender Dinosaurier!«, erklärte Iris.

»Sind die denn nicht ausgestorben?« Iris hörte, dass YunYun versuchte, das Zittern in ihrer Stimme zu unterdrücken.

»Auf Pala ist alles möglich.«

Geschmeidig schlich das Tier am Ufer entlang, den Blick starr aufs Wasser gerichtet. Seine Bewegungen erinnerten Iris an einen Truthahn oder einen Fasan. Genau wie ein Vogel benutzte auch er seinen Schwanz, um die Balance zu halten. Dieser Schwanz war jedoch fast ebenso lang wie sein Hals.

»Ich glaube, er hat euch noch nicht entdeckt«, fuhr ihr Bruder fort. »Steht vorsichtig auf, aber langsam!«

»Yun? Mir nach«, wies Iris die Freundin an. Das Reptiliengehirn in ihr schrie, dass sie aufspringen und weglaufen sollte

(fight! flight! freeze!),

aber ihr Training war nicht umsonst gewesen. Sie griff nach YunYuns Hand und starrte den Coelophysis an, der nun plötzlich wieder völlig regungslos dastand und aufs Wasser schaute.

»Sag, dass er nicht echt ist«, keuchte YunYun.

»Er ist nicht echt«, flüsterte Iris.

»Bist du dir sicher?«

»Nein.«

Genau in dem Moment tauchte der Dinosaurier den Kopf ins Wasser und fing mit dem Maul eine Forelle. Der Fisch zappelte zwischen seinen enormen Zähnen, das Wasser spritzte. Dann schmetterte das Urzeittier den Fisch ein paarmal gegen den Felsen.

Die Forelle bewegte sich nicht mehr – genauso wenig wie die zwei Mädchen, die die Szene mit offenem Mund verfolgt hatten. Iris nickte YunYun zu, zum Zeichen, dass sie ihr folgen sollte. Sie ging rückwärts. Vorsichtig setzte sie einen Fuß hinter den anderen und entfernte sich auf diese Weise vom Wasser. YunYun tat es ihr nach. Iris sah, dass YunYun einen Blick auf den Rucksack und die Schuhe warf, die hier noch auf sie warteten, aber Iris schüttelte energisch den Kopf. Auch wenn das Tier im Augenblick mit seiner Beute beschäftigt war, wusste Iris, dass der Fluss zwischen ihnen keine wirkliche Sicherheit bot. Auf seinen langen Beinen würde der Dinosaurier problemlos durch das niedrige Wasser ans andere Ufer gelangen. Zudem waren Iris und YunYun so erschöpft, dass sie ihn nicht abhängen würden – erst recht nicht barfuß und mit Blasen unter den Fußsohlen.

Ob dieses Tier nun echt war oder nicht, lebensgefährlich war es mit Sicherheit.

Yun machte ein bedenkliches Gesicht, und Iris wusste auch, warum. Im Rucksack befand sich ihr Proviant, den sie dringend brauchten. Vielleicht sollten sie doch …?

Genau in dem Moment drehte der Dinosaurier seinen

Kopf zu ihnen herum. Dabei stieß er ein schauriges Gebrüll aus – ein Gemisch aus einem Elefanten- und Tigerbrüllen. Die Forelle fiel mit einem Klatsch zu Boden.

Iris zögerte keine Sekunde. Sie packte YunYun am Arm und zog sie energisch vom Fluss weg. Dabei murmelte sie: »Bitte mach, dass er uns nicht verfolgt.«

»Mr Oz? Sie sind weg, Auftrag erfolgreich ausgeführt.«

»GUT. UND DER DINOSAURIER?«

»Funktioniert einwandfrei, *Sir*.«

»SCHÖN. INFORMIER ALEX.«

»*Yes, Sir.*«

Terry schaltete auf einen anderen Sender um und sagte: »Alex?«

Es dauerte ein bisschen, bis er eine Antwort kriegte.

»Terry.«

»Sie kommen in deine Richtung.«

»Okay, danke. Lass uns die Sache hier schnell hinter uns bringen«, sagte er gähnend. »Ich will nach Hause.«

Justin wartete, bis die zwei Mädchen von der Bildfläche verschwunden waren und er sich vergewissert hatte, dass der Coelophysis sie nicht verfolgte. »Ihr seid in Sicherheit«, murmelte er in den Ansibel. Dann unterbrach er die Verbindung.

»*What the hell* war das?«, rief Olina.

»Ein Bewacher«, antwortete Justin. »Ich denke, meine Schwester hat Operation Jabberwocky gefunden.«

NICHT EINSCHLAFEN

YunYun sah so aus, wie Iris sich fühlte. Die kleine Chinesin hatte tiefe Augenringe, die für ein normales zehnjähriges Mädchen äußerst ungewöhnlich waren, ihre Uniform war verdreckt und zerrissen. Iris fragte sich, wie lange sie noch durchhalten würden. YunYun war dem Zusammenbruch nahe, und Iris fühlte sich nicht wirklich besser. Zu allem Elend hatten sie weder Proviant noch Schuhe. Im Stillen verfluchte sie Mr Oz, Alex, Justin und den ganzen Superheldenkram.

Iris zerrte YunYun weiter, bis sie außer Sichtweite des Dinosaurus waren (Dinosauriers, würde ihr Vater sie verbessern), hinein in Palas dichten Urwald, den sie mittlerweile schon ziemlich gut kannten. Anscheinend verfolgte der Dinosaurier sie nicht. Iris hoffte nur, dass er sie nicht riechen konnte, denn der Wind stand nicht günstig.

Natürlich konnte er sie nicht riechen!, dachte sie. Das Ding ist schließlich nicht echt, es konnte gar nicht echt sein!

Auf der Insel war es nach wie vor warm, mindestens fünfundzwanzig Grad, schätzte Iris, und die Luftfeuchtigkeit war hoch. Sie duckte sich unter einem schräg wachsenden Baum hindurch, an dem lange Luftwurzeln hingen. Er erinnerte sie an die grüne Hexe aus dem Musical *Wicked*. Unter anderen Umständen hätte sie sich daraus eine Perücke gemacht, aber für solche Späße war jetzt keine Zeit.

»Ihr seid in Sicherheit«, erklang die Stimme ihrer Bruders aus dem Sender. Erst jetzt fiel Iris auf, dass sie den Apparat noch immer in der Hand hielt.

Keuchend blieben die beiden Mädchen stehen und hielten sich fest an den Händen. Sie waren am Rande einer Lichtung herausgekommen, umringt von Bäumen, deren Blätter ein dichtes Dach über ihnen bildeten. Hier gab es viele verschiedene Pflanzenarten, alles hatte irgendwie etwas Prähistorisches an sich – was natürlich trotzdem nicht die Anwesenheit eines Coelophysis erklärte. In der Ferne hörte Iris einen Wasserfall rauschen. Anscheinend gab es also wenigstens Süßwasser in der Nähe. Vielleicht konnten sie auch ein paar Bananen oder Brotfrüchte finden. Sie kam fast um vor Hunger.

»Wir müssen zurück!«, sagte YunYun. »Ohne unsere Schuhe kommen wir nicht weiter!«

Iris sah an sich herab, und da erst fiel ihr auf, dass sie nicht nur Blasen an den Füßen, sondern auch überall Schürfwunden hatte. Die Wunden waren zwar nicht tief, trotzdem war die Gefahr groß, dass sie sich entzündeten.

»Okay, kurze Pause«, entschied sie und ließ sich auf die Knie sinken. Sie versuchte nicht einmal, einen richtigen Unterschlupf zu finden. YunYun glitt lautlos neben sie auf die Erde. Erst jetzt wagten es die beiden, einander loszulassen.

Iris war klar, dass sie hier nicht lange bleiben konnten. Ohne ihren Rucksack mussten sie sich schleunigst auf Essenssuche machen. Und was war mit ihrem Auftrag? Erwartete Justin, dass sie zurückgingen? Es war inzwischen klar, dass der Ort bewacht wurde.

»Wie hast du den Dinosaurier genannt?«, fragte YunYun, nachdem sie wieder etwas zu Kräften gekommen war.

»Coleophysis. Er hat vor zweihundert Millionen Jahren in Nordamerika gelebt«, antwortete Iris wie auf Knopfdruck.

YunYun wunderte sich schon längst nicht mehr darüber, dass Iris ein wandelndes Lexikon war. Jeder auf der Insel war in einer Sache besonders gut. Nach einer Weile fiel selbst Iris' fotografisches Gedächtnis nicht mehr auf.

»Zweihundert Millionen Jahre?«, wiederholte YunYun. »In Nordamerika? Was macht er denn dann hier?«

»Ja, er hat sich wohl etwas verlaufen«, kommentierte Iris trocken. Wenn Justin sie nicht gewarnt hätte ...

»Ist er gefährlich?«, fragte YunYun.

»Wer, Justin?«, fragte Iris.

»Nein, der Coelofysischlagmichtot.«

»Der Coelophysis ist ein extrem gefährliches Tier, vor allem, wenn er in Gruppen auftaucht«, leierte sie herunter. »Ein echter Fleischfresser. Er ist beides: ein aktiver Jäger und gleichzeitig auch ein Aasfresser. Seine bevorzugte Nahrung sind junge Cynodonten, Echsen, Amphibien und fliegende Insekten.«

»Und wie kommt ein zweihundert Millionen Jahre alter Fleischfresser nach Pala?«

»Wahrscheinlich ist es ein Roboter
(hoffe ich zumindest),
genau wie der Bär.«

YunYun gähnte.

Waren sie jemals so lange am Stück wach gewesen? War es ... wie lange? ... vierundzwanzig Stunden her, dass sie geschlafen hatten? Oder sogar noch länger? Seitdem waren sie fast ohne Unterbrechung auf den Beinen gewesen. Sie waren gelaufen, geklettert und hatten sich dabei mit ihren viel zu schweren Rucksäcken abgekämpft. Und dann hatte Iris natürlich obendrein YunYun eigenhändig zum Fluss getragen.

Iris war sich sicher, dass der Coelophysis dort nicht zufällig gestanden hatte, sondern dass er genau das bewachte, was Justin suchte.

YunYun lag neben ihr auf der Erde. Sie hatte sich wie ein Kätzchen zusammengerollt, aber sie schlief nicht, noch nicht.

Iris streichelte über ihr schwarzes Haar. »Schlaf ein bisschen, ja?«, flüsterte sie. »Ich passe auf.«

YunYun kuschelte sich an sie, und kurz darauf war sie tief und fest eingeschlafen.

Iris würde wach bleiben, einer musste ja schließlich aufpassen. Der Coelophysis konnte jeden Moment zurückkommen!

Sie merkte, wie ihr die Augen zufielen. Iris versuchte, gegen den Schlaf anzukämpfen. Sie blinzelte mit den Augen und zwickte sich immer wieder in die Wange.

(Wach bleiben, wach bleiben, wach bleiben.)

Fünf Minuten später lag sie neben YunYun und schlief so fest, dass sie nicht einmal aufwachte, als ihre Freundin sich von ihr losmachte und davonschlich, um ihre Schuhe und den Rucksack zu holen.

»*Sir? Mr Oz? YunYun kommt zurück*«, schallte eine Jungenstimme aus den Lautsprechern, die über dem alten englischen Bücherregal hingen, das so gar nicht zur übrigen Einrichtung passte. Der Boden des Zimmers war schwarz-weiß gekachelt, zwischen den Fugen gab es kleine Abflussdeckel. So konnte das Wasser ablaufen, das immer wieder aus dem Aquarium schwappte.

Das Aquarium stand in der Mitte des Raumes. Es war groß, so groß, dass ein kleiner Hai darin bequem Platz ge-

habt hätte. Aber in diesem Becken schwammen keine Raubfi-
sche und auch keine normalen. Man konnte nicht sehen, was
hier eigentlich umherschwamm. Ein Wandschirm verdeckte
die Sicht auf das Glasbecken.

»*Sir?*«

»ZEIG HER.«

»*Yes, Sir.*«

Auf dem Fernsehbildschirm, der direkt neben dem Aquarium an der Wand hing, erschien ein Testbild.

»ICH WARTE.« Die Stimme klang streng und unerbittlich.

»Ich ... *sorry, Sir.* Ich kriege keine Verbindung zum KH-14
GAMBIT. Es sieht so aus, als würde ihn jemand anderes
benutzen.«

»DIE AMERIKANER?«

»Ich weiß es nicht genau, Mr Oz. Einen Moment bitte, ich
muss wohl mal eben harte Gewalt anwenden.«

Eine Sekunde später tauchte ein gestochen scharfes Luft-
bild von Pala auf.

»DAS GING ABER SCHNELL.«

»*Yes, Sir.* Die Kamera des Satelliten war schon auf Pala eingestellt«, dröhnte die verblüffte Jungenstimme aus dem Lautsprecher. »Ich weiß nicht ... Sehen Sie, da sind die beiden!«

Der Monitor zeigte nun ein neues Bild, auf dem YunYun
mit einem verbissenen Gesichtsausdruck zu erkennen war.

»WIE WEIT IST DAS MÄDCHEN VON DER WERK-
STATT ENTFERNT?«

»Nicht weit, *Sir.* Weniger als einen Kilometer. Was soll ich
tun? Soll der Dinosaurier zurückkommen?«

Der Mann im Aquarium schien kurz nachzudenken.

»*Sir?*«, fragte der Junge.

»NEIN, ABER WENN SIE ZU NAHE KOMMT, MACH SCHLUSS MIT IHR. DAS MÄDCHEN IST NICHT WIRKLICH WICHTIG.«

»*Yes, Sir.*«

»OH, TERRENCE?«

»*Yes, Sir.*«

»FINDE HERAUS, WER MEINEN SATELLITEN GEKAPERT HAT, UM MICH AUSZUSPIONIEREN, UND HALTE IHN AUF.«

»*Yes, Sir.*«

Justin lehnte sich in seinem Sessel zurück. Er hatte die Hände hinter dem Kopf verschränkt und sah nachdenklich aus. Auf dem Monitor war noch immer der Fluss zu sehen, der Dinosaurier war allerdings im Dickicht verschwunden.

»Wo sind sie denn jetzt?«, fragte Olina. Sie stand nach wie vor neben ihm.

Anstatt zu antworten, bediente Justin einen Schalter. Diesmal blinkten zwei kleine Lichter auf, ein rotes und ein grünes. Das grüne entfernte sich langsam, aber stetig von dem roten.

»*Fuck*«, sagte Justin.

»Was ist da los?«, fragte Olina.

»YunYun macht sich davon. Warte mal, ich versuche, ob ich sie finden kann.« Er gab dem Satelliten den Befehl, die Kamera auf YunYun zu richten, doch er sah nichts weiter als ein grünes Blätterdach. »Irgendwo hier unten zwischen den Bäumen muss sie sein, *damn*, ich kann sie nicht sehen.«

»Sie geht zurück!« Olina griff nach der Maus und öffnete eine Karte von Pala. »Guck, sie geht zurück zum Fluss.«

»Sie holt die Sachen ab. Ist sie denn vollkommen übergeschnappt?!«

»Nein, Justin, sie ist zehn Jahre alt. Warst du damals so viel schlauer?«

»Ich muss meine Schwester warnen!«

Genau in dem Moment wurde der Bildschirm schwarz.

»*What the* ...« Justin sprang von seinem Stuhl auf und begann wie ein Wilder auf die Tastatur einzuhacken.

»Ist etwas kaputt?«, fragte Olina.

Justin schüttelte den Kopf. »Nein. Jemand übernimmt die Kontrolle über das System.« Er tippte weiter und bewegte die Maus, aber erfolglos.

»Justin?«

»Jetzt nicht, Olina.«

»Justin.« Sie ließ nicht locker. Olina legte ihm die Hand auf die Schulter. »Wir müssen hier weg, und zwar auf der Stelle. Wenn das Mr Oz ist, weiß er, wo wir sind!«

»Wir gehen erst, wenn ich Iris gewarnt habe!«

»Iris! Iris, *wake up*!«

»Ja, *Mum*, ich komme gleich.« Sie öffnete die Augen.

»Iris!«, dröhnte die Stimme ihres Bruders aus dem Sender.

Iris sah sich um und stellte im selben Moment fest, dass sie allein war. »YunYun?! Wo bist du?«, schrie sie.

»Sie ist zurückgegangen, Iris. Sie geht eure Sachen holen«, berichtete Justin.

Iris griff nach dem Sender und schoss hoch. »Dummes Ding!«

Sie versuchte sich zu erinnern, aus welcher Richtung sie vorhin gekommen waren. YunYun war diejenige mit der guten Orientierung. Iris war so panisch vor dem Dinosaurier weggerannt, dass sie überhaupt nicht auf den Weg geachtet hatte. Zum Glück ließ sie ihr fotografisches Gedächtnis jedoch nicht im Stich. So erkannte sie einen charakteristischen Baumstumpf wieder und wusste sofort, dass sie hier vorbeigekommen waren. Eilig verließ sie die Lichtung und lief in den Wald hinein.

»Justin, rede mit mir.«

»Ich versuche, sie ins Bild zu kriegen, Schwesterchen, jemand hat die Kontrolle über den Satelliten übernommen. Ich habe keinen Kontakt mehr.«

Iris duckte sich vor einem tief hängenden Ast weg und fragte: »Jemand?«

»Mr Oz, denke ich. Ich habe kein Bild mehr, nur noch den Ton.«

»Meinst du, der Dinosaurier wird mechanisch gesteuert?«

»Es muss doch so sein, oder ist das hier vielleicht Jurassic Pala?«

»Schlechter Witz«, murmelte Iris.

YunYun bewegte sich behutsam Schritt für Schritt durch den Dschungel. Sie achtete genau darauf, dass die Äste nicht zu laut knackten, doch vor allem durfte sie mit ihren nackten Füßen nicht auf scharfe Steine treten oder sich Holzsplitter holen. Manchmal trat sie in ihre eigenen Fußabdrücke vom Hinweg, doch sie fand den Weg auch so. YunYun hatte einen untrüglichen Orientierungssinn – und wenn nötig, konnte sie sich auch immer noch nach dem Stand der Sonne richten.

YunYun fragte sich, ob ihre Aktion wohl klug war oder nicht. Aber das würde man wohl erst hinterher wissen. Ohne

Essen und Trinken und vor allem ohne Schuhe weiterzuge-
hen, schien ihr jedenfalls keine gute Idee zu sein.

Die kleine Chinesin hatte Angst, dass Iris das Ganze nicht
mehr lange durchhalten würde. Eigentlich hatte sie den Test
schon mit einem Rückstand begonnen. Das lag an den Albträumen – aus denen sie schweißgebadet aufschreckte – und
am Schlafwandeln. Sollte Iris zusammenbrechen, müsste
sie das hier allein zu Ende bringen. Aber ohne ihre Schuhe
und den Proviant würde sie das garantiert nicht schaffen.

YunYun hätte gedacht, dass sie viel weiter weggerannt waren, doch nach etwa zehn Minuten war sie schon wieder am
Fluss. Die Schuhe und Rucksäcke warteten brav am Ufer auf
sie. YunYun band Iris' Schuhe an ihren Rucksack. Dann zog
sie sich ihre eigenen an und schwang sich den Rucksack über
die Schulter. Sie riskierte einen Blick zur anderen Uferseite.

Dort stand noch immer der Dinosaurier.

YunYun legte sich sofort platt auf den Boden, aber es war
zu spät. Der Coelophysis sprang ins Wasser und kam mit rie-
sigen Schritten auf sie zu.

YunYun fing an zu schreien.

»Dann hau doch ab!«, schrie Terry. »Renn weg, du blöde
Ziege!«

Er wollte YunYun die Chance geben, aufzustehen und
wegzulaufen, das Mädchen blieb jedoch einfach wie festge-
nagelt am Boden liegen. Sie war starr vor Angst.

Terry drosselte das Tempo des Dinosauriers und ließ ihn
die Uferböschung emporklettern. Durch die 3-D-Bilder in
seiner Brille und die Joysticks, die als verlängerte Arme des
mechanischen Monsters dienten, kam es ihm vor, als würde

er selbst am Ufer stehen. Es war, als würde sein eigener Kopf sich herabbeugen und als wäre es sein eigener Mund, der sich öffnete, um mit seinen messerscharfen Zähnen auf das Mädchen zuzukommen.

Terrys Kameraaugen sahen in YunYuns erschrockenes Gesicht. »Bi...bitte«, stotterte sie, »tu mir nicht weh!«

Er zögerte. Mr Oz wollte doch wohl nicht, dass er sie wirklich umbrachte? Solange sie sich von seiner Werkstatt fernhielt und er sie zurück in den Wald zu Iris jagen konnte, war doch alles gut, oder etwa nicht?

»Hilfe!«, flehte YunYun noch einmal.

Terry schob das Mikrofon seines Headsets vor den Mund und setzte zum Sprechen an, aber Mr Oz kam ihm zuvor: »WORAUF WARTEST DU, TERRENCE? AUF FLIEGENDE SCHWEINE, ODER WAS?«

Oh nein, der alte Mann sah zu.

»*No, Sir, but ...*« Er zögerte kurz. »Sie ...«

»ICH WILL KEIN ABER HÖREN. SIE HAT IHRE CHANCE GEHABT, TERRENCE. UND ES IST INTERESSANT ZU SEHEN, WIE IRIS REAGIERT, WENN IHRE BESTE FREUNDIN STIRBT.«

Interessant? Das waren sie also für Mr Oz: interessant? Sie waren doch wohl kein Spielzeug?!

»*KILL HER.*«

Ich will sie nicht umbringen, dachte Terry. Verlang das nicht von mir! Aber er wusste, was passieren würde, wenn er sich weigerte. Er war schon einmal gestorben. Ertrunken. Die Ärztin hatte ihn wiederbelebt, es war allerdings wirklich knapp gewesen. Er wollte nicht wieder Abschied nehmen, er war zu jung.

Doch auch YunYun war zu jung.

Sie oder ich, dachte er. Sie oder ich. Er ließ den Dinosaurier den Kopf beugen.

»WARTE«, sagte Mr Oz auf einmal.

Thank God, dachte Terry und schloss die Augen.

»JETZT!«

»Was?«

»JETZT!«, schallte Mr Oz' Stimme. »DA KOMMT IRIS. ICH WILL, DASS SIE ES SIEHT!«

Terry riss sich zusammen, dabei zerbrach er fast die Joysticks in seinen Händen. Ohne zu zögern – wenngleich mit großem Widerwillen –, öffnete er das Dinosauriermaul und bohrte die Zähne in das wehrlose Mädchen am Boden.

Mit YunYun im Maul richtete sich das Tier auf. Durch seine Kopfhörer hörte Terry Iris schreien.

»Neeeeeiiin!«

Es war ein Bild wie in einem Horrorfilm. Der Coelophysis richtete sich auf, bis er auf den Hinterbeinen stand. Dann hob er den Kopf. YunYun hing schlaff zwischen seinen Zähnen. Ihr lebloser Körper baumelte genau dort, wo vorher die Forelle geklemmt hatte. Der Kopf des Mädchens hing herab, Blut tropfte aus ihrem Mund.

Iris konnte nicht sehen, ob ihre Freundin tot oder bewusstlos war.

»Neeeeeiiin!«, schrie sie und sah sich nach einem Ast oder einem Stein um, mit dem sie das Tier angreifen konnte.

Aber der Dinosaurier verlor keine Zeit. Er machte kehrt und stolzierte mit YunYun im Maul durchs Wasser zurück zum anderen Ufer.

Iris rannte sofort hinterher. Allerdings war der Fluss für sie viel zu tief. Bereits nach ein paar Metern stand ihr das Wasser bis zu Hüfte. Der Coelophysis hatte so lange Beine, dass ihm die Tiefe nichts ausmachte, nur das Mädchen in seinem Maul schwenkte gefährlich nah über der Wasseroberfläche.

Als Iris endlich den Fluss überquert hatte, waren der Dinosaurier und ihre beste Freundin längst im Dschungel verschwunden.

Iris brach zusammen und fing an zu weinen.

»J...J...Justin«, stotterte sie. »Hilf mir, Justin.«

Aber aus dem Sender kam kein Geräusch.

IM FLOW

Terry ignorierte Iris' Geschrei und wendete den Coelophysis. Gefolgt von einer verzweifelten Iris, trottete er durch den Fluss ans andere Ufer und verschwand im Urwald.

Iris stieg aus dem Wasser und brach zusammen. Das hier war einfach zu viel für sie, Tränen strömten ihr über die Wangen.

»Justin? Hilf mir, Justin!«, schrie sie immer wieder in den Sender. Aber ihr Bruder antwortete nicht. Jetzt war sie auf sich allein angewiesen.

Nein! *YunYun* war auf *sie* angewiesen! Wenn sie noch lebte *(oh, bitte, sie musste einfach noch am Leben sein),*

dann war Iris ihre einzige Hoffnung. Wenn sie tot war *(sie hing dort so still, so unglaublich still),*

dann würde Iris sich rächen. Dann konnten Terry, Alex und der grauenhafte Mr Oz sich auf etwas gefasst machen.

Iris stand auf. Ihr tat alles weh, und die Kopfschmerzen waren kaum auszuhalten, doch das beachtete sie nicht. Sie marschierte weiter, getrieben von reiner Willenskraft, von Sturheit und Durchsetzungsvermögen.

Wehe dem, der versuchte, sie aufzuhalten.

Der Dinosaurier hatte Spuren hinterlassen, sodass man ihm leicht folgen konnte. Iris ging noch immer barfuß, aber seine Fußabdrücke waren so tief, dass sie sie als Trittsteine benutzen konnte. Bereits nach ein paar Hundert Metern lichtete sich der Wald. Iris duckte sich. Sie krabbelte auf allen vieren weiter, den Kopf starr auf den Weg gerichtet, damit sie keine Spuren übersah.

Der Waldboden wurde hier immer moosiger, sodass die Fußabdrücke nicht mehr so gut zu erkennen waren. Iris richtete sich vorsichtig auf. Vielleicht konnte sie noch einen Blick auf den Dinosaurier

(oder auf YunYun)

erhaschen. Da sah sie den Zaun.

Er war fast drei Meter hoch und bestand aus dicken Pfählen, die in einem Abstand von etwa zwei Metern in den Boden gerammt waren. Die Pfähle waren mit einem Drahtgeflecht verbunden, an dessen Oberkante Stacheldraht angebracht war. Für Iris wäre es ein Leichtes gewesen, daran hochzuklettern – solange der Zaun nicht unter Strom stand –, aber über den Stacheldraht kam sie nicht. Zumindest nicht, ohne sich weitere Schrammen und Wunden zuzuziehen.

In der Ferne sah sie den Dinosaurier verschwinden. Irgendwo musste er also durch den Zaun gekommen sein.

Dann entdeckte sie das Tor.

Und sie sah die Spinne. Die achtbeinige Bestie, die Iris schon aus dem Labyrinth kannte, stand vor dem Tor wie eine Steinskulptur. Beim letzten Mal hatte Iris ihren Motor zerstört. Ein zweites Mal würde ihr das vermutlich nicht gelingen. An ihr kam sie also nicht vorbei.

Dann musste sie sich wohl etwas anderes ausdenken. Iris spielte kurz mit dem Gedanken, den Zaun einmal ganz entlangzulaufen, um zu prüfen, ob es nicht noch einen anderen Eingang gab. Dabei würde sie jedoch wertvolle Zeit verlieren, und die Chance auf Erfolg war nicht groß.

Sie fluchte vor sich hin. Und jetzt? Sie konnte doch nicht einfach über den Zaun rüberspringen.

Aber vielleicht …

Iris zögerte keine Sekunde. Sie richtete sich auf und spurtete los. Die Spinne reagierte sofort. Erst hob sie ihren massigen Kopf, dann streckte sie ihre haarigen Beine. Sie drehte den Kopf in Iris' Richtung, das Maul weit aufgesperrt.

Aber Iris war schneller. Bevor das Viech selbst zum Angriff übergehen konnte, war sie bereits an einem seiner acht Beine hochgesprungen und kletterte in einem Affenzahn daran empor. Die Scharniere dienten ihr dabei als Treppenstufen. Sie hievte sich auf den massigen Spinnenkörper.

Die Spinne versuchte, Iris abzuschütteln. Doch da kannte sie ihre Gegnerin schlecht. Iris ließ sich von dem achtbeinigen Roboter in die Luft werfen und nutzte den Schwung, um sich über das Tor katapultieren zu lassen. Im Flug warf sie sich nach vorn und vollzog dann, auf dem Boden angekommen, eine Schulterrolle, wie sie es beim Ninjutsu-Unterricht gelernt hatte. In einer perfekten Drehung landete sie wieder auf den Füßen. Sie rannte zu dem Holzschuppen, der verlassen in der Mitte des Geländes stand. Die Türen waren weit geöffnet. Da sie jedoch nicht wusste, ob jemand dort drinnen war, ging sie erst mal in Deckung. Die ganze Aktion hatte keine fünf Sekunden gedauert.

Iris konzentrierte sich auf ihre Atmung. Ihre Lehrerin Margit hatte ihr erklärt, dass Gelenkigkeit eigentlich nur ein Nebeneffekt vom Yoga war. Viel wichtiger war es, zu lernen, wie man sich von einem Moment auf den anderen im Hier und Jetzt befand – und dabei Vergangenheit und Zukunft komplett ausblendete.

Iris atmete tief ein und vertrieb ihre Sorge um YunYun. Ob ihre Freundin noch lebte oder nicht und was sie überhaupt von all dem hier hielt, darum ging es gerade nicht.

199

Niemand schien etwas von ihrem spektakulären Eintritt mitbekommen zu haben, was Iris einen kleinen Vorsprung verschaffte. Doch ihr war klar, wie es um sie stand: Solange sie einen Chip im Hals hatte, wussten ihre Feinde immer, wo sie war. Je schneller sie hier also wieder verschwand, desto besser.

Iris führte sich das Gelände noch einmal vor Augen. Wie hatte es ausgesehen, als sie es überquert hatte? Die Erde im Umkreis des Schuppens war glatt und festgetreten – scheinbar von Menschenhand gemacht. Das Gebäude sah eigentlich aus wie eine stinknormale Scheune. Iris hatte nur einen schnellen Blick um die Ecke werfen können, aber das hatte schon gereicht. Ihr Gehirn hatte ein Foto gemacht, auf dem alle Details zu sehen waren.

Links standen Holzregale mit allen möglichen mechanischen Einzelteilen. Hier gab es Scharniere, Zahlenräder, Rohre, Drähte, Chips und Servomotoren. Der Boden war übersät mit großen Maschinen, einige schienen sich noch im Rohzustand zu befinden, andere sahen so aus, als wären sie bereits fertig montiert.

Auf der rechten Seite stand Terry und starrte auf einen Bildschirm. Wie eine Wachsfigur aus *Madame Tussauds* war er in genau dieser Haltung auf dem Foto in Iris' Gedächtnis eingefroren.

Terry hatte sich verändert, seitdem er ertrunken war. In Palas unterirdischer Grotte hatte Iris ihn nicht richtig sehen können, damals stand er im Halbdunkel und steckte dazu noch in einem Metallkostüm. Jetzt trug er eine kurze Hose und ein T-Shirt, das hauteng an seinem muskulösen Oberkörper saß. Seine krausen Haare waren fast komplett geschoren, und er hatte eine merkwürdige Brille mit Headset auf. Letzteres diente wahrscheinlich dazu, Mr Oz über alles zu informieren.

Am auffallendsten war jedoch die Konstruktion, die Terry vor der Brust trug. Es war ein Holzbrett, das ihm an Lederriemen über die Schulter hing. Auf dem Brett selbst befanden sich zwei Joysticks und einige Knöpfe.

Iris wusste sofort, was man damit machte: Es war die Steuerung des Coelophysis. Doch auf die Frage, wo sich das Tier überhaupt befand, hatte sie noch immer keine Antwort gefunden. Hier im Schuppen war es jedenfalls nicht, so viel war klar.

Sie blickte sich um, auf der Suche nach weiteren Gebäuden. Das Gelände war sehr weitläufig, es reichte bis zum anderen Ende des Zauns, der in weiter Ferne lag. Außer kahlem Boden war hier nichts zu sehen.

Wo hatte Terry YunYun nur hingebracht?

»Hallo?«, sagte Terry.

Iris sah sich erschrocken um. Hatte man sie ertappt?

Terrys Stimme klang gedämpft, als wäre er am Telefon.

Iris drückte ihr Ohr gegen die Holzwand.

»Ich habe Fiber gerade die Satellitendaten geschickt«, hörte sie ihn sagen. »Sie müsste Justin nun finden können, *Sir.*«

Justin? Meldete er sich deshalb nicht mehr? Waren sie ihm auf die Spur gekommen?

Terry schien jemandem zuzuhören, vielleicht Mr Oz? Oder Alex? Dann sagte er: »Und was soll ich mit YunYun machen?« Kurz darauf erklang ein: »*Yes, Sir.*«

Wie war das gemeint? Was er mit YunYun machen sollte?

Jetzt musste Iris schnell handeln. Wo war ihre Freundin? Komm schon, denk nach, Iris!

Fakt war: Der Dinosaurier musste in der Nähe sein. Er hatte nicht mehr als fünf Minuten Vorsprung gehabt. Auch wenn dieses Viech schneller lief als sie, konnte es doch noch nicht wirklich weit weg sein.

Fakt war außerdem: Das Gelände war umzäunt. Es wäre unlogisch, wenn Terry den Dinosaurier

(und YunYun)

irgendwo außerhalb des Geländes versteckt hätte.

Ein weiterer Fakt war: Das Tier befand sich nicht im Schuppen.

Schlussfolgerung: Die zwei waren hier in der Nähe, auch wenn Iris sie nicht sehen konnte.

Es gab zwei Möglichkeiten. Entweder war das Gebäude, das sie suchte, unsichtbar, oder ...

Es lag unter der Erde! Fast alles auf Pala war unterirdisch. Warum sollte es in diesem Fall anders sein?

Iris scannte die nahe liegende Umgebung mit den Augen ab, um zu sehen, ob es irgendwelche Auffälligkeiten gab. Zunächst entdeckte sie nichts, aber dann fiel ihr etwas auf.

Die Luft über dem Boden flirrte. Dieses Phänomen kannte Iris eigentlich nur aus amerikanischen Filmen. Eine *Mirage*, eine Fata Morgana. Ihr Vater hatte immer von Zitterluft gesprochen.

Doch diese Zitterluft hing nur über einem bestimmten Fleck. Obwohl es noch immer warm war, kühlte sich die Luft bereits beträchtlich ab. Es musste sich also etwas unter der Erde befinden, das wärmer als die Außentemperatur war!

Iris legte ihr Ohr wieder an die Holzwand und hörte, wie

Terry sein Gespräch beendete. Sie musste augenblicklich handeln.

Mit schnellen, energischen Schritten rannte sie zu der Stelle, an der sie den Eingang vermutete. Dabei flitzten ihre Augen wild hin und her, auf der Suche nach irgendwelchen Anzeichen für den Eingang.

Am Ende halfen ihr nicht die Augen, sondern ihre bloßen Füße, die fühlten, dass der Boden sich an einer Stelle absenkte. Es handelte sich nur um wenige Millimeter. Iris fragte sich, ob ihr das wohl auch aufgefallen wäre, wenn sie ihre Stiefel angehabt hätte.

Das ist es, dachte sie. Heute entgeht mir nichts.

Iris wurde auf einmal klar, dass das der Grund war, warum die Kandidaten auf der Insel so intensiv trainiert wurden. Am Anfang wollte einem nichts wirklich gelingen, alles schien schwierig, und am liebsten hätte man direkt aufgegeben. Doch dann durchlief man eine Entwicklung. Die Muskeln erlernten Bewegungen, die zu Automatismen wurden. Nach all den Trainingsstunden hörte man irgendwann auf, darüber nachzudenken, was man tat. Das war nicht nur bei Yoga, Ninjutsu und anderen physischen Aktivitäten wie Autofahren und Schießen so, sondern auch bei Mathematik und dem Erlernen von Fremdsprachen. Automatisieren nannte Alex es deshalb auch. Man wurde eins mit der Bewegung. Genau im richtigen Augenblick das Richtige tun – dieses Phänomen bezeichneten Sportler und Kreative als »Flow«.

Iris hockte sich hin und tastete den Boden ab. Sie fegte etwas Sand zur Seite und legte zwei Knöpfe frei, einen roten und einen grünen.

Sie entschied sich für den grünen und drückte ihn.

Da senkte sich der Boden, als würde ein lokales Erdbeben stattfinden. Eine drei mal drei Meter große Plattform fuhr gemächlich in die Tiefe. Iris stellte sich darauf und hockte sich in der Mitte der Fläche hin. Ihr eines Knie berührte den Untergrund, während das andere im Fünfundvierzig-Grad-Winkel verharrte – so war sie jederzeit zum Sprung bereit.

Die Plattform bewegte sich ziemlich langsam hinab, bis sie nach etwa dreißig Metern anhielt. Iris sprang direkt herunter und drückte sich flach an die Wand. Offensichtlich befand sie sich in einem schmalen Gang, der in den Stein eingehauen war. Auf der rechten Seite endete der Weg, doch von links leuchtete ihr ein schwaches Licht entgegen.

Mit dem Rücken zur Wand schob sie sich in die Richtung, in der es heller wurde. Einen kurzen Moment lang hielt sie erschrocken inne – sie hörte ein Zischen, das sie an die Stromschiene im Tunnel erinnerte. Aber das Geräusch kam anscheinend aus einer Reihe von Vorratstanks mit flüssigem Kraftstoff.

Kraftstoff, nur wofür?

Die Tanks standen in einer Art Vorraum. Jeweils zwei Tanks hintereinander waren auf beiden Seiten eines Durchgangs aufgestellt. Der Durchgang war so groß, dass ein mechanischer Dinosaurier durchgepasst hätte.

Iris warf einen kurzen Blick in den Raum. Sie sah eine Grotte, keine natürliche, sondern eine, die man mit Dynamit in die Erde gesprengt hatte. In der Mitte stand der Coelophysis. YunYun hing nun nicht mehr in seinem Maul, sondern lag leblos und blutverschmiert vor seinen Füßen, neben ihr lag der Rucksack.

An der Wand waren mehrere Roboterkostüme aufgereiht:

Dort standen der Bär und eine Kreatur, die an einen halb fertigen Drachen erinnerte.

Iris stürmte hinein.

»Hallo, Iris«, sagte der Coelophysis. Er drehte den Kopf zu ihr herum und brüllte.

Iris drosselte ihr Tempo. »Lass mich zu ihr!«, schrie sie.

»Du darfst hier nicht sein, Iris.« Terrys Stimme dröhnte verfremdet aus den Lautsprechern im Dinosauriermaul.

»Es gibt so viele Dinge, die man nicht darf, Terry. Kinder entführen. Sie testen und fast ertrinken lassen ... Wie war denn das überhaupt ... das Ertrinken?«

Der Coelophysis hob sein vogelähnliches Bein mit den scharfen Klauen und ließ es über YunYun kreisen.

»Nein!«, schrie Iris.

»Hör mir zu, Iris: Hau ab. Mach den Test zu Ende, sei ein Superheld. Vergiss YunYun. Ich habe meine Befehle.«

»Nein, *du* hörst *mir* zu, Terry!«, zischte Iris und trat näher an das Tier heran. »Lass mich gehen. Ich nehme YunYun mit, dann werde ich dir nicht wehtun.«

Terrys Lachen wurde lauter, es steigerte sich zu einem Gebrüll. Der Dinosaurier warf den Kopf zurück und stieß einen Schlachtruf aus. »Mir wehtun? Iris, ich habe hier das Kommando über die Roboter! Und glaub mir, dieser Dino ist einer der harmlosesten unter ihnen.«

Geisteskrank, dachte Iris. Er ist komplett übergeschnappt. »Bitte, tu ihr nicht weh«, startete sie einen weiteren Versuch.

»Das tue ich auch nicht. Aber du musst jetzt weg von hier.« Seine Stimme klang wieder etwas normaler, sie erinnerte mehr an den Jungen, den sie als sanftmütig und hilfsbereit kennengelernt hatte. Was war nur mit ihm passiert?

»Darf ich den Rucksack mitnehmen?«, fragte Iris das spre-
chende Reptil mit einem kläglichen Stimmchen. »Da ist etwas zu essen drin.«

»Kannst du machen.«

Fool.

Iris schlich sich zum Rucksack und hob ihn vom Boden
auf. Sie warf einen schnellen Blick auf YunYun und sah, dass
sie noch atmete. Dann drehte sie sich um und entfernte sich
zögerlich von der bewusstlosen Freundin und dem Monster,
das seine Klauen wieder auf den Boden setzte.

Als sie außer Sichtweite des Coelophysis war, begann sie
zu rennen. Sie lief an den Kraftstofftanks vorbei zur Plattform. Sie sprang hinauf und drückte auf den roten Knopf.
Wie beim letzten Mal fuhr sie in gemächlichem Tempo nach
oben.

Während der Fahrt stellte Iris den Rucksack ab und machte
ihn auf. Sie kramte darin herum, bis sie fand, was sie suchte.

Draußen war es inzwischen kühl geworden. Es dämmerte –
das kam ihr sehr gelegen. Noch bevor die Plattform ganz zum
Stillstand gekommen war, sprang sie mit dem Rucksack unter dem Arm herunter.

Sie lief zum Schuppen. Jetzt nahm sie auf nichts und niemanden mehr Rücksicht. Terry war ein Junge, zudem war er
älter, größer und stärker als sie. In einem fairen Kampf hätte
sie gegen ihn keine Chance.

Er stand noch immer am selben Fleck, die Hände umfass-
ten die Joysticks. Als er Iris kommen hörte, sah er auf.

»Ich habe versucht, ihr nicht wehzutun, Iris«, sagte er.

»Das musst du dann wohl noch ein bisschen üben«, antwortete Iris und zog ihre Betäubungspistole hervor. Sie

zielte scheinbar gedankenlos. Man hörte einen Puff, und dann ragte ein Pfeil aus Terrys Nacken.

Der Junge sah sie fassungslos an und ließ die Joysticks los. Er versuchte noch, den Pfeil herauszuziehen, aber plötzlich sackte er einfach in sich zusammen und fiel auf die Seite. »*You bitch*«, flüsterte er.

»Ich habe dich gewarnt«, sagte Iris. Sie trat ihm zum Abschied noch mit aller Kraft in die Seite, das hatte sie eigentlich gar nicht vorgehabt.

Sein lebloser Gesichtsausdruck sagte ihr, dass er bereits nichts mehr fühlte.

Schade aber auch.

Iris nahm ihm das Headset vom Kopf und setzte es sich selbst auf. Danach griff sie nach dem Brett mit der Fernbedienung. »Ist da jemand?«, fragte sie.

»Iris?«, erklang Alex' Stimme.

»Ich gebe dir eine Chance«, sagte Iris. »Du holst uns jetzt ab und bringst YunYun auf die Krankenstation. Wenn nicht, jage ich den Laden hier in die Luft.«

»Das wagst du nicht! Das kannst du nicht machen!« Alex' Stimme klang ehrlich erschrocken.

»*Watch me.*«

Sie hängte sich selbst die Lederriemen über die Schultern, schob sich das Brett vor den Bauch und setzte sich die 3-D-Brille auf. Durch die Brillengläser sah sie YunYun auf dem Boden liegen. Das bedeutete dann wohl, dass der Coelophysis nach unten sah. Gut so.

»Wo ist Terry?«, ertönte Alex' Stimme in den Kopfhörern.

»Der war ein bisschen müde. Ich habe ihn einschlafen lassen.«

»Iris, du hast keine Ahnung, was du da tust.«

»Du hast mich ausgebildet, Alex. Ich tue nur das, was ihr mir beigebracht habt. Bring uns von hier weg. Ich gebe dir eine halbe Stunde. *Over and out.*«

Sie warf das Headset zur Seite und ignorierte den Aufschrei, der daraus erklang. Stattdessen konzentrierte sie sich ganz auf die Joysticks.

Mit dem einen brachte man das Tier zum Laufen, mit dem anderen konnte man Hals und Kopf bewegen, das wusste sie. Aber welcher war nun welcher? Erwischte sie den Falschen, würde sie mit dem Dinosaurier auf YunYun drauftreten.

Es sei denn, sie würde rückwärtsgehen.

Sie umfasste den linken Joystick und zog ihn zu sich heran.

Das Bild verschob sich nach hinten, und YunYun war nicht mehr zu sehen.

Iris drehte das Tier einmal um seine eigene Achse und betrachtete die Exoskelette durch seine Augen. Erst jetzt fiel ihr auf, dass es hier verschiedene Arten gab. Ganz offensichtlich dienten sie für unterschiedliche Zwecke. Wieder wurde ihr Blick auf den halb fertigen Drachen gelenkt. Das Ding kam ihr irgendwie bekannt vor, aber woher nur?

Nicht jetzt, Iris.

Sie experimentierte noch etwas mit der Fernbedienung herum. Als sie das Gefühl hatte, damit einigermaßen vertraut zu sein, ließ sie das Tier einen großen Bogen um YunYun drehen und dann zum Gang spazieren. Vorsichtig umschiffte sie die Kraftstofftanks und stellte den Dinosaurier ein Stück vor der Stelle hin, an der sich die Plattform absenken würde. Dann verließ sie den Schuppen.

Es war mittlerweile fast dunkel. Sie musste eine Weile suchen, bis sie die beiden Knöpfe wiedergefunden hatte. Iris legte den Rucksack zur Seite und senkte die Plattform ab – diesmal stellte sie sich nicht mit darauf –, dann widmete sie sich wieder dem Dinosaurier.

Mithilfe der Fernbedienung ließ sie den Coelophysis zwei Schritte nach vorne setzen, bis er unten auf der Plattform stand. Sie drückte den roten Knopf, und er kam heraufgefahren. Als Erstes sah man seinen Kopf, anschließend folgte der übrige Körper. Dieses Mal hatte Iris jedoch die Fäden – oder besser gesagt, die Joysticks – in der Hand.

Sie trat einen Schritt zur Seite und drückte den linken Stick nach vorne.

Der Coelophysis setzte sich in Bewegung. Noch ein wenig Feinjustierung, und dann schritt er direkt auf den Zaun zu. Bis jetzt lief alles nach Plan. Genau wie bei den meisten Videospielen gab man den Befehl zum Rennen, indem man den Joystick weiter nach vorne drückte. Der Dinosaurier wurde schneller und riss mit einem Schlag den Zaun um. Iris drückte ein paar Knöpfe, und er holte mit seinen Klauen aus. Das Ungetüm schlug direkt auf die Spinne ein, die vor ihm stand. Aber damit nicht genug – Iris rammte den Dinosaurier danach mit voller Kraft in den Körper der Spinne. Metall krachte, und Kleinteile zersplitterten. Dann kamen die Kreaturen zum Stillstand. Dass die beiden erst mal außer Gefecht gesetzt waren, war eindeutig.

Iris hoffte, dass Alex bei ihrer Aktion zugeschaut hatte. So wüsste er wenigstens, dass sie es ernst meinte.

Iris schmiss das Brett mit der Fernbedienung und die Brille auf den Boden und atmete ein paarmal tief durch.

209

Doch sie durfte sich keine Pause gönnen, daher setzte sie sich kurz darauf den Rucksack auf und zog ihre Stiefel an. Im Stillen dankte sie YunYun dafür, dass sie ihr die Schuhe am Fluss noch an den Rucksack gebunden hatte.

Iris ließ sich mit der Plattform absenken. Ihre Freundin lag noch immer reglos an derselben Stelle am Boden. Iris sah überall Blut, doch YunYuns Atmung schien regelmäßig zu sein. Beherzt hievte Iris sich das Mädchen zum zweiten Mal an diesem Tag über die Schulter und brachte sie nach draußen.

Erst als sie am Fluss angekommen war, ließ sie die kleine Chinesin herunter. Iris hatte sich ihren Weg zwischen den kaputten Robotern entlang gebahnt und war zurück zum Wasser gelaufen. Es schien ihr zu riskant, den Fluss mit YunYun auf dem Rücken zu durchqueren. In einer besseren Verfassung hätte sie es wahrscheinlich geschafft, aber jetzt war sie zu erschöpft. Sollte Alex sie doch hier abholen kommen.

Sie nahm sich etwas zu essen aus dem Rucksack

(*Justin, was war nur mit Justin passiert?*)

und zog ein sauberes Tuch heraus, mit dem sie YunYuns Gesicht reinigte. Sie streichelte ihr über den Kopf und murmelte ununterbrochen ihren Namen. Iris hatte keine Ahnung, wie schlimm YunYuns Zustand wirklich war.

Nachdem sie etwas gegessen hatte, legte sie sich neben die Freundin und schlang ihren Arm um ihren Körper.

»Ich ersticke fast«, erklang auf einmal YunYuns unterdrückte Stimme.

Iris schoss hoch. »Yun!«

Das Mädchen stöhnte leise.

»Wie fühlst du dich?«

»Schlecht. Schmerzen.« Beim Sprechen verzog sich ihr Gesicht.

»Wo?«

YunYun zeigte auf ihren Bauch.

Iris nickte. »Alles ist blutig«, sagte sie. »Die Uniform ist an deinem Körper festgeklebt. Ich könnte dich verbinden, aber ich traue mich nicht, sie abzulösen. Nicht dass ich dann die Wunde aufreiße.«

YunYun nickte kaum merklich. »Der Dinosaurier?«, fragte sie.

»Tot. Oder besser gesagt: kaputt. Alex wird uns abholen.«

»Der Test?«

»Ich denke, wir sind durchgefallen, YunYun.«

Doch YunYun hatte bereits wieder das Bewusstsein verloren.

In den nächsten zwanzig Minuten kam YunYun ein paarmal kurz zur Besinnung. Iris half ihr jedes Mal vorsichtig auf und gab ihr etwas zu essen und zu trinken.

Mäusehäppchen.

Sie sprachen ein paar Sätze, bis YunYun abermals in sich zusammensank. Iris hoffte, dass die Wunde nicht wieder anfangen würde zu bluten. Die Zähne des Dinosauriers hatten sich in YunYuns Magen gebohrt und sie dort lebensgefährlich verletzt.

Iris schmiegte sich erneut an ihre Freundin. Sie versuchte gar nicht erst, wach zu bleiben.

211

SIE IST TOT, ALEX!

Alex war im Beobachtungsraum und hatte über den Satelliten alle Kandidaten im Blick. Der KH-14 GAMBIT fokussierte die letzten Kinder, die noch im Rennen waren, als auf einmal Iris' Stimme aus den Lautsprechern schallte: »Ist da jemand?«

Neben Alex saß Fiber. Sie hielt beim Tippen inne und drehte sich zu Alex.

»Iris?«, fragte Alex. Er deckte das Mikrofon mit seiner Hand ab und flüsterte Fiber zu: »Das ist Terrys Sender!«

»Ich gebe dir eine Chance«, ertönte Iris' Stimme. »Du holst uns jetzt ab und bringst YunYun auf die Krankenstation. Wenn nicht, jage ich den Laden hier in die Luft.«

Alex nahm die Hand vom Mikrofon. »Das wagst du nicht! Das kannst du nicht machen!«, sagte er schockiert.

»Kann sie das?«, fragte Fiber.

Alex nickte. Wenn sie den unterirdischen Raum mit den Kraftstofftanks entdeckt hatte, wäre das eine Kleinigkeit. Mr Oz würde außer sich sein. Seine gesamten Pläne wären dahin.

»*Watch me*«, sagte Iris. Es bestand kein Zweifel, dass sie es ernst meinte.

»Wo ist Terry?«, fragte Alex.

»Der war ein bisschen müde. Ich habe ihn einschlafen lassen.«

»Iris, du hast keine Ahnung, was du da tust.«

»Du hast mich ausgebildet, Alex. Ich tue nur das, was ihr mir beigebracht habt. Bring uns von hier weg. Ich gebe dir eine halbe Stunde. *Over and out*.«

Er hörte es aus den Lautsprechern rumoren, ein paarmal rief er noch ihren Namen, aber es kam keine Antwort.

»Was machst du jetzt?«, fragte Fiber.

»Sie abholen. Und nachsehen, was mit Terry passiert ist.«

»Und YunYun?«

»Ruf die Ärztin an und sag ihr, dass sie eine Trage braucht. Außerdem soll sie Russom mitnehmen.«

»Ich kann das auch machen«, sagte Fiber.

Alex schüttelte den Kopf. »Ich will, dass du herausfindest, wer die Satelliten gekapert hat, um Kontakt zu Iris herzustellen.«

Fiber legte den Kopf schief. »Wir wissen, wer es war, Alex.«

»Aber ich brauche Beweise«, sagte er dickköpfig. »Ich brauche den genauen Standort. Ich will ihn *out of the game*.«

»*Yes, Sir.*«

Alex erhob sich von seinem Stuhl. »Es wird Zeit, dass die Familie Goudhaan lernt, wer hier das Sagen hat. Wir haben wichtigere Dinge zu tun, Fiber. Es ist fast so weit.«

»Ich kann es gar nicht erwarten«, erwiderte Fiber sarkastisch. Sie widmete sich wieder ihrer Tastatur und fing an zu tippen. Kurz darauf hörte man das Freizeichen eines Telefons.

»*Schriever Air Force Base, how may I help you?*«, fragte eine amerikanische Stimme.

Fiber schob sich das Mikrofon vor den Mund und fing gehetzt an zu sprechen. »Ist dort das Militär? Oh, ein Glück!«, sagte sie in einem einwandfreien *southern accent*. »Auf der Irwin Avenue steht ein schwarzer Lieferwagen mit der Aufschrift *PIZZA POLICE*. Als ich da eben vorbeikam, ist ein Mann eingestiegen!«

»*Yes, ma'am?*«

Fibers Stimme flüsterte jetzt: »Im Wagen war gar keine Pizza, sondern Computer. Einer von den Kerlen hatte, glaube ich, sogar eine Pistole dabei. Ich denke, das waren Terroristen!«

»Okay, wir gehen der Sache nach. Wie ist bitte Ihr Name?« Doch Fiber hatte schon aufgelegt.

»Jetzt versuch dich da mal rauszulabern, Shade«, sagte sie. »Your turn.«

Alex fuhr mit dem Lift in die Tiefe, zu einem Parkplatz, auf dem Golfcarts standen. Kurz darauf lenkte er einen der kleinen Wagen einhändig durch die unterirdischen Gänge. Er stellte ihn vor zwei Metalltüren ab und zog seinen Pass über den kleinen weißen Kasten. Ein kurzes Surren ertönte, und dann öffneten sich die Türen.

Alex war jetzt in der Werkstatt. An den Wänden waren Roboteranzüge aufgereiht – und der halb fertige Jabberwocky. Er blieb davor stehen. Das war also das Ding, um das sich alles drehte.

Dieses Monstrum war wirklich Angst einflößend. Es hatte einen grässlichen Kopf, aus dessen Maul fast quadratische Zähnen ragten. Anstelle einer Nase war da nur ein formloses Loch. Der Kopf saß auf einem langen, schlangenähnlichen Hals, und aus seinem buckligen Rücken ragten Flügel, die wie die einer überdimensionalen Fledermaus wirkten.

Alex schluckte. Obwohl er wusste, dass es ein Roboter war, reagierte sein Körper instinktiv mit Furcht. Von diesem Ungeheuer musste man einfach Albträume kriegen.

Bald würde sein Vater eine ganze Armee von diesen Dingern auf die Welt loslassen.

Die Welt hatte keine Ahnung, was ihr blühte.

Justin versuchte immer noch, den Kontakt zum *KH-14 GAM-BIT* wiederherzustellen, als plötzlich auf seinem Bildschirm ein Text erschien: SHADE? GUCK DICH MAL UM!

Im selben Moment wurde kräftig an seinen Lieferwagen geklopft.

»*Open the door!*«, schrie eine Männerstimme. »*This is the police!*«

Olina sah Justin erschrocken an. »Was sollen wir machen?«, flüsterte sie.

»*Open up!*«, schrie der Mann. Jetzt erschien ein neuer Text auf dem Bildschirm: VIEL SPASS IM GEFÄNGNIS.

»Nichts«, seufzte Justin. »Wir können nichts machen. Öffne die Tür, Olina.«

Justin erhob sich und stellte sich hinter Olina, als diese mit Schwung die Tür aufwarf und aus dem Wagen herauskletterte.

Die beiden fanden sich sechs Mitgliedern der *United States Air Force Office of Special Investigations* gegenüber, die ihre Pistolen auf sie gerichtet hielten.

»Hände hoch!«, schrie der Vorderste.

Justin nahm seine Hände hoch und forderte Olina auf, es ihm gleichzutun. Zwei Mitglieder der Militärpolizei durchsuchten sie, während die anderen sie mit ihren Waffen in Schach hielten.

Justin schloss die Augen. Er hatte versagt.

Die Welt war verloren.

Der Rest der Werkstatt war leer und verlassen. Vom Coelophysis keine Spur.

Glücklicherweise waren die Kraftstofftanks unversehrt. Alex' Augen scannten den Raum ab, hier unten schien Iris nicht zu sein. Er drückte den Knopf für das Absenken der Plattform, sprang schnell auf und fuhr damit nach oben.

Draußen war es mittlerweile stockdunkel. Alex zog seine Nachtbrille aus der Tasche und setzte sie auf. Es war, als hätte jemand Scheinwerfer eingeschaltet, das gesamte Gelände war nun in grünes Licht getaucht. Hier war niemand zu sehen, keine Spur von Iris, YunYun, dem Dinosaurier oder Terry. Vorsichtig schlich er zum Schuppen und spähte durch die geöffneten Türen hinein.

Terry lag regungslos auf dem Boden. Hatte Iris ihn umgebracht?! Würde sie das wirklich tun?

Ja, das würde sie, wenn jemand YunYun zu nahe kam.

Alex ging in die Scheune, kniete sich neben Terry und fühlte seinen Puls. Da sah er etwas in Terrys Hals stecken.

Ein Betäubungspfeil. Ein Glück, Terry lebte, aber er würde drei Tage lang außer Gefecht gesetzt sein. Das würde Mr Oz bestimmt nicht gefallen. Warum hatte Iris ihn abgeschossen? Was war hier wohl in der Zwischenzeit passiert? Wer hatte hier wen angegriffen, und wo war der Coelophysis?

Erst jetzt kam Alex in den Sinn, dass mit YunYun vielleicht tatsächlich etwas passiert war. Mr Oz hatte darauf bestanden, die Kommunikation mit Terry selbst zu führen. Alex wusste zwar, dass YunYun aus dem Test herausgeholt worden war, aber nicht, wie. Gut möglich also, dass sie dabei verletzt worden war. Er fluchte. Wenn dem Mädchen etwas zugestoßen war, würde er sich das nie verzeihen können.

Er eilte zur Scheune und suchte den Boden nach Spuren ab. Er brauchte nicht lange zu suchen, denn der Dinosaurier war bleischwer und hatte trotz des harten Untergrunds Fußabdrücke hinterlassen, die zum Zaun und wieder zurück führten.

Nun sah Alex auch, dass das Tor komplett zerstört war. Er zog sein Smartphone aus der Tasche und rief Fiber an. »Schick ein weiteres Team vorbei, Fiber. Terry ist ausgeknockt.«

»Stark von Iris.«

»Sie hat ihn mit der Pistole aus dem Test betäubt«, sagte Alex.

»*I like her.*«

Alex steckte sein Mobiltelefon ein und ging vorsichtig weiter. Er kam an den beiden mechanischen Monstern vorbei, die in einer tödlichen Umarmung verharrten. Für diese Aktion konnte er Iris nur bewundern. Sie hatte die Roboter auf eine äußerst effektive Weise ausgeschaltet.

Jetzt musste er aufpassen, dass sie mit ihm nicht dasselbe machte.

Sein Mobiltelefon klingelte. »Ja?«

»Alex? Wohin sollen wir kommen?«

Alex wies die Ärztin an, sich dem Fluss von der anderen Seite zu nähern. Er wollte verhindern, dass sie an der Werkstatt vorbeikamen, davon sollte niemand etwas wissen. Alex ging davon aus, dass Iris am Fluss auf ihn wartete.

Die beiden Mädchen lagen am Wasser und schliefen. Iris hatte den Arm schützend um YunYun gelegt. Sie sah müde und abgekämpft aus, aber im Vergleich zu ihrer Freundin war sie das sprühende Leben. Die kleine Chinesin war leichenblass, und ihre Atmung war schwach. Selbst in dem grünlichen Licht konnte Alex erkennen, dass ihre Uniform blutdurchtränkt war. Was hatte Terry nur mit ihr angestellt?!

»Iris«, zischte er. Um auf Nummer sicher zu gehen, zog er seine eigene Betäubungspistole heraus. »Iris!«

Iris richtete sich direkt auf. Ihr Blick war gehetzt. Sie konnte im Dunkeln niemanden sehen.

»Iris, hier! Wie geht es YunYun?«, fragte er.

»Alex?«

»Ja, hier bin ich.«

»Nimmst du sie mit? Sie braucht dringend Hilfe.«

»Ja, die Ärztin ist auf dem Weg. Wie geht es ihr?«

Iris beugte sich über die Freundin. Alex sah, wie sie erstarrte. »Alex ... ich glaube, sie atmet nicht mehr!«

»Was? Lass mich mal sehen!«

Iris blieb regungslos sitzen. »Sie ist tot, Alex. Sie ist tot!«

»Lass mich mal sehen.« Dann zögerte er kurz. »Und Hände hoch.«

Verblüfft machte Iris, was ihr befohlen wurde. Sie trat ein paar Schritte zurück.

Alex kam näher und beugte sich über YunYuns Körper. War sie wirklich tot? Verdammt, er wollte das Mädchen echt nicht auf dem Gewissen haben. YunYun war entführt worden, obwohl sie noch viel zu jung war. Daher hatte er immer versucht, ein besonderes Auge auf sie zu haben. Nur heute hatte er es nicht gehabt. War er zu spät gekommen?

Er sah, dass sich ihre Augenlider bewegten.

Er sah, dass YunYun sich ein winzig kleines bisschen aufrichtete. Sein Herz machte vor Erleichterung einen Sprung.

Dann sah er, dass sie die zweite Betäubungspistole in der Hand hielt.

In ihrer verletzten Hand.

Und die Pistole war auf ihn gerichtet.

»*Oh, fuck!*«, konnte er gerade noch sagen.

Von da an schien alles wie in Zeitlupe abzulaufen. Iris kam sehr langsam auf die beiden zu und rief: »YuuuuuunYuuu-uuunn! *Shoooot!*«

»*Nooooo!*«, schrie Alex.

YunYun spannte die Waffe. Ihr Gesicht war schmerzverzerrt. Sie ließ fast die Waffe fallen. »Meine Hand!«, rief sie.

Alex ergriff seine Chance und stürzte sich auf YunYun. Aber YunYun biss die Zähne zusammen, sie spannte erneut und schoss.

»*Game over*«, war das Letzte, was er hörte. Der Pfeil traf ihn in den Bauch. Alex sank nach vorne, direkt auf YunYun. Er hörte Iris' Stimme langsam verebben: »YunYun! YunYun? YunYun?!«

Als Iris sah, dass Alex auf YunYun fiel, rief sie panisch ihren Namen. Ohne zu zögern, schob sie ihre Hände unter Alex' bewusstlosen Körper und drückte ihn von YunYun weg.

Danach legte sie ihre Hände auf YunYuns Bauch.

Sie fühlte Blut.

Die Wunde war wieder aufgegangen.

»Hilfe!«, rief sie in die Dunkelheit. »Bitte helft mir! Sie stirbt *(meine Schuld meine Schuld meine Schuld meine Schuld)*, sie stirbt!«

SCHRIEVER AIR FORCE BASE

Justin und Olina wurden in den Jeep verfrachtet, der hinter dem Lieferwagen parkte. Die Hände wurden ihnen mit Handschellen auf den Rücken gefesselt. Einer der Soldaten hatte noch gerufen, dass sie zu jung wären, um Terroristen zu sein, aber der befehlshabende Offizier hatte davon nichts wissen wollen. »Jemand, der sich mit solchen Geräten in die Nähe eines Militärflughafens begibt, muss als lebensgefährlich betrachtet werden«, hatte er erklärt.

Wo er recht hat, hat er recht, dachte Justin.

Sie wurden auf direktem Weg zum Militärstützpunkt gefahren. *Schriever Air Force Base* war ein Flughafen ohne Flugzeuge. Dieser Stützpunkt wurde benutzt, um die Satelliten, die von *Cape Canaveral* gestartet wurden, mit neuer Software auszustatten. Es war der ideale Ort, um aus einer gewissen Entfernung einen Satelliten zu kapern. Leider war in diesem Fall die Entfernung nicht groß genug gewesen.

Justin sah Olina an. Ihr besonderes Talent war es, Menschen zu überzeugen, sodass sie nach ihrer Pfeife tanzten. Er nickte ihr zu. Wie auf Kommando fing Olina an zu weinen.

»Er hat mich von der Straße mitgenommen, ich habe nichts getan!«

»Warum hat er dich denn mitgenommen?«, fragte der Kommandant. Er saß vorne auf dem Beifahrersitz und wandte sich um.

»Ich weiß es nicht, das wollte er mir nicht sagen. Er hat mich hinten im Wagen eingesperrt, und dann hat er angefangen, am Computer rumzuspielen. Er ist verrückt!«

»Stimmt das, *son*?«

»Ich wollte etwas zum Spielen haben, wenn ich mit meinen Sachen am Computer fertig bin«, brummte Justin.

Das Gesicht des Kommandanten verhärtete sich. »Wir werden dir nachher was zum Spielen geben, *son. And you're not gonna like it.*«

»Und was passiert dann mit mir?«, schluchzte Olina.

»Wenn deine Geschichte stimmt, darfst du nach Hause gehen«, antwortete der Mann. »Aber erst müssen wir dir am Stützpunkt ein paar Fragen stellen, *I am sorry.*«

»Ist schon okay«, antwortete Olina. »Solange Sie mich vor diesem Fiesling hier beschützen.«

Gut so, dachte Justin. Er würde dann am Stützpunkt in die Haftanstalt wandern, während Olina in ein paar Stunden wieder auf freiem Fuß wäre. Wenn sie draußen war, war die Chance größer, dass auch er aus dieser äußerst misslichen Lage rauskam.

Justin musste wieder daran denken, was er kürzlich zu Olina gesagt hatte: Irgendetwas geht immer schief. Man weiß nur vorher noch nicht, was.

Er hasste es, dass er recht behalten hatte.

PARTY TIME

Fluss, Betäubungspistole, schnelle Bewegungen. Menschen beugten sich über ihn und wirkten sehr beschäftigt. Jemand gab ihm durch einen Strohhalm etwas zu trinken.

Lachende Menschen, Satzfetzen. Fragen, wie er sich fühlte. Er antwortete nicht. Er war wütend.

Der Geruch von Desinfektionsmitteln und Pfefferminz. Er musste gar nicht fragen, wo er war. Weiße Wände, Metallbett.

Die Bilder wurden zu kurzen Filmen, die schwarzen Momente dazwischen wurden immer kürzer, um schlussendlich ganz zu verschwinden. Fragmente wurden zu Gesprächen.

»*Hello, beauty.*« Alex sah Iris an. Sie stand in einer neuen Uniform vor seinem Bett. Auf der Brusttasche prangte ein rotes S. Sie sah ernst aus. Zu ernst. »YunYun?«, flüsterte er. Er erschrak über seine eigene Stimme, die rau und heiser klang.

Iris schüttelte den Kopf.

»Es tut mir so leid«, krächzte er.

Sie trat näher an ihn heran, bis sich ihre Hüften auf Höhe seines Gesichts befanden. Dann ging sie in die Hocke, um ihm in die Augen zu sehen. »Die Zähne des Coelophysis hatten sich durch ihre Bauchwand gebohrt, direkt unterhalb des Brustkorbs«, berichtete sie ohne jegliche Emotion in der Stimme. »Sie hat viel Blut verloren, viel zu viel Blut für so ein kleines Mädchen.«

»Iris …«

»Es war, als hätte jemand mit einem Küchenmesser auf sie eingestochen. Einem scharfen Küchenmesser.«

»Hör schon auf, Iris«, sagte hinter ihr eine Mädchen-
stimme. »Er hat es nicht getan, es war Mr Oz.«

Iris drehte sich wie der Blitz um. Alex konnte gar nicht so
schnell gucken. Jetzt klang in ihrer Stimme durchaus Emotion mit: »Er hätte es verhindern müssen, Yun!«

»W…was?«, stotterte Alex. Er versuchte, sich aufzurichten.

Iris stand auf und trat zur Seite. In dem Bett neben ihm
lag …

»YunYun?«

»Hallo, Alex.«

»Du lebst noch?«

»Es war wirklich knapp, hat die Ärztin gesagt. Und ich
habe ganz schöne Schmerzen«, fügte sie hinzu. »Ich muss
mit Sicherheit noch ein paar Wochen hierbleiben.«

Alex richtete sich nun ganz auf. »YunYun, es tut mir so
leid. Das hätte nicht passieren dürfen.«

»Ach nein?«, fragte Iris. »Es war doch dein Chef, der den
Befehl erteilt hat, und sein Wille ist hier Gesetz, oder etwa
nicht?«

Alex machte den Mund auf, um etwas zu erwidern, aber
dann schloss er ihn wieder.

»Dachte ich es mir doch.« Iris drehte ihm den Rücken zu
und beugte sich über YunYun. Sie gab dem Mädchen einen
Kuss auf die Stirn und ging zur Tür. Bevor sie das Zimmer
verließ, wandte sie sich noch einmal um.

»Wird Zeit, dass du dich entscheidest. Auf welcher Seite
stehst du eigentlich, Alex?«

Draußen auf dem Flur lehnte Iris sich an die Wand und
schloss die Augen. Sie hatte sich fest vorgenommen, nicht

wütend zu werden und auf Alex loszugehen. YunYun hatte recht, Alex war nicht der Grund für ihre Probleme. Aber er war schließlich Mr Oz' Sprachrohr! Und er führte kritiklos seine Befehle aus, das hatte Justin schon immer gesagt.

Fiber näherte sich. Iris nahm Haltung an, bis ihr einfiel, dass sie ja jetzt beide Superhelden waren.

Eigentlich hatte Iris erwartet, dass sie bestraft werden würde. Schließlich hatte sie Terry kaltgestellt, zwei Roboter zertrümmert und die gesamte Mission sabotiert. Nie im Leben hätte sie gedacht, dass sie ein S auf die Uniform bekommen würde. Aber über ihre Sabotageaktion wurde kein Wort verloren. Sie wurde ein Superheld, genau wie YunYun auch.

Fiber blieb direkt vor Iris stehen. »Ich habe gehört, was du zu Alex gesagt hast, ich war im Beobachtungsraum«, sagte Fiber. »Du solltest wissen: Ich bin deiner Meinung. Auf dieser Insel muss sich bald etwas verändern.«

Ohne eine Antwort abzuwarten, marschierte sie weiter zur Krankenstation.

Scher dich zum Teufel, dachte Iris.

Die Party wurde um zwei Wochen verschoben. Normalerweise fand die Feier direkt im Anschluss an den Test statt, aber dieses Mal lagen so viele Kinder auf der Krankenstation, dass keiner so recht in Stimmung war. Schon bald verfiel Iris wieder in ihr altes Trainingsmuster. Sie sollte es ruhig angehen. Daher bekam sie von ihren Trainern einen Pulsmesser, damit sie eine bestimmte Frequenz nicht überschritt. Regelmäßig ertönte ein warnendes Piepen, wenn sie sich wieder einmal auf dem Rad, dem Stepper oder beim Nahkampf zu sehr angestrengt hatte.

Iris besuchte YunYun jeden Tag auf der Krankenstation. In den ersten Tagen ignorierte sie Alex, danach war das nicht mehr nötig, da er von der Station entlassen worden war.

YunYun kam langsam wieder etwas zu Kräften. Anfangs wurde ihr die Nahrung durch eine Sonde zugeführt, aber nach einer Woche durfte sie wieder festes Essen zu sich nehmen – sofern es zerdrückt oder verdünnt war. Die Ärztin hatte für YunYun strenge Besuchszeiten angeordnet. Wenn Iris bei ihr war, fiel ihr jedes Mal auf, wie klein und mager die Freundin aussah. Sie schien sehr zerbrechlich.

»Meinst du wirklich, du schaffst das?«

YunYun nickte. Sie saß aufrecht im Bett und sah inzwischen etwas besser aus. Nicht viel besser, aber ein bisschen, und das war schließlich schon mal ein Fortschritt.

»Ja, ich bin froh, dass ich aufstehen darf, auch wenn es nur für einen Abend ist.«

»Okay, gut«, sagte Iris. »*Let's do this.*«

Iris fuhr den Rollstuhl in einen Saal, den sie nie zuvor gesehen, geschweige denn betreten hatte. Er sah aus wie eine moderne Version vom Essenssaal in Hogwarts – auch wenn diese Schule scheinbar eher unter der Leitung von Der-dessen-Name-nicht-genannt-werden-darf als unter der von Dumbledore stand. Tatsächlich hatte sich Mr Oz hier mal von einem modernen Buch inspirieren lassen, überlegte Iris.

Dieser Raum war zwar kleiner als der Essenssaal in Hogwarts, aber er war ähnlich gebaut: lang und schmal, mit Tischreihen an beiden Seiten der Wände und einer weiteren Reihe in der Mitte des Raumes. Das hohe Deckengewölbe war, genau wie die Möbel, aus glänzendem Metall anstelle von Holz, doch der Entwurf war eindeutig derselbe. Das Einzige, was fehlte, war der Blick in den Himmel über ihnen. Das wäre bei einem unterirdischen Raum allerdings auch etwas aufwendig gewesen.

Iris fragte sich, wer wohl die Gerichte zubereitet hatte. Als sie selbst noch als Level-1-Kandidatin in der Küche gestanden hatte, hatte sie nie etwas anderes als das normale Abendessen machen dürfen. Die Mahlzeiten, die sie damals gekocht hatten, waren zwar gut gewesen, aber nichts im Vergleich zu dem hier.

Iris schob YunYun an den gedeckten Tisch, zu einem Platz in der Mitte des Saales, an dem kein Stuhl stand. Nachdem sie sich vergewissert hatte, dass YunYun es bequem hatte, setzte sie sich ebenfalls. Nach und nach nahmen die anderen Superhelden Platz. Erst kamen die frischgebackenen Superhelden herein und danach die alte Garde.

Iris stierte auf die Schüsseln mit dampfendem Essen, die strategisch günstig in der Mitte der Tische platziert worden waren. Sie las die Etiketten auf den Schüsseln. Es gab frische Feigen mit schwarzen Trüffeln in Sahnesoße, einen Salat aus wilder Rauke, Sommergemüse und Apfel. Außerdem gab es Natsu Maki (was auch immer das sein mochte) mit Avocado, eingelegte rote Zwiebeln und Spargel, Tomatenlasagne mit frischem Basilikum, gratinierte Birne auf einem Artischockenbett mit Haselnusscreme, süßen Mais mit Cashewnüssen und Pilzallerlei – Pilzsorten, von denen Iris noch nie gehört hatte. Sie warf einen Blick zu YunYun und sah, dass ihr beim Anblick das Wasser im Mund zusammenlief.

»Hätte ich das gewusst, wäre ich garantiert nicht zwei Wochen im Bett liegen geblieben«, sagte YunYun. Schließlich war das Festessen nicht zuletzt ihretwegen verschoben worden.

Iris grinste. Sie gab YunYun etwas parfümierten Couscous, der mit Blumenkohlstückchen und türkischen Weinblättern verfeinert war, auf den Teller. Sie selbst probierte Natsu Maki, das sich als eine Art vegetarisches Sushi herausstellte.

»Mein Gott, ist das lecker«, seufzte Dermot.

Iris, die neben ihm saß, sah ihn stirnrunzelnd an. Auf Pala war es verboten, einen Gott anzurufen (genau wie das Tragen von Kopftüchern oder der Besitz von Kreuzen oder anderen Glaubensattributen nicht erlaubt war). Die Strafe darauf lautete: ein Tag Isolierungshaft. Aber Dermot zuckte nur die Achseln, als wollte er sagen: Heute Abend schreibt uns keiner etwas vor.

Und heute Abend schrieb ihnen wirklich keiner etwas vor. Es wurden Gerichte aufgetischt, von denen eines köstlicher als das andere war. Die Superhelden erzählten sich gegenseitig, was sie beim Test alles hatten durchstehen müssen. Dabei erfuhr Iris, dass die Zweiergruppen für den letzten Teil des Tests an verschiedene Plätze der Insel geschickt worden waren, damit sie sich nicht über den Weg liefen. Außerdem konnten sie auf diese Weise nicht zusammenarbeiten oder einander versehentlich abschießen. Iris hatte in den letzten Wochen nur mit wenigen Leuten gesprochen, da sie die meiste Zeit bei YunYun gewesen war. Sie erfuhr erst jetzt alle Details.

Iris und YunYun waren nicht die Einzigen, die den Auftrag tatsächlich erfüllt hatten, aber keiner der anderen war von einem gigantischen Reptil verfolgt worden.

»Bist du dir sicher, dass es ein echter Dinosaurier und keine

229

Halluzination war?«, fragte Dilek, die ihr schräg gegenüber saß. Iris wollte dem türkischen Mädchen gerade eine Antwort an den Kopf pfeffern, als sie ihren Gesichtsausdruck sah. Dilek schien ernsthaft interessiert zu sein, in ihrem Blick lag kein Misstrauen. Bevor Iris jedoch antworten konnte, kam der Coelophysis in den Saal gestürmt.

Das monströse Tier schnaubte und brüllte. Es rannte in einem irren Tempo auf den mittleren Tisch zu, an dem die meisten der neuen Superhelden saßen. Was dann passierte, war filmreif. All die Trainingsstunden, die die Kandidaten in den letzten Monaten absolviert hatten, schienen komplett nutzlos gewesen zu sein. Die Kinder sprangen von ihren Stühlen auf wie Mäuse, die von einer Katze aufgeschreckt wurden. Nur eine Einzige blieb reglos sitzen. Sie blieb ruhig inmitten der Kinder, die wie wild geworden auseinanderstoben und sich dabei gegenseitig umrannten. Alle hatten nur ein Ziel: so schnell wie möglich weit, weit weg von dem brüllenden Dinosaurier zu kommen.

Keiner von ihnen kämpfte, keiner bewahrte die Fassung – selbst Iris nicht, die schließlich wusste, dass es ein Roboter war. Sie hätte es am allerbesten wissen müssen.

Keiner.

Außer YunYun.

YunYun saß ruhig in ihrem Rollstuhl und biss in einen Maiskolben. Sie zeigte auch keine Reaktion, als das Tier sich direkt neben sie stellte. Sein Kopf war nur wenige Zentimeter von ihrem entfernt. YunYun hatte ihren Maiskolben auf die Gabel gepickt und hielt ihn dem Coelophysis unverfroren vors Maul.

»Willst du mal abbeißen?«

Fiber fing an zu applaudieren. Sie kam mit Terrys Fernbedienung über den Schultern in den Essenssaal gelaufen.

»Eine einzige. Eine verdammte Superheldin, die die Ruhe bewahrt. Und dann ist es auch noch die Jüngste von allen! Wenn der Dinosaurier echt gewesen wäre, wäre sie jetzt einen Kopf kürzer, aber daran wollen wir mal lieber nicht denken. Hast du schon einen Decknamen, YunYun?«

YunYun schüttelte den Kopf. »Vielleicht etwas, was mit Mathematik zu tun hat«, schlug sie vor.

Langsam wagten sich auch die anderen Kinder wieder aus ihren Verstecken hervor. Obwohl der Dinosaurier komplett regungslos dastand, hielten die meisten weiterhin einen gewissen Sicherheitsabstand.

»Ich hatte an *Dragon Slayer* gedacht. Drachentöter, wäre das nichts?«, fragte Fiber.

»Oder vielleicht *Little Dragon*?«, fragte Alex. Er war hinter Fiber in den Essenssaal getreten. Er sah wieder vollkommen fit aus, der Bastard.

»*I like that*«, sagte YunYun schüchtern.

Fiber nahm die Joysticks in die Hand und ließ den Dinosaurier rückwärts vom Tisch weggehen.

Iris und die anderen Superhelden setzten sich wieder hin.

»Dragon also? Passt zu dir«, sagte Iris.

»*I am a cool customer*«, antwortete YunYun erhobenen Hauptes. Man sah ihr an, dass ihr das Kompliment gefiel.

»Na, na, na, dass dir der Ruhm mal nicht zu Kopfe steigt.«

Iris sah, wie Alex am kurzen Ende der Tafel Platz nahm, Fiber saß links neben ihm. Die beiden schienen unzertrennlich. Warum kümmerte sie das überhaupt?

Nach und nach kam das Tischgespräch wieder in Gang, der ein oder andere warf noch einen verstohlenen Blick auf den mechanischen Dinosaurier, der still in einer Ecke stand und die Menge zu beobachten schien. Irgendwie löste dieses Tier bei allen eine Urangst aus, wie man das auch von Schlangen kannte, überlegte Iris. Egal, ob sie echt waren oder nicht.

Alex räusperte sich. Als das nicht weiter beachtet wurde, stand Fiber auf. Iris hatte gedacht, sie würde jetzt wütend fluchen, aber sie sagte nur leise »Ruhe, bitte«. Innerhalb weniger Sekunden war es still.

Fiber setzte sich wieder und gab das Wort an Alex.

»Tut mir leid, dass ich nicht dabei war, als ihr eure neuen Uniformen und die Abzeichen bekommen habt. YunYuns Aktion war einfach ... einschläfernd.«

Der Witz zauberte YunYun ein nervöses Lächeln auf die Lippen.

»Ich muss zugeben, dass ihr es wirklich gut gemacht habt. Wir sind nicht davon ausgegangen, dass ihr alle Testeinheiten perfekt absolvieren würdet. Meistens sind die Mädchen besser im Verhör, dafür sind Jungs insgesamt stärker.« Er sah sich im Saal um. »Aber es gab eine Kandidatin – übrigens zum ersten Mal überhaupt hier auf Pala –, die sämtliche Tests bestanden hat.«

Automatisch sahen alle zu Iris. Iris merkte, wie sie rot wurde.

»Eine, die das Verhör durchgehalten hat, die unerschöpflich war und der es am Ende tatsächlich gelungen ist, mich kaltzustellen. Und nebenbei ist sie noch eine außerordentliche Kartenleserin: YunYun alias Little Dragon!«

Einige schrien erstaunt auf, andere fingen an zu tuscheln –

Dilek natürlich wieder!, dachte Iris. Doch sie selbst war auch etwas überrascht. War es nicht ihre Idee gewesen, so zu tun, als ob YunYun tot wäre, damit sie Alex abschießen konnte? Hätte YunYun sich überhaupt getraut zu schießen, wenn Iris sie nicht dazu ermutigt hätte?

Iris versuchte, das Gefühl der Eifersucht zu unterdrücken

(reiß dich zusammen),

und begann, Beifall zu klatschen. Am Anfang war sie die Einzige, und es klang noch etwas zögerlich. Doch immer mehr stimmten ein, und der Applaus wurde lauter und lauter. Nach wenigen Sekunden klatschten alle alten und neuen Superhelden für die kleine Chinesin.

Iris sah, wie YunYun errötete und freudestrahlend einen Blick zur Seite warf. Sie sah glücklich aus, auch wenn ihr das Ganze sichtlich unangenehm war.

YunYun sollte nach vorne kommen. Diesmal steuerte sie ihren Rollstuhl selbst, indem sie die Räder mit den Händen anschubste. Alex flüsterte ihr etwas ins Ohr. Mit geröteten Wangen fuhr sie an ihren Platz zurück. Sie wollte nicht verraten, was er zu ihr gesagt hatte.

Doch Alex war noch nicht fertig. Für einen kurzen Moment dachte Iris, dass sie nun ebenfalls noch nach vorne gerufen wurde

(bitte nicht, bitte doch, bitte nicht, bitte doch),

aber er sagte: »Von jetzt an werden eure Tage anders aussehen. Ihr geht weiterhin zu eurem normalen Training, doch ihr seid jetzt auch selbst Trainer. Jeder Superheld bringt den Kandidaten das bei, was er selbst gut kann – so wie Inderpal euch Fremdsprachen und ich euch das Lenken von Fahrzeugen beigebracht haben.«

»Und wie ich euch das Fluchen beigebracht habe«, fügte Fiber hinzu, wofür sie Applaus und Pfiffe erntete.

»*Fuck yeah!*«, rief jemand.

»Ja«, fuhr Alex fort, »für diejenigen unter euch, die ein etwas sinnvolleres Talent haben als meine Partnerin hier ...« (Lachen) »ist das eine gute Gelegenheit, das anderen beizubringen.«

Partnerin?, dachte Iris.

»Einige haben das natürlich schon gemacht«, fuhr Alex fort. »Unser kleiner Drache hier hat Kandidaten Mathematikunterricht gegeben – aber ab sofort läuft alles nach einem genauen Plan.«

Alex ließ seinen Blick über die Superhelden am Tisch schweifen. »Jetzt werdet ihr vielleicht denken: Wie gebe ich denn mein Talent weiter? Du, zum Beispiel, Dilek. Wie bringst du anderen bei, mit Tieren zu sprechen? Oder du, Iris. Wie trainierst du das Gedächtnis von jemand anderem? Vielleicht wisst ihr, wie es bei euch selbst funktioniert, aber nicht, wie ihr es anderen vermitteln könnt. Für diese Dinge bekommt jeder von euch einen Trainer. Vergesst nicht, wir haben das auch alle mitgemacht.«

Im Saal wurde geflüstert und diskutiert.

»Und dann sind da natürlich noch die Missionen.«

Mit einem Schlag war es mucksmäuschenstill im Raum.

»Eure erste Mission lautet: Esst euren Nachtisch auf!«

Die Türen öffneten sich, und flinke, kleine Roboter fuhren riesengroße Torten herein, mit Schokolade überzogen und mit exotischen Früchten verziert. Dazu gab es stapelweise Brownies und Berge von Eis, auf unterschiedlichste Arten zubereitet. Einige Sorten waren mit Streuseln und Glitzersternchen verziert, andere flambiert. Unter lautem Applaus wurden die Schüsseln mit den Hauptgerichten abgeräumt und dann der exquisite Nachtisch aufgedeckt. Bald schon dachte keiner mehr an Unterrichtsstunden oder Missionen.

Fiber tauschte mit Dilek den Platz und setzte sich neben Iris.

Sie grinste. »Wie geht es dir?«

Iris sah auf einmal bedrückt aus. »Wenn du es wirklich wissen willst: nicht so gut.«

»Warum?«

»Ich weiß nicht, ob ich dir das erzählen sollte.«

»Es bleibt unter uns«, sagte Fiber.

Iris dachte kurz nach. Konnte sie Fiber vertrauen? Doch die Frage war: Was blieb ihr anderes übrig?

»Die Albträume machen mich wahnsinnig, Fiber«, setzte sie an. »Schon vor dem Test war es schlimm, aber in den letzten Wochen, seit wir zurück sind …«

»Dann war das Schlafwandeln also echt?«, fragte Fiber.

Iris zögerte, bevor sie antwortete: »Nein, das nicht. Tut mir leid. Aber die Albträume schon.«

»Mach dir keinen Kopf, ich hatte es mir eigentlich sowieso gedacht. Ich kann mit Mr Oz darüber reden«, sagte Fiber. »Also nur, wenn du willst«, fügte sie hinzu, als sie Iris' skeptisches Gesicht sah.

»Warum sollte er mir helfen?«, fragte Iris.

»Weil er dich besonders findet.« Sie sagte das ohne Ironie. »Auch wenn ich noch immer nicht verstehe, warum. *No offence.*«

»Ist mir doch egal.« Iris meinte mittlerweile zu wissen, was sie speziell machte, aber das behielt sie lieber für sich.

»Okay«, sagte sie. »Sprich mit ihm darüber.« Um das Thema zu wechseln, sah Iris zu dem Dinosaurier und sagte: »Ganz offensichtlich ist der Dinosaurier wieder gut in Form. Wie geht es seinem Schöpfer?«

»Weiß ich nicht und will ich auch nicht wissen«, antwortete Fiber knapp. »Er hat eine Grenze überschritten, Iris. Dafür wird er büßen.«

Iris fragte sich, ob sie damit Terry oder Mr Oz meinte.

In der Diskothek kam Alex auf Iris zu. Hinter dem Mischpult stand Quinty und legte auf. Iris musste unwillkürlich an Terry denken und sah daher lieber in die andere Richtung. Beats und Raps erfüllten den Raum. Man merkte gleich, dass Quinty aus England kam, ihre Musik war viel aggressiver und düsterer als Terrys, das hier war echte Musik von der Straße.

»Man nennt das *Grime*«, schrie Alex und wies mit dem Daumen zum DJ.

Okay, *whatever*, dachte Iris. Um sie herum tanzten Kandidaten und Superhelden durcheinander, jetzt gerade schienen alle sorglos zu sein. Iris sah sich in der Diskothek um, auf der Suche nach Hoai. Wie es wohl ihrem Knöchel ging?

»Wo ist denn Hoai?«, fragte sie Alex. »Und Lara? Ich habe hier keinen der durchgefallenen Kandidaten gesehen.«

»Sie sind nach Hause gefahren!«, schrie Alex ihr ins Ohr. »Sie waren sehr talentiert, aber für uns nicht wirklich geeignet.«

Nach Hause? Hieß das, sie hätte einfach nur aufgeben müssen, um nach Hause geschickt zu werden? Sie sah Alex ungläubig an. »Wir müssen hierbleiben, und sie dürfen als Strafe nach Hause fahren? *What the fuck*, Alex?!«

»Hey, mal ganz ruhig. Ein wirkliches Vergnügen ist das nicht. Sie haben einen neuen Namen bekommen und müssen quasi von null anfangen. Sie stehen unter ständiger Beobachtung. Wir dürfen das Risiko nicht eingehen, dass sie mit ihren Eltern Kontakt aufnehmen oder in ihrer Schule etwas von Pala und von Mr Oz' Plänen ausplaudern!« Er schrie sich die Lunge aus dem Leib, um gegen die Musik anzukommen. Iris sah, dass ihn das ziemlich anstrengte. Allmählich verebbte ihre Wut.

»Können wir reden?«, brüllte sie ihm ins Ohr.

Alex schüttelte den Kopf. »Ich bin hier der Gastgeber. Aber um Mitternacht ist die Party zu Ende, okay?«

Mitternacht. Sie musste an die Serviette denken, auf die in Morsezeichen das Wort »Mitternacht« gestanzt gewesen war, beim ersten Mal, als sie

(sich geküsst hatten)

am Strand gewesen waren.

»Und was soll ich bitte bis dahin machen?« Sie schmollte wie ein verliebtes Schulmädchen, das gerade von einem Jungen aus der Abschlussklasse abserviert worden war.

»*Have fun?*« Alex grinste und ging davon.

Das fiel Iris schwerer, als sie sich eingestehen wollte. *Have fun.* Wie machte man das noch mal?

Als Kind hatte sie gewusst, wie man sich amüsierte.

Als Kind? Sie war verdammt noch mal dreizehn

(vierzehn!)

Jahre alt! Sie sah sich um, auf der Suche nach YunYun. Ihre Freundin schaffte es tatsächlich, im Rollstuhl zum Rhythmus der Musik zu tanzen. YunYun hatte ganz offensichtlich Spaß, warum gelang ihr das bloß nicht?

Fiber stellte sich zu ihr. Als könnte sie Iris' Gedanken lesen, sagte sie: »Wir haben viel durchgemacht.«

»Und die da nicht?«, fragte Iris und deutete mit dem Kopf auf die tanzenden Superhelden.

Fiber zuckte mit den Achseln. »Vielleicht. Aber wir hatten schon ein ganzes Leben hinter uns, bevor wir nach Pala gekommen sind.«

Iris sah Fiber prüfend an. »Was ist in Polen passiert?«, fragte sie.

»Ein anderes Mal vielleicht, Iris.« Mit diesen Worten drehte sie sich um und setzte sich zu Inderpal an den Tisch.

Jetzt war Iris allein, vor ihr stand ein unangerührtes Glas organische Cola.

»Zombies, so hast du sie genannt.« YunYun lenkte ihren Rollstuhl neben Iris.

Iris sah auf, als würde sie aus dem Tiefschlaf hochschrecken. »Hm? Was? Zombies?«

»Terry, er hat die Superhelden damals als Zombies bezeichnet. Ich weiß nicht mehr, was genau er gesagt hat, aber ...«

»Sie machen kaum was anderes, als apathisch auf der Bank zu sitzen und den Kindern zuzugucken«, beendete Iris ohne zu zögern den Satz. Beim Namen Terry legte sich ihre Stirn in Falten. YunYun wusste noch immer nicht, dass er es gewesen war, der den Dinosaurier gesteuert hatte. Das sollte auch so bleiben.

»Genau!«, gackerte YunYun ausgelassen. Sie wirkte überhaupt nicht wie ein Mädchen, das im Rollstuhl saß und das ... fast gestorben wäre. »Und dann hat er gesagt ...«

»Sie sind unsere Erwachsenen, auch wenn einige jünger sind als wir!«, ergänzte Iris.

»Richtig. Und dreimal darfst du raten, wie du jetzt hier rumhängst?«

»Wie ein Zombie.«

»*Yep*, nur mit dem kleinen Unterschied, dass du uns noch nicht einmal ansiehst. Trinkst du das noch?«

Iris schüttelte den Kopf. YunYun kippte fast die ganze Cola in einem Schluck herunter.

»Ich dachte, du magst das Zeug nicht?«

»Heute probiere ich alles aus. *So, what's wrong?*«

»Ich bin vierzehn, Yun. Ich war dreizehn, und nun bin ich vierzehn.«

»Das habe ich mir schon fast gedacht. Ich bin elf.«

»Wirklich?«

»Nein, zehn.«

Iris seufzte. »Meine Liebe, wir verpassen und vermissen hier Dinge.«

YunYun legte ihren Arm um Iris. »Geburtstage, Freunde, Eltern. Aber man muss das Beste daraus machen. Sonst überlebt man es nicht.«

»Wird man sonst ein Zombie?«

»Genau. ›*Brains, brains*‹, erinnerst du dich? Ja, natürlich erinnerst du dich, blöde Frage.« YunYun trank den Rest der Cola aus. »Das ist ja nichts Neues. Kommst du mit tanzen?«

Widerwillig ließ Iris sich auf die Tanzfläche zerren. Nach ein paar Minuten fuhr YunYun ihren Rollstuhl zu Quinty. Iris fühlte sich etwas verloren und hielt inne. Dann wurde die Musik ausgemacht.

Kurz darauf hörte sie YunYuns Stimme durch die Lautsprecher schallen: »Für meine beste Freundin Iris, die auf Pala mein Leben gerettet hat, und für alle Kandidaten und Superhelden, die ihren Geburtstag verpasst haben ... hier ist *Happy Birthday, the techno version!*«

Tatsächlich schallte nun die bekannte Techno-Musik durch den Raum, mit der Iris Justin und ihre Mutter so oft zur Weißglut gebracht hatte.

YunYun kam angefahren und fiel Iris um den Hals. »Herzlichen Glückwunsch zum Geburtstag!«, rief sie.

»Ich erkläre dich hiermit offiziell für verrückt, Yun.«

»Danke! Und jetzt wird getanzt!«

Kurz vor Mitternacht hatte Quinty angefangen, langsamere Musik aufzulegen. Die ersten Kinder gingen. Da alle um halb sechs Uhr aufstehen mussten, was es schon spät genug. Iris sah sich um und entdeckte Alex. Er verabschiedete am Ausgang jeden einzelnen Gast. In einer Ecke standen ein paar ältere Superhelden und knutschten: Inderpal mit einer Superheldin mit dem besonderen Namen Dewi-Jill und Dermot mit Quinty – die Russom großzügig den Plattenspieler überließ. Margit küsste ein Mädchen, das einen Kopf kleiner war als sie.

Iris versuchte, zu Alex Blickkontakt aufzunehmen. Er nickte kaum merklich, und ihr Herz machte einen Sprung. Sie schloss kurz die Augen und ermahnte sich selbst zur Ruhe. Dann verließ sie die Party, damit sie noch duschen konnte, bevor Alex sie abholte.

Auf dem Weg zum Ausgang wurde sie von einem ihr unbekannten Mädchen aufgehalten. Es war ziemlich klein, hatte dunkelblonde Haare und entfernte Ähnlichkeit mit Hermine aus den *Harry Potter*-Filmen. »Entschuldigung, dass ich Sie einfach so anspreche«, sagte das Mädchen auf Niederländisch.

Iris nickte und zuckte gleichzeitig mit den Achseln. Sie selbst hatte sich nie an die Regel gehalten, dass man Ältere nicht unaufgefordert ansprechen durfte. Von anderen erwartete sie es daher ebenso wenig.

»Kommst du aus Holland?«

»Aus Oegstgeest, ich bin noch nicht lange hier. Ich heiße Maaike.«

Iris warf einen Blick auf ihre Uniform. Level 3. »Du hast also den unterirdischen See überlebt?«

»Ja, und das Labyrinth und die Spinne.«

»Herzlichen Glückwunsch. Wolltest du mich etwas fragen?«

»Na ja ... eigentlich wollte ich Ihnen sagen, dass ich Sie bewundere und hoffe, dass ich auch mal so gut sein werde wie Sie.« Maaike errötete, dann lief sie davon.

Sie, hatte das Mädchen Iris tatsächlich gerade gesiezt?

»Du wirst ein Vorbild«, bemerkte jemand neben ihr.

»Meinst du wirklich?«, fragte Iris erschrocken.

Inderpal nickte. »Gewöhn dich schon mal dran.« Dann ging er weiter, mit einer kichernden Dewi-Jill im Schlepptau.

Gab es tatsächlich Kinder, die hier gerne wohnten?, fragte sich Iris auf einmal. Und gab es Kinder, die zu ihr aufschauten?

YunYun schien auf Pala jeden Tag etwas mehr aufzublühen. Wollte ihre Freundin eigentlich wirklich weg?

Wollte sie selbst wirklich noch immer fort von hier?

Iris lag im Bett und wartete auf
(*Alex*)

YunYun, die wahrscheinlich immer noch in der Disco war. Sie starrte an die Zimmerdecke und vermisste den Sternenhimmel. Obwohl sie froh war, dass der Test vorbei war, fehlten ihr die Sterne. Natürlich war es absolut nötig, ihrem Körper und ihren Muskeln etwas Ruhe zu gönnen (ganz zu schweigen von der Tatsache, dass sie endlich wieder in einem echten Bett lag).

»Schläfst du schon?«, hörte sie YunYuns Stimme, als sie ins Zimmer gefahren kam.

Iris schoss sofort hoch. »Brauchst du Hilfe?«

»Nein, ich bin nicht behindert oder so.« Lässig lenkte YunYun den Rollstuhl neben ihr Bett und ließ sich auf die Matratze gleiten. Auch wenn Iris wusste, dass es YunYun schon viel besser ging, tat es ihr doch weh, sie in diesem Zustand zu sehen.

»Ich schlafe jetzt«, sagte Iris.

»Okay. Gute Nacht.«

Iris blickte zu YunYun herunter und beobachtete, wie sie sich auf die Seite drehte. Sie beneidete ihre Freundin darum, wie schnell und sorglos sie immer einschlief. Aus Angst vor Albträumen versuchte Iris jede Nacht, das Einschlafen so lange wie möglich hinauszuzögern.

Sie seufzte. »Yun?«

Keine Reaktion.

»Vielen Dank für die Geburtstagsfeier.«

NACH MITTERNACHT

Iris hörte ihn kommen. Sie öffnete die Augen und versuchte, sie an die Dunkelheit zu gewöhnen.

Mitternacht? Ihre innere Uhr sagte ihr, dass es schon viel später war.

Die Tür ging einen Spaltbreit auf, und ein Lichtkegel fiel ins Zimmer.

»Iris?«, flüsterte Alex. Er starrte auf das untere Bett, in dem YunYun lag. Das obere Bett war leer.

»Hier bin ich«, sagte Iris, nur wenige Zentimeter von seinem Gesicht entfernt, und trat ins Licht.

»*Jesus!*«

»Du darfst mich ruhig Iris nennen. Sollen wir los?«

»*Yeah, sure.*« Er versuchte, cool zu klingen.

Bis zum Lift ging Alex voraus, dann trat er einen Schritt zur Seite, um Iris vorzulassen.

Iris hob die Augenbrauen. »Was ist?«

»Benutz deinen Pass.«

Iris nahm ihren Pass und hielt ihn vor den Scanner. Tatsächlich öffneten sich die Türen mit dem wohlbekannten Surren.

»Wow.«

»Du bist jetzt ein Superheld, da hast du gewisse Privilegien. Du kannst mit dem Aufzug aber nur nach oben fahren.«

Die Türen schlossen sich hinter ihnen. Es folgte ein leises Surren, und dann gingen sie auch schon wieder auf. Salzige Meeresluft wehte Iris entgegen. Dieses Mal ging sie voraus.

Der Mond spiegelte sich im Wasser. Es war ein perfekter, kugelrunder Vollmond.

»Yakomoz«, sagte sie.

»Yakomoz«, wiederholte Alex.

Zusammen liefen sie über den Strand, keiner sagte etwas. In ihren Träumen war Iris in den letzten Monaten oft mit Alex allein über den Strand gelaufen. Sie hatte sich vorgestellt, dass sie

(sich wieder küssen)

reden würden. Doch jetzt waren sie endlich hier, und irgendwie schien alles anders zu sein.

»Es sieht uns also keiner mehr zu?«, fragte Iris so neutral wie möglich.

»Nein. Eine technische Sache, aber tatsächlich kann uns niemand finden – abgesehen von unserem eigenen Satelliten.«

Sie gingen zusammen bis zum Wasser. »Was wolltest du mich fragen?«, erkundigte sich Alex.

»Was ist mit Terry im See passiert? Warum ist er nicht ertrunken?«

Alex blieb stehen und starrte auf das mondbeschienene Meer. »Ich weiß es nicht genau«, sagte er.

»Und was weißt du?«

»Sein Tod war von Mr Oz inszeniert. Er brauchte ihn für etwas anderes. Du hast inzwischen erfahren, wofür.«

»Hast du davon gewusst?«

Alex schüttelte den Kopf. »Erst viel später. Ich habe es durch Zufall herausgefunden.«

»Oh.« Gut möglich, dass Alex log. Auf der anderen Seite, warum sollte er?

Weil man ihm nicht vertrauen kann, weil er für Mr Oz arbeitet, sagte eine leiernde Stimme in ihrem Kopf.

»Alex?« Iris drehte sich zu ihm um und sah ihm direkt in die Augen. »Der Terry, den ich kannte, war sanft und fürsorglich. Er hätte YunYun nichts angetan, da bin ich mir ganz sicher.«

»Menschen verändern sich, Iris. Erst recht, wenn sie monatelang allein sind und mit niemand anderem reden außer mit ...«

»Mr Oz?«

»Mr Oz«, bejahte Alex.

»Ist das Gleiche auch mit dir geschehen, Alex? Letztes Jahr wolltest du noch fliehen, zusammen mit Fiber und mir. Und nun? Du wirkst immer mehr wie ein Soldat.«

Alex wandte sich ab. Ohne sie anzusehen, sagte er: »Es wird etwas mit der Welt passieren, Iris. Etwas Schreckliches. Mr Oz will nicht sagen, was genau es ist. Eine Krise, so viel ist sicher. Und wir sind die letzte Rettung, wenn es schiefgeht.«

»Wenn was schiefgeht?«

»Alles!«

Iris spürte, wie sie zitterte. Sie wusste nicht, ob es am Meereswind oder an dem Horrorszenario lag, das Alex aufzeichnete.

»Ich rede hier von dem totalen Zusammenbruch unserer Zivilisation, Iris. Du fragst, was letztes Jahr in Texas war? Da hatte ich keine Ahnung, was mein Vater ausheckt, ich wollte hier einfach nur weg. Mit dir. Aber jetzt ...«

»Dein Vater? Mr Oz ist dein Vater?!«

Alex schwieg. Er sah zu Boden. »Das solltest du eigentlich nicht wissen«, murmelte er. »*Shit.*«

245

»Das ... das Ding im Aquarium ist dein Vater?«

»Du hättest ihn vor seinem Unfall sehen müssen, Iris. Er war ein Athlet, ein Soldat, ein wahrer Superman! Mr Oz ist nichts mehr von dem, was einmal mein Vater gewesen ist.« Seine Stimme klang bitter.

»Und die Ärztin? Ist sie deine Mutter?«

»Nein, meine Mutter ist gestorben, als ich fünf war. Mr Oz hat die Ärztin im Krankenhaus kennengelernt, als er dort behandelt wurde. Später hat er sie dann geheiratet.«

»Das tut mir leid.«

»Ja, mir auch. Aber ich will ihn nicht im Stich lassen, Iris. Das kann ich nicht.«

(Und das ist der Grund, weshalb du ihm nicht vertrauen kannst, Iris.)

Sie saßen Hand in Hand am Strand. Iris hatte den Kopf an Alex' Schulter gelegt.

»Wir können direkt weiter in den Waschraum gehen. Guck mal, die Sonne geht auf«, sagte Alex.

Iris sah die ersten Sonnenstrahlen über dem Wasser. Vor nur wenigen Tagen war das der Anfang aller Entbehrungen gewesen. Jetzt saß sie im Sand und war

(verliebt?)

ein Superheld.

»Alex?«

»Ja?«

»Wer war der Mann, der uns verhört hat? Seine Stimme kam mir irgendwie bekannt vor, aber es gibt doch keine anderen Erwachsenen auf der Insel außer Mr Oz und der Ärztin?«

»Das kann ich dir nicht sagen«, antwortete er zögerlich.

»Kannst du es nicht, oder darfst du es nicht?« Oder willst du es nicht?, dachte sie. Hast du etwas zu verbergen, Alex?

»Er ist nicht mehr hier, Iris. Er ist verschwunden. Du wirst ihm nie mehr begegnen.«

»Er hat ihr wehgetan, Alex. Er hat ihr verletztes Handgelenk misshandelt. Wie können Menschen so gemein sein?«

»Ich weiß es nicht, Iris.«

»Halt mich fest, Alex.«

Er hielt sie fest.

Alex saß auf einem Stuhl im Beobachtungsraum und starrte das Bild von Iris auf dem Monitor an. Er beobachtete ihr Schlafverhalten. Was er sah, machte ihm große Sorgen.

Fiber trat ins Zimmer und stellte sich hinter seinen Stuhl. Sie legte ihm die Hände auf die Schultern. »Ihr wart am Strand.«

»Eifersüchtig?«, fragte Alex, ohne aufzusehen.

»Und was ist, wenn ich Ja sage?«

Das weckte nun doch seine Aufmerksamkeit. »Echt? Stimmt das?«, fragte er.

»Nein, natürlich nicht.«

»Oh, okay.«

»Und, habt ihr rumgemacht?«

Seufzen. »Nein, wir ... Weißt du, das geht dich gar nichts an!« Er schaute weiter auf den Bildschirm, Iris wälzte sich unruhig im Schlaf hin und her.

»Teenager«, kicherte Fiber. In ernsterem Tonfall fügte sie hinzu: »Sie ist nicht okay, oder?«

Alex schüttelte den Kopf. »*Nope*, ganz und gar nicht. Kennst du dich mit Schlaf aus?«

247

»Ich weiß, dass ich zu wenig davon bekomme«, antwortete Fiber schlagfertig.

»*You and me both.* Aber ich meine die Funktion des Schlafes.«

Fiber dachte einen Moment nach. »Mir ist klar, dass es nicht ohne geht, allerdings weiß ich nicht, warum das so ist«, antwortete sie dann.

»Das ist das große Mysterium der medizinischen Forschung. Man weiß, dass es einen direkten Zusammenhang zwischen dem Schlaf und der Gehirntätigkeit gibt«, sagte er.

»Hä? Was meinst du damit?« Fiber beugte sich interessiert vor, sie nahm ihr Gesprächsobjekt auf dem Bildschirm genauer unter die Lupe.

»In den gängigen Theorien heißt es, dass wir Schlaf brauchen, um die Dinge im Gedächtnis zu speichern und um Informationen vom Kurzzeitgedächtnis ins Langzeitgedächtnis zu verschieben.« Alex zeigte auf Iris, die im Schlaf jetzt immer wilder um sich schlug. »Aber was ist, wenn es bei Iris genau andersrum funktioniert oder auf jeden Fall irgendwie anders ist?«

Fiber merkte, dass Alex nicht recht wusste, wie er sich ausdrücken sollte.

»Bei ihr landen alle Erinnerungen sofort im Langzeitgedächtnis. Sie behält alles in Erinnerung, sie vergisst nichts. Dafür ist unser Gehirn nicht gemacht, der Kopf quillt irgendwann über!«

»Meinst du, das ist auch bei ihrem Vater passiert?«, fragte Fiber leise.

Nun drehte Alex sich um und sah sie an. »Ja«, flüsterte er. »Ich denke, dass sie langsam verrückt wird.«

»Du magst sie wirklich, was?« Dieses Mal schwang keine Ironie oder Gehässigkeit in ihrer Stimme mit.

Alex gab keine Antwort. Fluchend sprang er auf und stürmte aus dem Beobachtungsraum. Dabei rannte er Fiber fast um. Jetzt fluchte auch sie. Dann warf sie einen Blick auf den Bildschirm.

Iris lag auf dem Boden. Während ihres Gesprächs war sie aus dem oberen Stockbett gefallen.

Wenige Minuten später sah Fiber, wie Alex ins Zimmer stürzte und sich über Iris beugte. Fiber setzte sich auf den noch warmen Stuhl und zog das Mikrofon zu sich heran. YunYun war jetzt ebenfalls endlich aufgewacht und versuchte, aus dem Bett zu kommen.

Der Ton war ausgeschaltet (darum hatten sie Iris auch nicht fallen hören), aber anscheinend war sie ohne größere Blessuren davongekommen.

Fiber drückte auf den Knopf des Mikrofons und fragte: »Mr Oz?«

»JA, FIBER?« Er antwortete umgehend.

Er scheint wohl nie zu schlafen, dachte Fiber. »*Sir*. Ich melde mich wegen Iris. Es geht ihr nicht gut, *Sir*. Ich weiß nicht, wie lange sie noch bei klarem Verstand bleibt.«

»WAS IST PASSIERT?«

Fiber berichtete schnell, was geschehen war.

»DANKE, FIBER«, hallte die künstlich erzeugte Stimme ihres Chefs aus dem Mikrofon. »ICH BRAUCHE SIE BALD FÜR EINE WICHTIGE MISSION. WENN SIE DANACH ZUR BELASTUNG WIRD, DANN ... BESEITIGEN WIR SIE.« Er wartete eine Sekunde, bis er hinzufügte: »ES SEI DENN, DU HAST DAMIT EIN PROBLEM?«

»Nein, *Sir*«, sagte Fiber. Dabei fragte sie sich, ob das die Wahrheit war.

»GUT«, sagte Mr Oz. »DU BIST FÜR MICH AUGE UND OHR. ALEX IST VERLIEBT, AUF IHN KÖNNEN WIR NICHT BAUEN.«

»Nein, *Sir*.«

»GEH JETZT SCHLAFEN, FIBER. ICH MÖCHTE NICHT NOCH EINEN MEINER WICHTIGSTEN MENSCHEN VERLIEREN.«

MR OZ MACHT EINEN VORSCHLAG

Alle frischgebackenen Superhelden mussten zur Audienz bei Mr Oz. Für alle (außer für Iris) war es das erste Mal, dass sie ihren Führer leibhaftig zu Gesicht bekamen, anstatt nur den fliegenden Kopf im grünen Saal zu sehen. In Wirklichkeit ist das hier der allerletzte Test, kam es Iris in den Sinn. Erst, wenn man den Anblick des gebrochenen Mannes im Aquarium ertragen konnte, ohne dabei verrückt zu werden, war man ein wirklicher Held.

Die Superhelden saßen im Kreis um den leeren Thron im Smaragdsaal herum und warteten. Nur YunYun hatte einen Stuhl bekommen, ihre Krücken hatte sie dagegengelehnt. Alle übrigen Kinder hatten es sich auf dem Boden bequem gemacht. Einer nach dem anderen ging in den Raum mit dem Aquarium hinein, sodass der Kreis stetig kleiner wurde. Und einer nach dem anderen kam wieder heraus – verängstigt und blass verkündete er dann den Namen des Kandidaten, der als Nächstes eintreten sollte. Danach verließen sie alle so schnell wie möglich den Saal.

»Was geht da drinnen nur vor sich?«, fragte YunYun nach einer Weile. Ihr Gesundheitszustand war ein bisschen besser, doch sie hatte nach wie vor starke Schmerzen im Zwerchfell. Iris sah, dass sie bei mancher Bewegung zusammenzuckte, weil ihr die Narbe noch immer so wehtat.

»Keine Sorge, YunYun. Er sieht ... ziemlich abschreckend aus. Aber eigentlich kann man nur Mitleid mit ihm haben.«

»Okay«, sagte YunYun zögernd. »Und warum sind sie dann alle so verstört, wenn sie rauskommen?«

251

Weil er ein Meister der Manipulation ist, dachte Iris, doch das behielt sie lieber für sich. Warum sollte sie YunYun noch mehr Angst machen, als sie ohnehin schon hatte?

Jetzt war Quinty an der Reihe. Nach zehn Minuten trat sie ziemlich mitgenommen wieder in den Saal und rief Iris auf.

Warum denn das? Iris war davon ausgegangen, dass sie als Letzte drankommen würde. Sie war schließlich die Einzige, die Mr Oz schon einmal gesehen hatte. Wenn sie gleich nicht blass und zitternd den Raum verlassen würde, könnte das vielleicht falsch gedeutet werden. Schließlich war Furcht einer der wichtigsten Faktoren in Mr Oz' Herrschaft.

Iris legte YunYun die Hand auf die Schulter und stand auf. Erhobenen Hauptes ging sie in den Raum mit dem Aquarium hinein, sie war fest entschlossen, sich nicht einlullen zu lassen.

»IRIS«, schallte die wohlbekannte metallische Stimme durch den Raum. Hier war alles so, wie sie es in Erinnerung hatte. An den Wänden standen dieselben englischen Bücherregale, gefüllt mit ungelesenen Ausgaben aus dem letzten Jahrhundert, und im Aquarium schwamm Mr Oz mit seinen verkrüppelten Gliedmaßen, die mit Schläuchen verbunden waren, im Wasser.

»Mr Oz.« Iris nickte ihm zu und versuchte dabei, so kaltblütig auszusehen, wie sie nur konnte.

»ICH GRATULIERE. DU BIST JETZT EIN SUPERHELD, IRIS. UND DU BIST DIE ERSTE, DIE ALEX REINGELEGT HAT.«

»Ja, ja, ich weiß. Ich bin ›besonders‹.« Sie konnte den Sarkasmus in ihrer Stimme nicht unterdrücken.

»HAST DU INZWISCHEN HERAUSGEFUNDEN, WARUM DAS SO IST?«

»Ja, ich glaube schon.«

»ERZÄHL ES MIR.«

»Auf jeden Fall hat es nichts mit meinem fotografischen Gedächtnis zu tun und auch nicht mit meinen angeblichen Führungsqualitäten. So besonders ist mein Gedächtnis nicht, und es gibt viel bessere Führer als mich.«

»ALSO?«

»Es geht um Justin, oder? Sie brauchen mich, um an ihn ranzukommen.«

»DU HAST RECHT. ES GING NIE UM DICH. WIR BRAUCHTEN JEMANDEN, DER SEIN DENKEN VERSTEHT UND DER IHM GEWACHSEN IST.«

»Aber warum?«

»JUSTIN IST EIN PROBLEM. ER HAT UNSER COMPUTERSYSTEM *GEHACKT* UND DIE KAMERAS AUSSER GEFECHT GESETZT. WIR WISSEN NOCH IMMER NICHT, WIE ER DAS HINBEKOMMEN HAT.«

Iris verzog keine Miene.

»NACHDEM ER SEINE AUSBILDUNG ZUM SUPERHELDEN ABGESCHLOSSEN HATTE, IST IHM DIE FLUCHT GELUNGEN. DAS HAT NOCH NIEMAND GESCHAFFT.«

»Dann haben Sie mir also die Mail mit dem Link zum *Superhelden*-Game geschickt und nicht Justin?«

»SO IST ES. WIR MUSSTEN JEMANDEN AUSBILDEN, DER IHN GENAU KENNT. JEMAND, DER VIELLEICHT NICHT SO BRILLANT IST WIE ER, ABER EBENSO ERFINDERISCH.«

Mr Oz hatte anscheinend ihren skeptischen Blick gesehen, denn er fügte hinzu: »SEI NICHT BÖSE, IRIS, DU BIST SO VIEL MEHR WERT ALS DEIN BRUDER. DU HAST NUR NIE DIE MÖGLICHKEIT GEHABT, DAS AUSZULEBEN. WIR HABEN DICH SO HART ANGE-PACKT, DAMIT DU DICH HIER VOLL ENTWICKELN KANNST. DU SOLLST ENDLICH DEINE FÄHIGKEITEN ZEIGEN UND ANWENDEN KÖNNEN UND EIN RICHTI-GER SUPERHELD WERDEN.«

»Und jetzt?«, fragte Iris. Sie wusste, dass Mr Oz versuchte, sie zu manipulieren, dennoch berührten sie seine Worte. Es stimmte, sie war hier tatsächlich aufgeblüht. Trotz des harten Lebens auf Pala, trotz der Tests und der Tatsache, dass man niemandem vertrauen konnte. Oder war all dies vielleicht gerade der Grund dafür, dass es so war?

»ICH WERDE DICH LOSSCHICKEN, DAMIT DU DICH DEINEM BRUDER STELLST. TOT ODER LEBENDIG, DU WIRST IHN ZURÜCK NACH PALA BRINGEN. SO KÖN-NEN WIR ENDLICH HERAUSFINDEN, WER VON EUCH BEIDEN DER BESSERE IST.«

»Nie im Leben«, sagte Iris. Auch wenn sie sich manchmal über Justin ärgerte, er war immer noch ihr Bruder.

»DANN TÖTE ICH YUNYUN.«

Zum ersten Mal in dieser Audienz verlor Iris die Fassung. »Was?!«

»NICHTS HÄLT MICH AUF. WENN DU DICH WEI-GERST, STIRBT SIE.«

»Würden Sie das wirklich tun? Ein Kind töten?«

»WAS GLAUBST DU WOHL, WARUM SIE HIER IST, IRIS? SIE IST VIEL JÜNGER ALS ALLE ANDEREN KAN-DIDATEN, NORMALERWEISE WÜRDE ICH SIE GAR

NICHT ZULASSEN. WARUM, MEINST DU, HABE ICH BEI IHR EINE AUSNAHME GEMACHT?«

»Damit ich sie als meine kleine Schwester ansehe«, antwortete Iris monoton. »Die Begegnung in der Küche, Russom, der sie beleidigt hat, als ich direkt danebenstand. Ich konnte gar nicht anders, als sie zu verteidigen ... Das alles war inszeniert.«

»YES.«

»Dann ist es also meine Schuld, dass sie hier ist.«

»NUN SEI NICHT SO HART ZU DIR. ICH BIN FÜR EURE BEGEGNUNG VERANTWORTLICH. DU BIST NUR FÜR DEINE EIGENEN ENTSCHEIDUNGEN VERANTWORT-LICH«, schallte Mr Oz' mechanische Stimme aus den Lautsprechern des Aquariums. Er schwamm zur Glaswand und sah Iris aus seinen blutunterlaufenen Augen unter der Plastikkugel an. »EURE FREUNDSCHAFT WAR VORBESTIMMT.«

Iris spürte, wie ihr schwindelig wurde. Sie tastete neben sich nach Halt und fühlte die Aquariumswand. Ihr ganzes Leben war eine einzige Lüge. Sie war nicht auf dieser Insel, weil sie in irgendetwas gut war, sondern weil Justin ein Genie war. Sie wurde ausgebildet, um ihren Bruder zurück nach Pala zu holen, und ihre Freundschaft mit YunYun ...

»IRIS?«

Sie hob den Kopf.

»DIE ENTSCHEIDUNG IST EINFACH: ER ODER SIE.«

Iris senkte den Blick. Talent hin oder her, gegen Mr Oz hatte YunYun keine Chance.

»Und wenn ich tue, was Sie sagen?«

»DANN SEID YUNYUN UND DU FREI, UND IHR KÖNN-TET GEHEN. DU HAST MEIN WORT.«

Yeah, right, dachte Iris, wer's glaubt, wird selig. Aber sie sagte: »Einverstanden. Wo ist Justin? Wann soll ich zu ihm?«

»DAS FINDET ALEX GERADE HERAUS. ER GIBT DIR BESCHEID.«

Alex. Ob ihm wohl klar war, was Mr Oz ausgeheckt hatte? Wusste er von der Manipulation, oder wurde er selbst manipuliert?

»Warum?«, fragte Iris. »Warum machen Sie das alles? Die Missionen, das Training, die Manipulationen. Was ist das Ziel?«

»WARUM? ICH VERSUCHE, DAS ENDE DER WELT ZU VERHINDERN, IRIS, MEHR NICHT.«

Iris schüttelte den Kopf. Sie wollte nur noch eins: weg hier, so schnell wie möglich, und zwar mit YunYun. »Gibt's sonst noch was?«, fragte Iris frech.

»NEIN, DU KANNST GEHEN. SCHICK YUNYUN REIN.«

Wortlos verließ Iris den Raum. Sie ignorierte den fragenden Blick ihrer Freundin und murmelte: »Du bist dran.«

»Alles okay, Iris?«, fragte YunYun besorgt.

»Das erzähle ich dir vielleicht irgendwann später mal.« Sie vermied es, YunYun anzusehen.

Mr Oz drehte eine Runde an der Glaswand seines Aquariums. Das Ende seines Plans war in Sicht. Fast alle Schachfiguren standen an ihrem Platz. Keine von ihnen wusste wirklich, was seine oder ihre Rolle war, selbst Alex nicht. Justin war noch ein Unsicherheitsfaktor, aber das war nur eine Frage der Zeit. Iris und ihr Bruder würden genug miteinander zu tun haben, sodass ihnen gar keine Zeit blieb, seine Pläne zu durchkreuzen.

»*Oh my God!*« Er hörte, wie YunYun nach Luft schnappte.

»TRITT NÄHER, MÄDCHEN«, sprach Mr Oz in beruhigendem Ton, »SO SCHLIMM, WIE ES AUSSIEHT, IST ES GAR NICHT. GRATULIERE, DU BIST JETZT EIN SUPERHELD.«

»Was haben Sie mit Iris gemacht?«, fragte YunYun. »Sie war ja völlig durch den Wind!«

»HM, JA, DU BIST EIN WACHSAMES DING, DIR KANN MAN NICHTS VORMACHEN, DAS HABE ICH SCHON MITBEKOMMEN. UM DIE WAHRHEIT ZU SAGEN, LIEBE YUNYUN: ES GEHT IRIS NICHT SEHR GUT. DIE ALB-TRÄUME FORDERN IHREN TRIBUT.«

»Ja, das weiß ich.«

»IRIS BRAUCHT HILFE, YUNYUN. ICH WILL EHR-LICH MIT DIR SEIN. WENN WIR NICHTS UNTERNEH-MEN, ENDET SIE SO WIE IHR VATER. DU WEISST, WAS ER GETAN HAT?«

»Ja«, flüsterte YunYun. »Er hat Selbstmord begangen.«

»WIR WOLLEN DOCH NICHT, DASS IRIS DASSELBE TUT, ODER, YUNYUN?«

»Nein, *Sir*.«

»NUN GUT. SCHÖN, DASS WIR UNS DA EINIG SIND. BEOBACHTE SIE SCHARF. WENN DU DENKST ODER SIEHST, DASS SIE SELTSAME DINGE TUT, MELDE ES UMGEHEND FIBER ODER ALEX. ABER SAG IRIS NICHTS DAVON, DAS SCHAFFT NUR MISSTRAUEN.«

»Okay«, sagte YunYun zögerlich.

»*NICE*. DANKE. BITTE RUF JETZT DILEK HEREIN.«

»*Yes, Sir*.«

Nachdem er seine letzte Ansprache für heute gehalten hatte, trat seine Frau ins Zimmer. Sie trug wie immer ihren Arztkittel. Ihr Blick war besorgt.

»Du musst dich ausruhen, Oswald.«

»ICH KANN SCHLAFEN, WENN ICH TOT BIN.«

»Wenn du so weitermachst, dauert das nicht mehr lange.«

»ICH BRAUCHE AUCH NICHT MEHR VIEL ZEIT. *GET* TERRENCE. ER SOLL MIR MEINEN ANZUG BRINGEN.«

»Deinen Anzug? Aber Oswald, dafür ist es doch noch viel zu früh! Du musst ...«

»*DON'T TELL ME WHAT TO DO! GET TERRY!*«

»*Yes, Sir*«, sagte sie mit Betonung auf dem Wort »Sir«.

Es war an der Zeit, diese Frau zu ersetzen. Sie war lange genug hier auf Pala gewesen. Er sah, wie sie zur Konsole ging, um Terry zu rufen. Bis Terry hier oben war, würde es bestimmt noch eine Stunde dauern. Das reichte für ein kleines Nickerchen. Mr Oz schloss die Augen und schlief fast auf der Stelle ein.

»*Sir?*«

Mr Oz öffnete die Augen. Vor dem Aquarium stand Terry. Seinen eigenen Roboteranzug hatte er bereits an, um das Metallpaket in seinen Händen tragen zu können.

»DAS IST ER?«, fragte Mr Oz.

Terry nickte.

»IST ER FERTIG?«

»Ich denke schon.«

»DAS REICHT MIR NICHT. ES GEHT HIER SCHLIESSLICH UM MEIN LEBEN! FUNKTIONIERT ER? JA ODER NEIN?«

»Er ist fertig.«

»SCHÖN. DU HAST SEHR GUTE ARBEIT GELEISTET, TERRENCE.«

»*Thank you, Sir.*«

»WIE FUNKTIONIERT ER?«

»Ich werfe den Anzug ins Wasser. Der Rest geht von allein.«

»*DO IT.*«

Seine Frau stand neben der Konsole und sah ihren Mann missbilligend an, aber sie hielt wohlweislich den Mund.

Terry setzte einen mechanischen Schritt nach vorne. Seine Roboterarme hoben das bleischwere Bündel über dem Aquarium in die Höhe.

Mr Oz schwamm so weit wie möglich an die Seite des Wasserbeckens. Dann nickte sein Kopf in der Glaskugel.

Terry ließ den Roboteranzug fallen.

Eine riesengroße Welle schwappte über den Rand des Aquariums und spritzte Terry klitschnass. Das Metallbündel sank direkt auf den Grund. Bevor es jedoch ganz unten angekommen war, faltete sich das Metall auseinander. Einzelne Teile lösten sich und bewegten sich auf Mr Oz zu. Sie legten sich um seine Arme und Beine. Die Glaskugel um seinen Kopf wurde von einer Metallmaske ersetzt. Die Einzelteile begannen, sich durch Drähte, Stangen und Rohre miteinander zu verbinden.

Jetzt kam der schwierigste Teil. Mr Oz hielt den Atem an und streckte den Daumen hoch. Das war das Signal, das sie vereinbart hatten. Seine Frau nickte und drückte auf mehrere Knöpfe.

Die Schläuche, die ihn mit Nahrung und Sauerstoff versorgten, koppelten sich los und sanken ziellos zu Boden. Mr Oz öffnete den Mund, um über die Maske Luft zu holen.

Er bekam keine Luft.

Seine Augen traten hervor, seine mechanischen Handschuhe krampften sich zusammen. Mr Oz schnappte nach Luft, aber er bekam keinen Sauerstoff. Er schlug wild um sich, dabei traf er das Glas hinter sich. Ein Riss zog sich durch das Aquarium. Mit der ganzen Kraft, die das mechanische Kostüm ihm verlieh, schlug Mr Oz auf das Glas ein, bis es mit einem lauten Klirren auseinanderbrach. Mr Oz wurde mitsamt dem Wasser herauskatapultiert und landete mit einem großen Knall auf dem Boden. Dort blieb er wie ein Fisch auf dem Trockenen liegen.

Terry rannte zu ihm und drehte ihn mit seinen Roboterarmen mühelos auf den Rücken. Er trat einen Schritt zur Seite, um der Ärztin Platz zu machen. »Was geht hier vor?«, brüllte er.

»Er bekommt keine Luft!«, schrie sie. Sie starrte auf die Tafel. »Welchen Knopf muss ich drücken, Terry?«

Terry zögerte kurz, dann zeigte er auf einen grünen Schalter. »*Shit*, der hier muss hoch!«

Die Ärztin schob den Schalter schnell nach oben.

Keuchend und prustend richtete sich ihr Mann auf. Er schubste seine Ehefrau brutal zur Seite und griff Terry an die Kehle. Ohne Probleme hob er den Jungen samt Exoskelett in die Luft. »DU HAST GESAGT, DASS DER ANZUG BEREIT IST!«

»*I am sorry, I am sorry.*«

»Oswald«, erklang die Stimme seiner Frau. »Wir brauchen ihn noch. Der Jabberwocky ...«

260

Mr Oz setzte Terry wieder auf dem Boden ab. »DU HAST NOCH MAL GLÜCK GEHABT, TERRENCE. DAS WAR DIE ERSTE UND LETZTE WARNUNG.«

»Okay, *Sir*.«

Mr Oz drehte sich um und sah seine Frau an. »KOMM HER, MEINE LIEBSTE. LASS MICH DICH UMARMEN, NACH ALL DEN JAHREN.«

Sie trat auf ihn zu und legte zögerlich die Arme um seinen Anzug. »Wie fühlt es sich an, wieder gehen zu können?«, fragte sie.

Mr Oz schlang seine Metallarme um sie und sagte: »ES FÜHLT SICH GUT AN, UNBESCHREIBLICH GUT.«

»Bitte ein bisschen sanfter, Oswald«, kicherte sie. »Du tust mir weh.«

»SO BESSER?«, fragte er. Dabei drückte er sie noch fester an seinen Metallbrustkorb.

»Oswald? Oswald?«

Aus dem Mund der Ärztin strömte Blut, er hörte ihre Rippen brechen.

»DANKE, LIEBSTE, DASS DU DICH IN DEN LETZTEN JAHREN SO GUT UM MICH GEKÜMMERT HAST.«

Seine Frau schrie. Sie versuchte, sich zu befreien, aber vergeblich. Mr Oz drückte zu, bis sie keinen Mucks mehr von sich gab. Dann erst ließ er sie los. Ihr lebloser Körper glitt zu Boden.

»ZEIG MIR DEN JABBERWOCKY«, sagte er zu Terry. »UND BESCHAFF MIR EINE NEUE ÄRZTIN.«

»Y...yes, *Sir*«, stammelte Terry und ging voraus, um Mr Oz zu seiner Werkstatt zu führen. Unter ihren mechanischen Füßen knirschte das zerbrochene Glas des Aquariums.

EPILOG

Isabela Orsini wollte gerade shoppen gehen, als das Telefon klingelte. Ein etwa achtzehnjähriger Junge war in einem Lieferwagen nahe der Flugbasis festgenommen worden. Es war kein normaler Wagen, denn er hatte eine technisch äußerst moderne Computerapparatur an Bord. Weil Isabela die technische Expertin der *United States Air Force Office of Special Investigations* war, blieb ihr nichts anderes übrig, als ihre Uniform anzuziehen und sich ein anderes Mal ein neues Kleid zu kaufen.

Einer ihrer guten Freunde hatte sie einmal gefragt, was die *AFOSI* eigentlich genau tat. Sie hatte ihm ins Ohr geflüstert: »Wir überprüfen Dinge.« Mehr durfte sie dazu nicht sagen.

Aber es stimmte. Die *AFOSI* – kurz *OSI* – untersuchte kriminelle oder terroristische Bedrohungen und Spionagefälle. Ein Lieferwagen, der bis unters Dach mit Hightech-Computerapparaturen beladen war, gehörte mit Sicherheit zu einer dieser Kategorien, wenn nicht sogar zu allen dreien.

Isabela zeigte am Eingang der *Schriever Air Force Base* ihren Ausweis und parkte ihr Auto neben dem unscheinbaren *OSI*-Gebäude am Rande der Flugbasis. Der Soldat an der Tür salutierte und ließ sie hinein.

»Was ist das Problem?«, fragte sie, als sie das Büro betrat.

»Mach dir selbst ein Bild davon«, sagte Jason. Er war derjenige gewesen, der Isabela angerufen hatte. Jason war Anfang dreißig. Er hatte, genau wie sie, eine Karriere bei der Luftwaffe hinter sich, bevor er zum *OSI* gekommen war.

Isabella stellte sich neben ihn und sah durch die Fensterscheibe ins Nebenzimmer.

Dort saß ein Junge mit halblangen, dunklen Haaren. Sein Kinnbart machte ihn älter, als er tatsächlich war. Er konnte die beiden nicht sehen, da die Scheibe von seiner Seite aus nicht durchsichtig war. Dennoch hatte Isabela das Gefühl, dass er sie genau taxierte.

»War er allein unterwegs?«

»Nein, er hatte ein Mädchen dabei, aber sie sagt, dass er sie von der Straße mitgenommen hätte.«

»Er sieht gar nicht aus wie ein Kidnapper«, murmelte Isabela. »Wie hast du den Lieferwagen gefunden?«

»Anonymer Hinweis. Wir haben versucht, zurückzuverfolgen, woher der Anruf kam, doch bis jetzt leider erfolglos.«

Sie standen nebeneinander und studierten den Jungen.

»Er weigert sich, uns seinen Namen zu verraten, er hat weder Pass noch Kreditkarte bei sich. Wir haben keine Ahnung, wer oder was er ist. Er spricht einfach nicht.«

»Fingerabdrücke?«

Jason schüttelte den Kopf. »Er ist nicht im System.«

»Wenn er nicht den Rest seines Lebens in einer vier Quadratmeter großen Zelle verbringen will, sollte er lieber den Mund aufmachen«, sagte Isabela resolut.

»Deshalb habe ich dich angerufen«, sagte Jason grinsend. »Du bist die Beste.«

»Und du bist mir ein neues Kleid schuldig«, sagte sie zu ihm, als sie die Tür zum Verhörzimmer öffnete.

Iris saß in der Bibliothek. Das war der einzige Platz auf Pala, an dem sie sich noch sicher fühlte. Nach dem Gespräch mit

Mr Oz hatte sie sich komplett zurückgezogen. Vor allem von YunYun. Iris wollte ihrer Freundin nicht unter die Augen treten, aus Angst, etwas zu verraten. Worum Mr Oz sie gebeten hatte ... nein, besser gesagt, was er von ihr verlangte, war wirklich grausam. Aber sie hatte keine Wahl, sie musste tun, was er von ihr forderte.

Sie würde dafür sorgen, dass Justin nach Pala zurückkam. Entweder sie schaffte es, oder sie würde YunYun verlieren.

Iris überlegte, ob Mr Oz sich in seinem Aquarium jetzt wohl eins ins Fäustchen lachte. Sie hoffte, das Monster würde in seinem Becken elendig krepieren – am besten noch, bevor er Alex den Auftrag erteilen konnte, sie zu Justin zu bringen.

Allmählich hatte Mr Oz seine Gliedmaßen immer besser unter Kontrolle. Nachdem er anfangs mit wankenden Schritten hinter Terry hergestampft war, wurde sein Gang zunehmend geschmeidiger, je näher sie der Werkstatt kamen. Als er schließlich vor dem Jabberwocky stand, lief er wie ein normaler Mann – ein normaler, etwas übergewichtiger Mann.

»ER IST PRÄCHTIG, TERRY, WIRKLICH WUNDER-BAR!« Mr Oz streckte seinen Metallarm aus und ließ seine Hand über den Kopf mit den heraustretenden Augen gleiten. »KANNST DU DIE TENTAKEL AUS DEM KOPF WACHSEN LASSEN?«

»*Yes, Sir*, kein Problem.«

»ICH BRAUCHE MINDESTENS HUNDERT STÜCK DA-VON, TERRY. MINDESTENS HUNDERT STÜCK IN HUNDERT TAGEN.«

»Das schaffe ich nicht allein, dafür brauche ich mehr Hände. Viele Hände.«

»ICH BESCHAFFE HÄNDE, DU MACHST DIE MONS-
TER. IST DAS EIN *DEAL*?«

»*Yes, Sir.*«

»GUT.« Mr Oz bewegte seine Hand zu seinem linken Arm
und tippte einen Code in das Tastenfeld ein, das auf sein
Handgelenk montiert war.

Kurz darauf schallte Alex' Stimme durch die Kopfhörer,
die an seiner Maske befestigt waren. »*Sir?*«

»ALEX, BRING MIR DIE KINDER, DIE DURCHGEFAL-
LEN SIND. VASEK, ANJANI, JARD, DIE MÄDCHEN HOAI
UND LARA UND ALL DIE ANDEREN. ALLE KANDIDA-
TEN, DIE DEN TEST NICHT BESTANDEN HABEN. BRING
SIE ZUR WERKSTATT. ICH HABE ARBEIT FÜR SIE.«

»*Yes, Sir.*«

»OH, UND ALEX?«

»*Yes?*«

»NIMM YUNYUN AUCH MIT.«

»Aber sie ist ein Superheld, *Sir*!«

»ALEX, ICH LIEBE DICH. ABER DU MUSST AUFHÖ-
REN, AUS ALLEM EIN PROBLEM ZU MACHEN.« Mr Oz
legte eine Pause ein, dann befahl er: »WARTE, BIS ICH IRIS
AUF IHRE MISSION GESCHICKT HABE, DANN BRINGST
DU YUNYUN ZU TERRY.«

»*Yes, Sir*«, flüsterte Alex.

Mr Oz warf noch einen letzten bewundernden Blick auf
das mechanische Monstrum, das vor ihm stand. Schließlich
sagte er: »ICH BRAUCHE SIE, UM EINE ARMEE AUF-
ZUSTELLEN, WIE DIE WELT SIE NOCH NIE GESEHEN
HAT. UM EINEN KRIEG ZU FÜHREN, WIE DIE WELT
IHN NOCH NIE ERLEBT HAT. UND AUF DEN TRÜM-

MERHAUFEN DER VERWÜSTUNG WERDEN WIR EINE NEUE KULTUR AUFBAUEN, ALEX, UND MEINE KINDER SIND DIE FÜHRER.«

»Ja, Papa.« Alex wartete ab, ob sein Vater noch mehr sagen würde, doch Mr Oz schien mit seinen Gedanken woanders zu sein, er nahm ihn offenbar gar nicht mehr wahr. Alex beendete das Gespräch. Dabei fragte er sich, wer hier eigentlich das schrecklichste Monster war: sein Vater, der Jabberwocky oder er selbst, der zu schwach war, die größenwahnsinnigen Pläne seines Vaters zu verhindern – bevor es zu spät war.

HALLO, TREUER LESER,

zunächst einmal eine Warnung:

STOPP! – FALLS DU DAS BUCH NOCH NICHT GELE-
SEN HAST!

Bist du noch da? Schön, dann können wir jetzt offen miteinander reden.

Als Autor ist es gut, wenn man vor dem Schreiben in etwa
eine Ahnung davon hat, was man schreiben will. Als ich angefangen habe, den ersten Teil von *Pala* zu schreiben, wusste
ich in groben Zügen, worum es gehen sollte. Ich wusste, wer
Iris und Mr Oz waren (auch wenn mir noch nicht ganz klar
war, was Oz mit all den Kindern vorhatte). Und mir war auch
bekannt, woher Alex und Fiber kamen.

Vieles lag aber auch noch im Dunkeln.

So kam zum Beispiel YunYun plötzlich in die Geschichte
hereinspaziert und führte Iris in den Alltag auf Pala ein.
Trotz des Altersunterschieds wurden die beiden beste Freundinnen. Dabei war das gar nicht so geplant gewesen!

Im zweiten Teil, den du gerade gelesen hast, stirbt YunYun
beinahe, darüber habe ich mich ganz schön erschreckt. Und
dann im dritten Teil …

Nein, darüber darf ich dir noch nichts verraten.

Während du diesen Band liest, habe ich auch den letzten
Teil der Superhelden bereits fertig geschrieben. Ich weiß
mittlerweile, was Mr Oz' Pläne sind und ob es ihm gelingen
wird, sie durchzusetzen. Ich weiß, was passiert, wenn Iris
herausfindet, dass Alex der »Verhörer« war. Ich kenne Fibers
großes Geheimnis, und nun ist mir auch klar, warum sie sich

immer so sonderbar verhält. Ich kenne die Jabberwockys, ich war beim illegalen Straßenrennen dabei und bei der Sache im Zoo.

Ich bin stolz und dankbar, dass du zwei Bücher lang mein Weggefährte gewesen bist. Und in Kürze wirst auch du alles wissen. Ja, auch du wirst das Geheimnis von Pala kennen.

MARCEL VAN DRIEL

ZITATNACHWEISE

1   Friedrich Nietzsche: Jenseits von Gut und Böse. Aph. 146,
1886.

2   The Boomtown Rats: I don't like Mondays. Aus dem Album:
The Fine Art Of Surfacing, 1979.

3   Lewis Carroll: Alice hinter den Spiegeln. Insel Verlag, Berlin
2011, S. 27.

4   The Shadow. Regisseur: Charles C. Coleman, USA 1937.

OETINGER TASCHENBUCH

DIE REGELN DES SPIELS
SIND GNADENLOS

Marcel van Driel
Pala – Das Spiel beginnt (Bd. 1)
320 Seiten I ab 12 Jahren
ISBN 978-3-8415-0353-4

Überall auf der Welt spielen Jugendliche ein Online-Game, bei dem man Abenteuer auf der virtuellen Insel Pala bestehen muss. Auch Iris ist von dem Spiel begeistert – bis es plötzlich Realität wird. Denn die Insel gibt es wirklich. Und die besten Spieler werden dorthin von dem geheimnisvollen Mr Oz entführt.

www.oetinger-taschenbuch.de